暗

THE CIPHER

碼

Isabella Maldonado

伊莎貝拉・蒙德娜督 ———著　顏湘如 ———譯

給邁克，
我心的另一半。
我愛你。

1

十年前

維吉尼亞州費爾法克斯郡

少年及家事法地區法院

妮娜．艾斯培蘭札仰頭注視著掌握她命運的男人。亞伯特．麥肯泰爾法官正沉默而仔細地瀏覽上呈的卷宗。她極力抑制讓橡木長桌底下的腳不再抖動，並調整臉上的五官位置，希望能露出看似禮貌的表情。書面資料已提交，證詞也已聽取完畢——最後只剩裁定了。

法官停止閱卷轉而看著她，細細打量一番後才開口。「我現在準備要對妳提出的聲請作最終裁判了，但在此之前，我想先確定妳清楚知道這個決定的後果。這項裁定不得撤銷。從現在起，妳將要對妳的任何行為或是達成的協議負完全責任。」

妮娜的程序監理人凱爾．魏澤斯將食指插入襯衫衣領內拉了拉，說道：「這些條件她接受，庭上。」

魏澤斯是法院為了維護妮娜的權益所選任的代理人，十七歲的她無法自行向法院提出申請。魏澤斯的銀白頭髮、深刻的皺紋與臨危不亂的沉穩態度，顯示出他經驗老到。他疲累憔悴的神情則見證了他長年與一個難以捉摸的少年法院體系爭辯的結果，這個體系能否伸張司法正義全憑情況而定。

法官瞄魏澤斯一眼，接下來的話卻是對女孩說的，他即將從此改變她的一生，無法逆轉。「我了解妳為什麼向法院聲請自立，特別是有鑑於妳目前的處境。」

這次開庭並未對外開放，僅有少數幾人獲准旁聽，他們不安地在座位上動了動身子，妮娜卻不允許自己畏縮。事情發生後，她便暗自發誓絕不再重回到這個體制內。假如法官的裁決對她不利，她會再次逃跑，而且這一次，在她滿十八歲之前不會讓任何人找到她。

「妳已經證明妳能養活自己，」麥肯泰爾法官說道：「但妳接下來有什麼計畫？妳對未來有什麼目標嗎？」

魏澤斯搶先她回答。「庭上，我們提交的文件顯示她已獲得喬治．梅森大學提前錄取，而且也申請到獎學金與學費補助金。她還有一份兼差的工作，將來會住學校宿舍——」

法官舉起一隻滿是老人斑的手來。「我想聽艾斯培蘭札小姐親口說。」

魏澤斯原本打算介入，讓她無須經歷這一刻。他和負責她的社工在開庭前都曾向她提出忠告，如果法官問及生涯規劃，建議她發表一番感人的言論，說她打算當護士、幼稚園老師，或是加入和平工作團。嚴格說來，這不算說謊。她確實考慮過這些選項，但只是曇花一現，隨後她便領悟到自己後半輩子應該做什麼了。只不過法官會接受她的選擇嗎？

魏澤斯在桌子底下偷偷踢她一腳。她知道他希望她說什麼。但話說回來，她從來不曾因為別人說她應該怎麼做她就照做。這很可能便是她不停換寄養家庭的原因。

下定決心後，她挺起雙肩，選擇實話實說。「我要就讀喬治．梅森大學的刑事司法系，畢業以後進警局，努力地升上警探，然後窮盡我的職業生涯把那些傷害兒童的禽獸關進牢裡。」

魏澤斯抹了把臉，郡府社工也搖頭。

妮娜不理會他們的反應，將注意力集中在法官身上。「這樣的未來夠久遠了嗎，法官？」

麥肯泰爾法官瞇起眼睛。「妳會繼續接受諮詢嗎？」

「會的，法官。」

「艾斯培蘭札小姐，環境造就妳年紀輕輕就非常獨立，」麥肯泰爾法官說：「但必要的時候，妳得讓其他人幫妳。要記住這點。」

法庭上一片悄然。每隻眼睛都盯著法官。等候著。

她的神經緊繃欲斷，不知道自己是否讓他對於她處理本身遭遇的能力產生懷疑。她屏氣凝神。

經過一段彷彿漫無止境的時間後，法官深沉的嗓音打破沉默。「本席准許本件聲請。」

她吐出長長一口氣。

「再來還剩一件事。」法官繼續用低沉的語氣說道，她嘴邊的笑容頓時僵住。「申請改名。」

他舉起一份公證文件。「妳要求將原名妮娜．艾斯培蘭札改為妮娜．蓋瑞拉。書面資料顯示妳希望自己選名字而不願沿用之前為妳指定的姓名。其實等妳明年滿十八歲就可以改了，何必急在一時？」

魏澤斯出聲了。「庭上，我當事人的法定姓名是最初負責她的社工取的，因為當時已清楚知道收養是……」——他懷著歉意瞅她一眼——「不太可能了。」

她的目光往下飄向緊握的雙手。從小，她就不是那種頂著一頭蓬鬆的金色捲髮、擁有一雙湛藍眼眸的女孩，也沒有白瓷般的肌膚或粉紅雙頰。社工們從未用甜美可愛或害羞來形容她。相反地，她倒是無意間聽到過談話片段中充滿固執與任性等字眼。當時她或許不完全了解他們話中的意思，但她知道這些詞彙——加上她的深色頭髮、褐色眼珠與黝黑皮膚——使她與其他女孩不一樣。那些被收養的女孩。

魏澤斯急忙開口填補這尷尬的沉默。「當時她對此事並無發言權，她認為正好可以利用此次脫離維吉尼亞州政府監護權自立的機會，選一個能反映她人生新旅程的姓名。」

法官揚起濃密灰白的眉毛看著她。「妳人生的新旅程？」

她也抬頭迎上他的目光。「您會說西班牙語嗎，法官？」

「不會。」

她深吸一口氣。全盤托出才是上策。「第一個負責我的社工可以追溯到十七年前我剛進入這個體制的時候。」

法官的臉沉了下來。「那些……情況，我注意到了。」

情況。一個超然客觀的用語，為了保護她的感受。法官或許自以為仁慈，但他掩蓋不了真相。

她才一個月大就被丟棄在垃圾桶裡等死。

妮娜嚥下梗在喉間的硬塊，接著說：「那位社工名叫蜜娜．岡札雷斯，她說我最初被叫做『無名女娃』，她希望我能有一個符合我所屬種族的名字，所以她叫我妮娜，就是西班牙語的*niña*，『女孩』的意思。她還希望我能有個圓滿結局，被一個充滿愛心的家庭收養，所以她替我取了艾斯培蘭札這個姓，意思就是『希望』。」梗在喉頭的硬塊愈來愈大，讓她最後幾個字說得吃力。「我沒有得到那個圓滿結局。」

「對，」麥肯泰爾法官說：「妳沒有。」

他沒有企圖擺出施恩的態度，她很感激。

「但為什麼改為蓋瑞拉？」他想知道。

「西班牙語的*guerreo*是『戰士』或『鬥士』的意思，而*guerrera*——以*a*結尾——代表女性。」

法官花了點時間消化她這番話，隨後才流露出會意的眼神。「少女戰士。」

她點了一下頭。「我已經放棄希望，」她輕聲說道，接著揚起下顎。「從現在起，我要戰鬥。」

2

今日
維吉尼亞州春田市
阿科廷克湖公園

萊恩・薛佛按捺住興奮之情。動手時他得保持頭腦清醒，之前做了多少精心準備才等到這一刻。傍晚的陽光從繁茂的枝葉間灑下，使得下方的慢跑小徑光影斑駁。一陣暖和的秋天微風吹過樹籬窸窣作響，淡淡的杜鵑花香暫時沖淡了摯友身上刺鼻的汗味。

奇寶從灌木叢上方探出頭查看那個慢跑者。「她來了。」他將望遠鏡舉到眼前，對準阿科廷克湖畔的蜿蜒小徑。「可以看到她穿的那件螢光藍運動背心。」

「讓我看看。」萊恩從奇寶手上一把搶過望遠鏡，惹得他迸出一串髒話。「好耶。」他將影像調得清晰一些後，心跳微微加速。「真是辣。」

慢跑者的深色短髮被汗水沾濕，十分性感，和黏貼在她健美身上的緊身衣一樣。他端詳著她隨著穩定的步伐節奏逐漸靠近他的藏身處。他熱血沸騰。

「而且嬌小。」奇寶說：「我看不超過五十公斤。她能抵抗多久？」他用骨頭突出的手肘撞一下萊恩的肋骨。「對你來說應該輕而易舉，老兄。」

萊恩是東春田高中四年級生，身材已經比父親高大。在美式足球場上訓練了四年的他，知道該如何擒抱一名跑者。奇寶說得對——他不費吹灰之力就能制服她。每天練完球，他們都會到公園來，狩獵。今天終於發現了完美的……奇寶是怎麼說的？獵物。他們是獵人，而她是他們的獵物。

他瞄向奇寶說：「你不會給我龜縮落跑吧？」

奇寶抓抓胯下。「老兄，我已經蓄勢待發了。」

萊恩點點頭。「你會拍下來吧？」

奇寶舉起他上星期買的拋棄式手機。「交給我了。」

萊恩會先上，由奇寶直播整個過程。他信誓日日地說警察絕對追查不到他們這裡來。萊恩替兩人準備了滑雪面罩，一待他完事，便能立刻換位。

萊恩豎起大拇指。這將是一次壯舉。他重新回頭看望遠鏡。「她再過三十秒左右就到了。最好趕快就定位。」

他們套上面罩。奇寶蹲下來，將手機從樹籬的一處破口伸出去。

萊恩在最濃密的枝葉旁，將身子蹲低成打美式足球的三點式姿勢。等她看見他時已經太遲了。他看著她逐漸接近。他們相中的地方位在慢跑小徑盡頭附近，心想她若是一路跑過來也該累了，但其實無所謂，她那麼嬌小。就近一看，她那雙褐色眼睛在小小的臉蛋上顯得巨大。他會讓它們張得更大。他滿心的期待使得身體微微震顫，同時全神貫注等待著。

她從他身邊跑過的瞬間，他撲了上去，肩膀集中了全身的力量撞向她的背。

她整個人往前趴，臉朝下砰地摔倒在小徑旁的草地上。她被撞到一時喘不過氣，但他猜想過幾秒鐘等她順了氣就會大聲尖叫。

不能讓這種事發生。

當他再次撲向前，重重往她身上壓，想用全身的力量壓垮她時，她翻轉了身子。他聽見她「呃」了一聲，肺部的空氣急促湧出，便知道自己又賺到幾秒鐘的安靜。

在他還沒準備好之前，她已經開始反擊。她一隻手掌快速向上一揮，打中他的鼻子。他哀號一聲，將她的手打掉。接著他試圖抓住她的雙臂，她卻屈起膝蓋撞他的胯下。他咬緊牙根，總算沒有從她身上滾下來蜷縮起身子。

他漸漸意識到了，假如不快點掌控局面，這個瘋婆子會讓他好看。於是他用大腿壓住她，讓她的腿無法動彈，然後伸手去抓她的手腕。那兩隻手腕又細又瘦，他輕易就能一把同時握住。他抓住了其中一隻，正要再去抓另一隻時，忽然感覺到耳垂正下方下顎骨後側的柔軟處一陣灼熱劇痛。

他頭往後仰，微微抬起身體，一眼瞥見她沒被抓住的那隻手裡有個黑黑的東西。她捅了他？沒有血啊。他一手仍舊緊抓她的手腕，另一隻手往後拉打算揍她的臉，劇痛感再次點燃肩膀上方的每條神經。她不斷用那個黑色的東西刺他。

他感受到前所未有的極度疼痛，一時間思緒全部靜止。那種感覺排山倒海，讓人無力抵抗，全身陷入癱瘓。

奇寶到哪去了？他透過依然能夠運作的一小部分心智了解到，他需要幫手來撂倒這個體積不及他一半的女人。他到底惹上什麼禍事了？他飛快地往左邊瞄上一眼，看見奇寶逃走了，灰色T恤在他背上鼓脹飄飛。他一有機會一定第一個殺了這個狡猾的傢伙。神經的抽痛略略減緩了些，他這才意識到壓在他身子底下的女人在說話。

她的褐色巨眼瞇成一條線。「你叫什麼名字？」

強烈的疼痛使得他的思緒運作降到最原始層級。他的神經元突觸只有在提及唯一最重要的話題時才會放電。「妳弄痛我了。」

「是嗎？」她按壓得更加用力，使他的周邊視力變得模糊。「我都快哽咽了。給你一個建議，別在公園裡偷襲女人。」

他只能嘟噥著發出微弱的抗議。「我沒有……那只是惡作劇，不是玩真的。」

「少說廢話。」她噘起嘴說：「你被捕了。」

她的話讓他一度光明的未來驟然墜入黑暗中，他整個世界瞬間崩垮。不到五分鐘前，他還很有希望拿著全額的足球獎學金上大學，如今卻得在監獄操場上打籃球了。

他泛淚的雙眼對上她沉著堅定的目光。「警—警察？」

「特別探員妮娜．蓋瑞拉。」接著她壓低了聲音。「FBI。」

3

翌日

聯邦調查局（FBI）華盛頓特區分局

在特別主任探員湯姆．英格索辦公室外的等候區，妮娜坐在一張硬邦邦的塑膠椅邊上。英格索和妮娜的直屬上司特別探員督察艾利克斯．康納，已經在裡面躲了半個小時。

康納交代了櫃檯人員，今天早上她一來上班就叫她到主任辦公室來。她進入FBI第一個分發的單位就是華盛頓分局，而在這裡的兩年當中，從未被英格索召見過。這次肯定和她昨天下班時間在公園裡的慢跑有關，她將整件事在心裡反芻了上百次，就是想不通自己做錯了什麼——如果真有做錯的話。

她輕觸脅邊，痛得抖了一下。該不會是那個白痴壓到她身上時，撞斷了哪根肋骨吧？她瘦小的身軀被他泰山般的重量那麼狠狠一壓，每塊肌肉都疼痛不已。該轄區警員叫了救護車，但她揮手讓急救人員走開，他們於是轉而去確認她的攻擊者沒有受到永久性傷害。她不肯就醫，不想接下來整個晚上都在醫院裡接受費爾法克斯郡警局的前同仁問話。如今不禁懷疑當時若是去急診室照個X光，會不會比較明智。

這時康納開了門，打斷她的沉思。「我們現在可以見妳了。」

她起身大步走進辦公室，已然武裝起自信的表象。一入內，她向英格索微微點頭致意，隨即坐進他辦公桌前面兩張椅子的其中一張。

「我覺得有必要聽聽關於昨天在公園發生的事情。」英格索一開口便說。「很高興看到妳安然無恙。」

「我沒事，謝謝長官。」

康納在她旁邊坐下。「根據警方的筆錄，妳對攻擊者用了戰術筆。」

探員在非勤務時間可以攜帶武器，上級也鼓勵他們這麼做，但慢跑時會有難度。她不可能拿著槍在公園裡跑步，一定會有人報警，而她穿著慢跑緊身衣也無處可藏。由於選項有限，能藏在手裡的小器物便是最佳選擇。

她從外套內袋掏出筆遞了出去。「我外出跑步的時候總會帶樣東西防身。」

康納接過她遞出的器具後，旋轉筆管將筆尖轉出。「我同意在樹木濃密的公園裡，一個落單的……人是應該採取合理的防範措施。」

她很確定康納險些便脫口說出落單的女人，但總算在他那十一號皮鞋的鞋尖被塞進他嘴巴之前及時改口。

英格索從康納伸出來的手上取過筆來，細細檢視。「這不是標準款。」

「在進局裡以前，我擔任巡警的時候都會隨身帶著。有一次碰上火燒車，我就用筆的硬質合金末端敲破車窗，及時救出了駕駛。」她聳聳肩。「很方便的小工具。」黑色鋁合金筆身，比一般的原子筆略粗，看起來實在無害。然而，在專業人士手中，卻可能是個可怕的玩意。

「筆錄上說妳用了下顎角技法。」英格索將筆交還給她，同時說道。

這個手法無須多費力氣便能制服人。她用筆尖按壓耳垂底部附近下顎線後側的某個定點，所產生的劇痛就像一陣電流沿著下齒槽神經急竄而過。接下來，她發出幾個簡短的號令，因為對方大腦痛覺受體的刺激超載，無法處理複雜指令。對方聽命後，她便用擒拿術壓制住他，等候一名路人去報警。她的手機在攻擊過程中摔壞了。

英格索從桌上拿起一份資料，確實地轉移了話題。「這是費爾法克斯郡警方的一份事故報告。」他打開資料夾。「妳有沒有看到電視或是網路上的報導？」她的目光從英格索轉向康納，又重新轉回到英格索。「我的手機整個砸爛了，今天早上也還沒看電視。發生什麼事了？」

英格索往下瞥了一眼手上的文件。「萊恩・薛佛攻擊妳的時候不是單獨一人。」

「該區的員警告訴我說他有個共犯，」她說：「薛佛把他供出來以後，他們循線找到人了。」

英格索又翻到另一頁。「那個共犯在逃跑前直播了整起事故，妳知道嗎？」

她感覺下巴掉了下來。「不知道。」

英格索對她露出苦笑，眼中卻無笑意。「我女兒會說，妳爆紅了。」

她有種奇怪的感覺，像是在中場休息後才走進劇院，試圖拼湊出劇情。「等等。你說什麼？」

康納開口說：「有人剪輯了影片，配上《神力女超人》的配樂。」他輕輕搖了搖頭。「然後就開始瘋傳了。」

「妳還沒看到？」英格索看似詫異。

「今天早上我接到你的命令就直接到這裡來了。」她雙手一攤。「根本沒機會去換手機或是進辦公室簽到。」

「配上電影音樂的那個人發起了一項比賽，看誰能認出影片裡的女人。」英格索說：「一直到今天早上以前都沒有結果，但終於有人認出來了。許多記者來電請局長發表看法，公關室一直在擋電話。」

她覺得難以置信。聯邦調查局局長，一個管理三萬八千多名聯邦雇員的人，正在被追問關於她的事情。「我的媽呀。」

英格索接著說：「不過這不是我們叫妳來的原因。」

她目不轉睛回看著他，想不出還可能會發生什麼事。

「昨晚有個殺人凶手在M街後面一條巷子的犯罪現場留了張紙條。我們有理由相信紙條上說的人是妳。」

一陣寒意竄遍她全身。「什麼犯罪現場？」

英格索舉起一隻手阻止她提問。「我想先釐清幾件事。」他眉頭深鎖。「十年前妳是不是從妮娜．艾斯培蘭札正式改名為妮娜．蓋瑞拉？」

她腦子裡的瘋狂旋轉杯倏然轉往另一個新方向。「那是我聲請自立的過程的一部分。我當時十七歲。」

英格索和康納心照不宣地互看一眼。看來她剛剛證實了某件事。她沮喪之餘，輪流看著他二人，沒有開口只是高高挑起眉毛以示詢問。

「我可以理解這涉及高度隱私，」英格索說：「只不過它直接關係到我們即將討論的事。」

「少年法院的紀錄已經封存，」康納補充說道：「我們正在申請傳票，但我們寧可聽妳親口說。妳是不是從安置機構逃跑以後，向法院聲請自立的？」

「是。」她舔舔乾燥的嘴唇。

「那是在妳被……綁架之後嗎？」英格索沒有正視她。

這代表他知情。她放在腿上的雙手握起拳來。他們兩人都知道她發生了什麼事。

「我當時十六歲。」她回答時保持客觀，不帶情緒，講述著她這一生中最悲慘的遭遇。「我從一個團體家屋逃跑，流浪街頭。半夜裡有個男人開車經過，他停下車，然後……抓住我，把我綁在他的廂型車後車廂。」

她沒有說接下來發生的事。她與綁架犯共度了數小時，那段時間裡未言明的細節懸在他們之間的空氣中。

「到了早上我成功逃跑了。」她突然收尾，然後向英格索提問：「這件事現在有什麼要緊？」

「昨晚在喬治城有個十六歲女孩被殺害，」英格索低聲說：「她是從寄養家庭逃跑的。」他說到最後，聲音幾乎細不可聞。「她被棄屍在垃圾桶裡。」

康納接續著說：「案子由大都會警局接手。他們的現場鑑識人員發現女孩嘴裡塞了一張紙條，還用塑膠袋密封起來。」

她想像那個畫面，長久以來埋在心裡的痛慢慢浮現出來。一條年輕的生命遭到扼殺。一個禽獸不如的東西在街頭悄悄徘徊，尋找下一個受害者。

英格索從一個資料夾裡抽出一張紙。「字條內容列印在一張標準印表紙上。」他從襯衫口袋扯出老花眼鏡，將鏡架甩開後戴上，接著瞄一眼紙張，清了清喉嚨。

她聽著他唸出凶手留的訊息，心臟怦怦狂跳。

「經過多年的尋找，我原以為再也沒有**希望**。可是今天，一切改變了。如今她自稱為戰士。但對我來說，她永遠都是……**逃掉的那一個**。」

英格索抬起頭，終於與她對上眼。「他空了兩行之後，又用粗黑體加了四個字。」

她等著英格索唸出最後的訊息。

「**下不為例**。」

4

妮娜木然地接過英格索遞給她的紙張。隨著她的目光往下飄移，瀏覽過她知道是留給自己的訊息內容，紙頁也微微抖動。

剎那間，她又回到廂型車內幽暗、滯悶的空間，嘴巴上貼著大力膠帶，抑制住了她的尖叫。

她留意到兩位長官正緊盯著她看，便動了動下巴，彷彿想脫除黏住的膠帶，然後勉強問了唯一重要的問題。

「昨晚有抓到人嗎？」

「沒有嫌犯被拘留，」康納說：「也沒有任何線索。」

多年來她害怕的就是這一刻，她一直試著說服自己說那個禽獸死了，現在卻再也無法欺騙自己。他已經從她的噩夢悄悄溜進她清醒的人生。

依然眩暈的她對英格索說：「你怎知道紙條是給我的？上面沒提到我的名字，總之沒有指名道姓。」

「妳的名字是BAU三組給的。」

她沒有作聲，默默思考這項訊息。BAU（行為分析小組）裡有FBI知名的側寫師。精通讀心術的專家。而三組則是專門負責處理兒童傷害案件。

「那裡有位特別探員……原先就知道妳的案子。」英格索似乎字斟句酌。

「怎麼會有人聯想得到？」她試圖猜測他們說的是哪個探員。「那是十一年前沒有偵破的綁架案。」就是她聲請自立開庭聽審的前一年。

英格索別開視線，搓搓後頸。「是傑佛瑞．韋德。」

她闔上眼睛片刻，努力不讓腦中逐漸成形的影像浮現。特別探員傑佛瑞．韋德博士，她曾希望再也不要聽到的名字。「我以為他不會再回BAU了。」

韋德被重新分發到訓練學院去了，因為他搞砸一次側寫，害死了一個女孩——至少茜卓拉．布朗的家屬提告時是這麼主張的。茜卓拉向地方警局報案聲稱有個男人在跟蹤她，由於情況與幾個月前發生在鄰近轄區的一起未破命案類似，警方便通報了FBI。韋德正在調查一連串以少女為目標的殺人案，這起命案也是其中之一。韋德看了茜卓拉的投訴內容，認定與他的調查無關，便將案子丟回給轄區警方。二十四小時後，茜卓拉死了，事後該命案連結到了韋德負責的連續殺人案。

由於身為FBI首席側寫師的韋德如此惡名昭彰，調查局也慘遭殃及。與茜卓拉關係疏離的家人多次出現在鏡頭前——律師緊跟在後——直截了當便怪罪於執法單位。韋德請了休假，將手上的調查工作轉交給另一名BAU成員，收假以後便請調了。有傳聞說，這位傳奇人物韋德博士在追捕傷害兒童的罪犯二十年後，終於不勝負荷崩潰了。看來傳聞有誤，因為他回來了。

「他只轉調到學院六個月。」康納說。

英格索暫停了一會兒又繼續討論眼前的案子，他似乎也想起韋德跌落神壇的那件事。「由於紙條的措辭怪異，大都會警局凶案組將資訊輸入暴力犯罪逮捕計畫部門，看看有沒有其他單位處理過類似命案。韋德就是這樣看到了報告。」

「他和局裡其他所有人一樣，也看到了爆紅的影片，所以他記得妳。」康納補充說明。能將拼圖拼湊完整的人，當然就是韋德了。說他熟悉她的背景未免過於含蓄。這個男人出於對她的認識，差點就讓她當不成警探。

就她所知，她申請過程中所受到的嚴密檢視無人能及。當妮娜接受測謊時顯示她對於一個有關過去的問題可能不誠實，執行助理局長肖娜．傑克森便插手，召來韋德博士進行評估。執行助理局長是少數幾個能直接向FBI局長報告的人之一。如此高階的人士通常不會介入申請篩選過程，但此次結果與肖娜個人有利害關係，因為是她招攬妮娜進局裡的。

韋德在看過測謊結果與她的背景調查報告後，將妮娜叫進一間偵訊室，要她說明為什麼聲請自立，以及她選擇的新姓氏有何意涵。他一直問到摧毀了她小心築起的心牆之後才罷休。

他強迫她重新憶起在機構裡遭年紀較大的孩子毆打的往事，由於她體型瘦小，就被他們認為好欺負。他逼她重新講述遭綁架當晚那些令人痛苦萬分的細節，撕開了在她心頭形成的保護痂皮，讓整個故事有如失血般源源流出。在這整個過程中，他定定地凝視她，偶爾在拍紙簿上草草記下幾筆，聽著她描述點燃的香菸頭燙在皮膚上的感覺。

雖然她說得斷斷續續，不時停頓抽播，他卻全神貫注默默聆聽，未流露出絲毫情緒地評斷她。他被指派的任務是判定她是否企圖向測謊員隱瞞些什麼，因此她感覺得到他在等候她崩潰，對他痛哭或尖叫或大打出手。他揭開她的靈魂，窺探審視她內心最深處的秘密。

最後，韋德對她說他得出的結論是她並非存心隱瞞，而是測謊結果顯示她刻意壓抑創傷的某些細節。他認為她記憶中有一些陰暗空洞之處是對她不利的因素，讓她變成一顆不定時炸彈，只要天時地利人和就一定會爆炸。只不過執行助理局長傑克森出手干預，他的報告才沒能阻止她進入學院。從受雇的第一天開始，妮娜就比任何人都努力，決心要證明傑佛瑞·韋德博士作了他職業生涯中第二次的錯誤評估。還要證明他是個道貌岸然的混蛋。

「我們要派妳和韋德直接合作。」英格索說。

她幾乎控制不住衝動想要離開辦公室，回家睡覺，一心只希望從這個噩夢中醒來。

「低調一點，」康納說：「最好是沒有人看得見妳。韋德從寬提科開車到喬治城，大約半個小時前抵達犯罪現場了。妳可以上那兒去找他。」

這個男人曾經用病理學家驗屍時的冷酷效率解剖她，這個男人認為她不適合當探員，他們竟奢望她與他合作。她有點想拒絕。即使她拒絕了，也不會有人怪她。

她強自繼續保持面無表情。她絕不讓上司知道這項任務會讓她付出什麼代價。「我要一輛公務車，現在就趕往現場。」

5

妮娜向站在封鎖線邊上的制服警員揮一揮識別證。

警員粗略查看了一下她的證件。「妳來晚了。」

「我今天打第四棒。」她說著便從巷口拉起的黃線底下鑽過去。

有一輛大都會警局鑑識小組的車停放在路邊，車頭散熱器對著一個布滿塗鴉的垃圾桶。她的注意力落在一小群男人身上，他們站在一面高一米二的攜帶式屏風後面，有人穿著大都會警局制服，有人穿著白色泰維克防護衣，其餘則是各自的工作裝束。

她毫不費力便找到韋德特別探員。罩住他高大身軀的深藍色勤務夾克上，「FBI」三個鮮豔的金色字體十分醒目。當他轉頭過來，那眼神反映出一個見過太多世面的男人的冷酷無情。他鐵灰色的眼睛牢牢盯住她，那種打量評估的感覺與他們兩年前最後一次碰面時相似得詭異。

她大步走上前去，朝他伸出手。她辦此案的機會掌控在他手裡，但她不會讓他掌控她。「早安，韋德博士。」

她猜想，耗費精力與金錢取得博士學位的人，多半希望這個頭銜能與自己的名字連在一起。

「叫我韋德就好。」他低沉沙啞的聲音與粗獷的長相吻合。

他握手用力，手掌上的硬繭令她吃驚。她還注意到他要她喊他的姓而不是名，有意保持一定的專業距離。她無所謂。

「蓋瑞拉。」她說。

他的頭往左手邊不遠處的男人微微一偏。「大都會警局凶案組麥克・史坦頓警探。」

史坦頓很快地向她擺手致意。

韋德放低聲音。「妳一旦覺得不舒服，要讓我知道。」

她兩眼直視著他，謊稱道：「我會的。」她早已不舒服到倒吸五十口氣了。

「現在沒時間脆弱了。」韋德說著隨即轉進調查模式。「現場已經擱得有點久。我們需要妳能提供的任何見解，馬上就需要。」

她轉向隱私屏風，除了察看現場也迴避他銳利的目光。「那麼我就開始了。」

史坦頓警探上前攔阻她。「在妳看屍體以前，能不能請妳描述一下他用來……」他移動一下兩腳的重心，顯然很不自在。「載妳的車輛？」

合理。一個人將廂型車特別改裝作為綁架用途，有可能沿用多年。

「藍色福特Econoline。」見他面露疑色，她於是加以說明。「我是從事故發生後警察出示的照片推測出品牌和車款的。」

事故。平淡無奇的字眼，是她刻意挑選的。

他點了個頭。「還有什麼？」

「外觀普通，沒什麼特殊之處，至少外面看起來是這樣。」她嚥了口唾液，滋潤乾燥的喉嚨。「車內是個空殼，連內裝地毯都拆了。他用黑色塑膠地板蓋住我身子底下的金屬。我雙手被反綁，腳踝也被綁起來。」

她說完後，韋德和史坦頓並未接話。她發覺到他們在等她說下去。

「車子後面有幾個像這樣的小圓窗，」她舉起雙手，彎曲手指，比出約莫餐盤大小的形狀。「他用深色噴漆把窗子都塗黑了。」

史坦頓想知道更多。「後車門怎麼開？」

「雙開式的門。他把我鎖進車內的時候，先關上他左手邊的門，再關上右手邊的門。」

「調查報告中完全沒提到這個。」

「有很多像這樣的小細節。」她聳了一下一邊的肩膀。「沒人問過我，或者是沒人記下來，但大部分我都記得清清楚楚。」

韋德微微挑起一道雪白的眉毛。「大部分？」

他們倆瞪大眼睛默默對看。她曾經因為這一點差點當不了探員，她不願道歉。「有些部分我不記得了。至少我從來沒試著去想起來。」

她重新轉向史坦頓，繼續描述廂型車。「引擎運轉順暢，沒有回火聲、排氣管噪音或是其他引人注意的聲音。」她深入心思的縫隙，掏挖出更多的零碎資訊。「他載著我開了大約半小時後停車。車內的前後之間有塊隔板，所以他得下車走到後面來開門。」

「妳看到什麼了？」韋德問。

人面禽獸。

「車子好像是停在某個樹林裡。」她說：「天還沒亮，所以我只看到一群暗暗的樹，其他什麼都看不清。」

史坦頓警探取出手機，轉過身去，開始快速而低聲地說起話來。她猜想他是在指示派遣台針對符合她描述的車輛發出全面通緝。機會不大，但值得一試。

「好了，」韋德說：「鑑識小組已經完成蒐證，沒動屍體，在等妳來。」

他側身繞過遮蔽屍體的屏風。她尾隨而入後，明白了他們為何架設起視覺屏障。那女孩的深色長髮披散在腦後的地面上，右側髮絲被乾涸的血漬糾結在一起。她四肢張開仰躺，赤裸的身體在髒汙的柏油路面展示出猥褻的姿態。

妮娜俯身向前，凝視那雙彷彿覆著眼翳、盲目回瞪著她的褐色眼眸。她目光往下移，察覺到有一些殘留的銀色大力膠帶碎片黏在女孩的上唇。

韋德站在她身後，很快地作了概述。「是巷子對面那間餐廳的一個雜工發現屍體的。當時差不多凌晨三點，他在餐廳打烊後出來倒晚上的垃圾，看見女孩在垃圾箱裡，以為她還活著，就把她拉出來，撕掉她嘴上的膠帶才發現她已經斷氣了。」

史坦頓警探講完電話回來。「凶手把紙條放進小塑膠袋，塞進她嘴裡，然後才貼上膠帶。很可能是為了確保紙條不會掉出來。」

她認同。關於紙條，那人一定會做得萬無一失。忽然一個念頭閃過，同時引發一股恐懼。她問史坦頓：「你的鑑識小組有沒有人翻過她的身了？」

史坦頓瞄韋德一眼才回答說：「大約在妳到達的半小時前。後來才又恢復成我們發現她時的模樣。」

她小心地強作鎮定，思量著截至目前為止的發現，將現場與凶手留給她的謎樣紙條加以對照。他想必事先就知道FBI會找她加入調查行列，因此留了訊息給她。

「經過多年的尋找，我原以為再也沒有**希望**。」她低聲喃喃自語，一面偏斜著頭從另一個角度研究女孩的屍體。「可是今天，一切改變了。」她唸完紙條內容後，往上瞥向韋德。「這表示他又有希望了，但怎麼會呢？是怎麼個有希望法？」

他若有所思地看著她。「妳說呢？」

他不會提供自己的分析來幫她，無疑是更想先聽聽她的想法。她背轉向他二人，再次彎下身子。他還對這個可憐的女孩做了什麼？一絲金屬微光引起她的注意。她倒吸一口氣。

「妳沒事吧，蓋瑞拉？」韋德的語氣一變，透著關懷。

「項鍊。」她只能勉強說出這兩個字。那個禽獸又再一次證明了，他隨時可以一把奪走她的掌控權。

女孩糾結雜亂的頭髮旁的骯髒地面上有一條銀鍊，上面有個鑽石形墜飾，長長的鍊子圈繞在女孩纖細的頸項上。妮娜被他帶走時就戴著同樣的項鍊。她細看那些塑膠串珠組成彩色同心鑽石的樣式，更加確認自己的懷疑。

她不肯讓眼眶泛出淚水。「那條項鍊是我的。」她低聲說。

「妳確定嗎？」史坦頓問。

「那是我十五歲時在美術課上做的。那是古老的樣式，叫做*ojo de dios*。」她挺直身子指著墜飾說：「神之眼。」

史坦頓招手讓一名採證人員過來。「你給項鍊多拍幾張照片，然後傳到我的手機好嗎？」

妮娜轉過身，假裝查看屍體另一邊的地面，以便爭取一點時間讓自己恢復鎮定。在能夠展現客觀態勢之前，她不想面對韋德。不料這比她預料的困難許多。

「妳需要喝點水嗎？」韋德口氣溫和地說：「我還有一瓶。」

「我沒事。」又是謊言。她覺得一定會被韋德看穿，但她不在乎。她轉而專注於眼前的事實，最後只得到一個結論，一切也因而變得清晰。「他在重建他和我在一起的情形。」

史坦頓不再盯著採證人員。「什麼意思？」

她又起手來。「她背上有幾道傷痕？」

「妳怎麼——」

韋德插嘴說：「二十七道。」

和她自己背上的疤痕一樣多。那個禽獸怎麼會記得究竟劃了幾道？那不是他劃的，但他為之著迷。她強壓下一陣寒顫，因為彷彿可以感覺到他的指尖順著她的脊椎而下，劃過那一道道突起的傷疤。

「她背上有三處灼傷嗎？」她問道。

韋德沒有回應。

他的沉默感覺像在測試。他還在評估她對調查工作有無用處。她面向他詳細說明道：「用香菸燙出三角形的三個頂點。就像他在我身上留下的。」

她回轉身子，佯裝仔細檢視每一吋地面。「我得再找找，也許還有其他什麼東西。」她並沒有真的看進什麼，直到目光落在布滿城市藝術塗鴉的垃圾箱上。只見傷痕累累、凹凸不平的金屬箱正面左下角，用螢光藍噴漆噴了四列醒目的數字與字母。第一列是「4NG」，後面接著一個冒號。她體內有個東西騷動起來，注意力隨之集中。她蹲下來，瞇起眼睛。

韋德來到她身邊蹲下，膝蓋喀喀作響。「油漆看起來很新。」

「他戴的是亮藍色乳膠手套，」她說：「就跟這個顏色一模一樣。」

他揚起一邊眉毛面露狐疑。「妳認為他在用暗號傳遞什麼訊息嗎？」

「紙條和項鍊肯定是的，而且都是針對我。」她偏著頭。「4NG會不會是『for Nina Guerrera』（給妮娜．蓋瑞拉）？後面有個冒號，表示接下來的部分是訊息內容。」

他二人傾身靠近一些。下一列寫的是8、15、16、5。再下一列是9和19，最後一列則是4、5、1和4。

「他留下的其他每個訊息都很牢靠地附在屍體上，像是想確保我們會發現。」韋德手朝垃圾箱一揮。「這與他的模式不符。除了顏色之外，整個訊息都和這條巷子裡亂七八糟的塗鴉混在一起。他並不能確定我們會發現。」

「老實說，我們確實漏掉了。」史坦頓說著又示意一名鑑識人員過來。

她並未聽見警探靠近。他帶著些許懊惱的口氣命令該鑑識人員將巷子的每分每寸都拍照下來。

韋德站起來，低低咒了一句：「該死。」

見他匆匆從口袋掏出手機，她也起身，問道：「怎麼了？」

他沒理會她，只顧用拇指按著手機按鍵。他的灰色眼睛飛快地再次瞄向噴漆數字，隨即又回到手上的手機螢幕。「王八蛋。」

她幾乎就要抓住他的外套衣領晃醒他。「怎麼了，韋德？」

他終於回答。「這是簡單的取代加密法。非常基本。但肯定是他。」

「他寫了什麼？」

「字母拼出來就是*hope is dead*（希望已死）。」

「要命。」史坦頓說：「蓋瑞拉探員，妳剛到的時候我有注意到一件事，但我不想說什麼，以免過度解讀命案現場。」

「注意到什麼？」她問。

「看看她。」史坦頓指向靜靜躺在附近的形體。「她看起來跟妳好像。」

妮娜站在那裡，試著以不帶偏見的目光看那女孩。她是拉丁裔，身材嬌小，體型細瘦。和她一樣。史坦頓說得沒錯。她之所以沒發現，也許是因為她看見的是一個年輕許多的人，一個全然的陌生人，而且已經死去。

「不過死者留長髮。」韋德說：「如果要和蓋瑞拉相吻合，應該會把頭髮剪短才對。」

「不，」妮娜輕聲地說：「他不會。」她回想那天晚上發生的事。「他綁架我的時候，我跟她一樣留長髮。」她的視線始終盯著女孩。「他抓住我的馬尾把我拖進廂型車。」

那天晚上出院後，她回到團體家屋，站在蓮蓬頭底下一直沖到水變冷，然後走出淋浴間，站在浴室鏡子前，濕髮滴下的水珠與眼淚交融。她抓起一把又一把的濕髮，用廚房剪刀亂剪一通，最後彷彿理了平頭一般。直至今日，她都留著精靈短髮。

「那麼，也許他就到此為止了。」史坦頓說話時，她的思緒回到當下。「他覺得他殺不了FBI探員，所以選擇另一個被害人取代她，完成這個循環。」

「我曾經見過這種固著行為，」韋德搖著頭說：「這不只關乎殺人，還關乎執念。」他雙眼緊盯妮娜。「而他才剛剛開始而已。」

6

維吉尼亞州春田市
愛茉沙美景公寓大廈

妮娜從烤箱拉出墨式焗烤千層餅，暫停一下檢視邊緣處融化冒泡的金黃褐色起司之後，才很快地回頭瞄肖娜・傑克森一眼。「妳人不在場。我看得出來韋德真的很不想讓我加入。他冷漠得要命。我發現那個噴漆後，他本來不相信那和案子有關，後來他自己解出暗碼才相信。」

「現在妳對他來說是調查工具。要改變這一點就看妳了。」妮娜公寓的狹小廚房裡有一張玻璃面的迷你桌，肖娜就坐在這張桌邊。

妮娜的住處位於春田－法蘭科尼亞區，一般俗稱「拉丁走廊」地段的一棟四層樓建築頂樓，房仲業者會以「簡約」或「小巧舒適」來形容。同一棟樓的房客多半是清潔工、廚師與園藝工作者，妮娜也和他們一樣，為了與首都之間的便捷交通，寧可住在這棟搖搖欲墜的四十年老屋。

她將康寧焗烤盤放到流理台的隔熱墊上放涼。「說真的，妳怎麼有辦法每天跟他一起工作？」

有那麼一剎那，肖娜的深褐色眼眸微微閃爍著惆悵。「他不是一直都那樣。韋德也曾經很溫暖，會關心人。」

妮娜坐到桌子另一邊。「妳是說在茜卓拉．布朗的案子發生以前？」

「在他被局裡晾到一旁以前。」

「當時妳是執行助理局長，」她說：「妳可以幫他的。」

「執行助理局長又不是局長。我盡力了，我是說當他……」她猶豫著沒把話說完，想找個適當的字眼。

「內爆的時候。」妮娜替她補上。

肖娜皺眉道：「有時候比起罪犯，我們對自己更嚴厲。茜卓拉死後，韋德把責任攬到自己身上，很自責。」

「就我所知，她說有個男人在跟蹤她的時候，韋德並不相信。他原本可以做得更多，說不定甚至可以阻止……」

「妳的口氣跟媒體一樣。」

「因為我也曾經是他主觀判斷錯誤的受害者。」妮娜說：「我不明白的是妳為什麼要救他。」

肖娜長長嘆了口氣。「妳不明白的可多了。所以我才來找妳。我們需要談談。」她意味深長地看著妮娜。「私底下談。」

妮娜上一次見到這位前輩臉上露出這種表情是三年前的事，當時也同樣在這張桌邊，她在延攬她加入聯邦調查局。她們倆第一次相遇則是在更多年前，那年妮娜十六歲，肖娜被派任到BAU。

費爾法克斯郡警局請FBI幫忙針對綁架妮娜的人進行側寫。由於距離寬提科只有半小時的車程，肖娜便罕見地親自來與她對話。這個身材高大、優雅自信、沉著鎮定的聯邦探員，讓妮娜留下前所未有的深刻印象，也幾乎第一時間便與她建立起親密的關係。

當肖娜清楚知道妮娜一案不會有人被捕後，便繼續與妮娜保持聯繫。由於擔心綁架犯仍未落網，肖娜與兒少保護局合作，確保他們在結案的最終報告裡不會提及妮娜新的姓氏與地址。妮娜在法律上已是自立的成年人，因此不會再有社工來訪，可能遭駭客入侵的資料庫裡也不會再有她的紀錄。相反地，她的正式更名將永遠屬於一場未開放旁聽的少年法庭聽證會，屬於她想拋諸腦後的過往。

肖娜表現出的專業態度與對弱者的憐憫之心激勵了她，一符合資格便立刻投身執法的志業。當妮娜在警界逐漸出人頭地之際，肖娜在局裡也是平步青雲。而自始至終，肖娜都是她的良師益友，鞭策她從被害人進化為保護者。

「這麼說，妳不是為了美食來的嘍？」妮娜問道。

肖娜沒有上鉤。「我得告訴妳一件關於韋德的事，這件事我本來完全不打算和妳談起，但現在妳要跟他一起工作，我——」

門鈴響了。

妮娜急著想趕走不速之客，匆匆走過去開門。

「*Hola, mi'ja*（嗨，親愛的）。」她的隔壁鄰居葛梅茲太太站在門口，手裡捧著一個瓷盤，身邊還有她十七歲的寄養女兒碧安卡。「我不確定妳吃飽了沒，所以給妳帶了一點三奶蛋糕。」

老是擔心妮娜餓肚子的葛梅茲太太，經常送來自己做的家常菜或點心。碧安卡則是每當被寄養家庭的六個兄弟姊妹惹火了就會過來，每星期至少有三天。

妮娜照例行禮如儀，接過鄰居送的東西。「*Gracias*（謝謝）。」

「噢，不過妳有客人啊，」葛梅茲太太說：「我實在不想拿我的問題來煩妳。」

才怪。「怎麼了，葛太太？」

葛梅茲太太微微露出靦腆的笑容。「我想來做香酥餃，可是爐子壞了。」

碧安卡顯然受夠了寄養媽媽的不乾不脆，屁股一歪，開門見山地說：「我們需要妳幫忙打電話給哈米。」她挑動著穿了洞的眉毛。「他根本不把我們當回事，但妳叫他，他會馬上跑過來。」

妮娜嘆了口氣，往後一站，手按住開著的門。「進來吧。」

葛太太走進廚房，將蛋糕放到流理台上，然後兩手交握滿懷期望地看著妮娜拿起電話打給管理員。

電話才響一聲，哈米就接起來了。「*Qué pasa*（有什麼事），妮娜？」

「Hola，哈米，就是⋯⋯」

只見葛太太慌張地連連揮手搖頭。

妮娜緊急改口。「有點東西需要修理。你能不能過來一下？」

「兩分鐘就到，*bonita*（美女）。」

妮娜翻了個白眼掛斷電話，轉身對鄰居說：「他要是發現我是替妳們打電話會氣死，下次也騙不了他了。」

「我兩天前打給他過，」葛太太說：「我們實在受夠了微波食物。」她噘起嘴像在描述有毒的廢棄物。或許她的確是。

「嘿，」碧安卡這才第一次將目光從妮娜身上移開，較清楚地看見了肖娜。「妳是不是上過電視還是什麼的？」

「肖娜．傑克森，」她起身說道：「我昨晚上過新聞。」

六個月前肖娜離開了調查局，妮娜覺得那是莫大的損失。探員的退休年齡是五十七歲，也許可以延至六十歲。五十二歲的肖娜在另一個職場看見機會，便把握住了。局裡有許多人退休後會轉任顧問、保全專家與諮詢專家等職務，他們得來不易的專業知識是寶貴的資產。然而，有少數一些人很難得地兼具才幹與大眾魅力，自然適合以執法專家的身分上全國性的新聞節目。

幾個月前發生了一連串白人警察射殺手無寸鐵的黑人事件，採訪的邀約開始讓肖娜應接不暇。身為調查局有史以來層級最高的非裔女性，她的職位與她調查這類侵犯公民權利的案件的資歷，讓她具備了與有關當局對談的資格。最近，她受聘於一家重要的全國性新聞媒體，擔任資深顧問。

葛太太急忙上前與肖娜握手。「妳本人更漂亮呢。」

肖娜還來不及回話，便傳來響亮的敲門聲。妮娜咬牙，用力拉開門。

「*Hola, bonita*。」哈米在一陣濃厚的歐仕派香水氣味中說道：「出什麼問題了？」

她眨去被古龍水香味刺激出來的淚水。「是爐子。」

他皺起眉頭。「是四口都壞了，還是只有一口？」

「這你得問葛梅茲太太。」

她看著哈米的視線掃過廚房，漸漸搞清楚狀況的他五官跟著糾結起來。

碧安卡對著他比出中指。「*Hola*，哈米。」

他重新轉向妮娜，蹙眉說道：「這樣不酷，*bonita*，這樣不酷。」

碧安卡正面迎戰他。「誰叫你不肯修我們的爐子。我們一直在用微波爐耶，哈米，你想想看。」她壓低聲音以便傳達出他們處境的真實可怕與嚴重性。「現成的捲餅，用微波爐加熱。」

她豎起兩根指頭。「兩天了。」

哈米露出苦笑。「喔，好吧。」

他跟隨她們出去，同時低低嘟囔一聲，聽起來像是「*pinche*（去他媽的）爐子」。

妮娜關上門後發現肖娜在忍著笑。「我喜歡妳這些鄰居。」

「那是妳不了解狀況。他們就像一個功能失調的大家庭。」

「這妳說過。但妳也知道，在市中心找一間時髦公寓，妳又不是負擔不起。」肖娜睜大眼睛，連忙補上一句：「我沒惡意。」

這回換妮娜笑了。「我沒生氣。我喜歡這裡。我成長過程中住的通常都是這種公寓大樓。」

她沒有解釋說她是故意挑拉丁走廊這一帶住，以便與她的族裔保持聯繫。成長期老是在不同家庭間換來換去，讓她有時會覺得脫離了自己的傳承。為了彌補沒有家人的遺憾，她在學校學西班牙語，並經常與瓜地馬拉人、波多黎各人、薩爾瓦多人、秘魯人、墨西哥人和哥倫比亞人來往，那時候華盛頓特區的拉丁裔人口大多都來自這些地方。

妮娜搬進這棟公寓大樓後，來自智利的葛梅茲太太偶爾會像個代理母親似的。她教了妮娜許多關於食物與烹飪的知識，還有智利葡萄酒，葛梅茲太太聲稱「法國那玩意」跟他們的酒根本沒得比。妮娜敢拿一個月的薪水打賭葛太太從來沒嚐過法國酒。

肖娜臉色變得正經。「妳進入申請過程時，他剛剛被派到BAU。」

這是婉轉的說法。有人說他跌到谷底去了，有人說他沒那個本錢卻暴瘦將近十五公斤，還有一些人說他有部分假日是在精神療養院度過。她不確定這些話的真實性多高，但他名聲的敗壞不僅徹底而且持續不斷。

肖娜怔怔望著遠處，似乎陷入沉思。妮娜可以感覺到原本阻塞不通之處即將潰決。她知道此時最好不要打擾她，便默默將香味四溢的食物分裝到兩只盤子上，端上桌來。

最後，肖娜終於接著說：「他沒有建議聘用妳還有一個原因。沒幾個人知道整件事的來龍去脈，我是其中一個。」

妮娜一屁股坐到椅子上，滿心都是不祥的預感。

「他有個妹妹，」肖娜說：「十四歲那年被人帶走。幾天後警察找到她，身體沒有大礙，可是……」

妮娜低頭看著自己的手。她一直很納悶韋德怎麼會進入BAU專門處理兒童案件的部門，他任職時那還是相當新的職位。至少現在知道答案了。「他妹妹怎麼樣了？」

「她二十歲的時候吞下了足以致命的藥量。」肖娜搖著頭說：「聽韋德說，她出事以後就變了個人。」

一片拼圖驀地歸位。「他覺得我會那樣，」妮娜直截了當地說：「覺得我進局裡工作會成為導火線。」

肖娜舉起手以示安撫。「站在他的立場想想吧。有這麼一個申請人經歷過虐待與暴力，而且情況比他處理過的一些被害人都慘。」她吸一口氣。「也比他妹妹的遭遇還慘。」

「所以他看我把自己打理得很好，當上了警察，就對我心存怨恨？」她拿叉子對著肖娜說：「我還沒申請進FBI以前在執法單位做了四年，從沒出過問題。」

「他認為他是在替妳留意。」肖娜一刀切下千層餅。

「他是不想受任何後座力波及，萬一他簽名保證我精神健全，結果五年後我瘋了呢？」她不屑地哼了一聲。「他比我想的還不堪。」

「不，不只是這樣。」肖娜遲疑地說：「妳的檔案顯示妳可能是個……麻煩人物。妳不一定能和別人好好合作。妳有獨自行動的傾向，哪怕當上警察也一樣。這不是我們局裡的做法。」

這一點妮娜無法辯駁，而她最痛恨的是知道有一些秘密檔案存在，這些檔案從她一個月大就開始鉅細靡遺地記錄她的人生，而且是她看不到別人卻看得到。大多數孩子不會有文書記載他們一生中的一舉一動與每個境遇，寄養兒童卻有，而被形容為「麻煩」的寄養兒童檔案尤其厚。

「妳知道我被派到BAU的時候韋德是我的搭檔，」肖娜轉移話題說道：「但妳不知道的是我升遷離開那個單位幾年後，我們開始……交往了。」

「等等，妳說什麼？」她無法想像肖娜和韋德在一起。

「我說過了，當時他不是這樣的人。」肖娜送一口食物進嘴裡，似乎在考量要吐露多少。「妳申請進局裡的時候我們已經分手，但他知道是我鼓勵妳提出申請，所以覺得有義務告訴我他不支持錄用妳。」她臉色轉為嚴峻。「於是我直接去找局長。」

「我知道。」妮娜說：「局裡有些人知道妳插手，所以對我不滿。韋德無疑也是其中之一。」

肖娜放下叉子，瞇起眼睛看著妮娜，兩人之間瀰漫著孜然混合洋蔥的氣味。「我會這麼做是因為局裡需要妳。」她用食指頂了她的胸口兩下。「需要我們。」見妮娜沒有應聲，她提高嗓門。「FBI仍然是以白人男性為主的單位。我剛剛錄取時，他們幾乎不讓女生擔任全職探員。妳想想，那年頭一個黑人女性要跨過那個門檻有多難。可是我跟妳一樣，決定比任何人更努力，來證明那些懷疑我的人錯了。我接受爛職位、爛任務、爛裝備。我咬牙忍耐，賦予自己一個使命，就是爬上高位，幫其他人鋪路。這正是我為妳做的事，我不會為此道歉，不管是對妳，或對任何人。」她呼吸變得粗重。

肖娜從未談過她早期的職業生涯、她所面對的歧視，或是她爬上美國警界高層這一路上持續打破了多少玻璃天花板。

「我沒有這麼想，」妮娜輕聲說：「謝謝妳。」

肖娜點頭接受後又接著說：「我跟局長說，我們不應該拿妳是倖存者這件事來反對妳。我提醒他，妳當警察這四年來，個人檔案中除了表揚還是表揚。」她拿起叉子用力往千層餅插下去，好像它不知怎地惹惱了她。「然後我祭出核選項。局長知道幾年前我和韋德是搭檔。」她垂下眼簾。「我對韋德的判斷提出質疑，我告訴FBI局長說，曾經也是側寫分析師的我，認為韋德因為個人的問題扭曲了他對妳的觀點。」

「不會吧，肖娜。」

「我出賣我的夥伴——一個我曾經愛過，現在也仍然深深在意的男人——因為我相信妳，妮娜。」她雙眼微濕。「而且就算重來我還是會這麼做……因為這是該做的事。」

「妳一定很痛苦。」她伸出手緊緊握住肖娜的手，這位前輩對她的信心讓她感到慚愧。「局長怎麼說？」

「他能怎麼說？韋德最近的工作紀錄對他不利。他被視為情緒不穩定，結果被迫暫時離開BAU，反觀妳的表現可圈可點，而且妳在其他每項類別的測驗也都名列前茅。韋德最後的結論是妳的測謊結果並無欺騙的現象，只是由於過去的創傷，在某些方面不夠清晰明確。除此之外，妳在一個規模龐大、備受敬重的警局裡表現優異是公認的事實。」她聳了聳肩。「局長就讓妳過關了。」

「韋德不把我當成調查小組的一分子，因為他確實這麼認為。」她滿懷憤恨。「他認為我不配進FBI。」

「我本來完全不想跟妳說這些，但現在妳和他搭檔，我想還是應該讓妳知道。」

「我無法信任韋德，要我怎麼跟他一起工作？」

「因為這是妳唯一的選擇。」肖娜說：「決定權在妳，但如果妳選擇和他搭檔，至少妳現在清楚知道自己的處境了。」

她琢磨著肖娜的話，徹底意識到自己的處境完全沒變。還是一個人。

要加入她這一生最重要的調查工作，代價就是和曾經阻擋她進入局裡的探員搭檔。她也懶得抱怨說不公平了，她們倆都心知肚明。

她迎上肖娜定定凝視的目光。「不管選擇袖手旁觀或是站上擂台，我都會奮戰。每次都會。」

7

華盛頓特區

鐵籠中央格鬥俱樂部

小心檢視過傷口後，名叫奧丁的拳手拿起針刺入左眼上方參差不齊的撕裂處。頓時一陣劇痛襲來，準備挑戰他、震懾他、打敗他。他反擊回去，將手術縫線拉過腫脹的皮肉。

「要命，」索倫提諾在他身後開口說：「你都沒感覺是不是？」

奧丁眼睛盯著破裂的鏡子，將針刺向傷口另一邊，同時眼睜睜看著針頭刺穿前將表皮撐起。「我什麼感覺都有。」他扯動縫線，將傷口邊緣拉攏。「只不過我能掌控，我可以決定要不要有反應。」他又再次將尖銳的金屬刺入。「我可以征服自己。」

索倫提諾放聲大笑。「就像你今晚征服『突擊者』那樣。」

奧丁嘴角上揚露出得意的微笑。「突擊者」安德魯．貝奈就是那個和他一起進鐵籠的笨蛋。現在貝奈可以享受一下脾臟破裂的樂趣了。

血腥運動就是這麼回事。觀眾透過由他人代勞的打鬥發洩自己鬱積的怒氣，鬥士則是為了榮耀競爭。但奧丁有個秘密讓他佔上風，他與其他人不同，與所有人類都不同。他很幸運擁有與生俱來的優勢，而且還比其他人更拚命。先天優越的體格與心理素質使得他與眾不同。汗水飛灑的景象，嘴裡鮮血的味道，如麝香般的恐懼氣味——這一切都在在令他陶醉。

「我靠你賺了不少錢。」索倫提諾說：「我每次都押奧丁。」

他沒有理會這番奉承。在進化等級中，索倫提諾大約落在蟑螂與蟾蜍之間，不過他賺錢的直覺很準。他知道怎麼押對賭注。

奧丁差不多縫好了，開始打結。

索倫提諾靠上前來，邊看邊深深皺起濃密的一字眉。「縫得又直又好，你在哪學的？」

他目光掃向索倫提諾，冷冷盯著他看，直到他緊張地後退一步。這個話題終於打住，他這才滿意地繼續忙原來的事。

「禮拜五晚上你有空嗎？」索倫提諾換了個安全一點的話題問道。

他貼著皮膚剪斷線頭，直起身子之後，很快瞄了一眼掛在牆壁上方角落的一排平面電視。

「禮拜五晚上有事。等我有空再上場，我會傳訊息給你。」

索倫提諾顯然明白他是在趕人了，於是拖著腳步離開更衣室。

奧丁的目光重新回到電視螢幕。他不去看ESPN和全美改裝車競賽的內容，而是聚焦於地方新聞的報導畫面。他猛地將剪刀塞進醫藥箱，並往水泥地板吐出一道細細的血水。地方新聞要是媒體知道巷子裡那個流落街頭的女孩和那支爆紅影片裡的FBI幹員之間有何關聯，肯定能上全國頭條。每個頻道都能看到妮娜。大眾英雄。假如民眾發現他們的新寵兒要為那個女孩的死負責，會怎麼樣呢？

他想起她和公園裡偷襲她的呆瓜打鬥的影片。他已看了不下千遍。她依然嬌小，一如他的記憶，但顯然受過訓練。她技藝大有長進，現在還配上了槍和徽章。

妮娜．蓋瑞拉。少女戰士。

他一直不知道改名的事。他曾試著搜尋妮娜．艾斯培蘭札，線索卻斷在她十七歲生日那天。他猜想改名應該是在不對外公開的少年法庭聽證會上進行的，那是極少數他無法取得的紀錄之一。這麼久以來她都與他擦身而過，她欠了他十一年份的懲罰。

這回，她得把債還清，否則他跟她沒完。

8

維吉尼亞州阿奎亞
阿奎亞貿易中心行為分析小組

妮娜討厭秘密。特別是這一個，感覺好像在表皮底下逐漸潰爛的膿瘡，感染她與韋德的每一次互動，也注定會在將來某個未知的時間點膿液噴發，濺得他們倆一身的毒。

無論韋德做了什麼或是背後的原因為何，為了追捕隱嫌——FBI對「不明嫌犯」的稱呼——所有的私人考量都要退居第二位，因此次日早上她才會若無其事地跟隨韋德走進BAU會議室，彷彿並不知道兩年前他為何在她背部正中央捅那一刀。

她逐一細看圍坐在會議桌旁的人。坐在首位的是傑拉德．巴克斯頓，她只聽聞過此人並未謀面。

「蓋瑞拉探員，」韋德朝她目光的方向打了個手勢。「這位是特別探員督察傑拉德．巴克斯頓，BAU三組的組長。」

巴克斯頓向她點頭致意。「我召集了幾個關鍵的人來針對這個案子作第一次簡報。」他轉向右側一個坐得直挺挺的女子，她膚色極白，一頭紅褐色捲髮如瀑布傾瀉而下，蓋住大半個背部，炯炯然的海綠色眼眸充滿好奇。

「凱莉．布芮克，」她說道：「網路組借調來的，之前在視訊鑑識待過一段時間。」微微緩慢慵懶的南方口音使得這些專門術語聽起來不那麼硬邦邦。

妮娜決定不提問為何BAU的簡報會議上會出現網路犯罪專家。巴克斯頓不按牌理出牌的查案方式是出了名的，而且總會有成果。

坐在布芮克旁邊的男子理著金髮平頭，看起來有如正在執行偵查任務的海陸隊員，海軍陸戰隊基地就在這條路過去幾公里處。他稜角分明的臉上戴著黑框眼鏡，顯得有些不協調。

「杰柯．肯特。」他說道：「BAU三組。」

妮娜與韋德在另外這兩名探員對面坐下來。

「我們就先來探討被害人吧。」巴克斯頓開門見山地說。

所有人的目光一齊轉向韋德，他於是打開一本皮面筆記本。其他每個人面前都有某種電子設備打開擺在桌上，但對於韋德還在寫筆記的過時風格，似乎沒有人感到驚訝。

「那女孩名叫蘇菲雅．賈西亞－費格羅阿，」韋德開口說道：「十六歲西語裔女性。母親正在勒戒所戒安毒，父親因為毒品罪被判十年徒刑，已經服刑兩年。蘇菲雅從五歲開始寄養生活，她從六個月前開始住在一個團體家屋，兩星期前第三度逃跑。團體家屋的負責人在晚上查鋪時發現人不見了曾通報過，但並沒有採取進一步的行動去找她。據大都會警局的警探說，她後來開始以賣淫維生。」他從筆記本抬起頭來。「和她媽媽一樣。」

聽著韋德講述蘇菲雅的經歷，妮娜心如刀割。短短幾句話便總結了一個由痛苦、排擠與創傷構成的人生。蘇菲雅的人生本來也許可以有所轉變，但如今再也沒有機會了。

韋德翻到下一頁。「最後有人看到她是在隔幾條街的M街上，時間是她屍體被發現的前一晚的十九時。」

「跟嫖客在一起嗎？」肯特問。

韋德還沒回答，巴克斯頓便暗示性地看了布芮克一眼。

她接收到了暗示。「我一直在和視訊鑑識的人合作，我們在一家雜貨店的監視器裡看見她走進店裡買菸。」布芮克說：「只有她一個人。」

「她用假身分證買菸嗎？」妮娜問。

「不需要。」韋德插嘴道：「當時值班的店員顯然不太在乎販賣香菸的法律。大都會警局的人正在訊問他。」

「是誰發現屍體的？」肯特問道，看來他才剛剛被圈進這個案子。

「華金．奧喬亞，」韋德又往下瞥一眼說道：「夜店『三重威脅』的一個雜工。他在夜店打烊後，凌晨三點左右從後門出去倒垃圾，看見她的一隻腳突出來。幸運的是當時垃圾箱很滿，否則女孩可能會掉到箱底，他也就不會看見了。」

這個細節妮娜之前沒聽過。「隱嫌不是想棄屍，他是想確保我會到現場去。他恐怕事先就知道垃圾箱會是滿的。」她轉向韋德。「當時很接近平常收垃圾的時間嗎？」

韋德又翻了幾頁。「垃圾一星期收一次。預定的時間是隔天清晨六點。」他對她點頭表示認同。「凶手想讓她被發現。」

「而且想讓她在垃圾箱裡被發現。」妮娜說。她很確定，這個凶手做的每件事似乎都不是偶然。

「這點我一直想不通。」韋德說：「他為什麼把她丟在垃圾箱裡？如果純粹只是想拖延被發現的時間，大可以把她藏在垃圾箱後面的地上。那麼在垃圾車來收垃圾，使用液壓升降裝置抬起垃圾箱傾倒以前，不會有人看見她。事實上，假如他想確保屍體被人發現，這會是比較合理的做法。」他看著妮娜。「我不禁好奇他是不是知道妳的過去。」

他說這句話時帶著老練調查員冷靜客觀的語氣，但聽在她耳裡卻彷彿重重挨了一拳。他提出的想法是隱嫌以恐怖手法模仿妮娜嬰幼兒時期的經歷來布置蘇菲雅的棄屍地點，也就是說他懷疑隱嫌可能知曉她曾經被丟在垃圾箱。

她盡快地恢復鎮定，極力隱藏自己的反應。「我想不出他怎麼可能知道。我被他抓去的時候絕對沒告訴他。」

「不過有一些人知道吧？」韋德接著問。

「我進入寄養體系時的情況檔案裡都有，但我從來沒跟任何人提起過。」她在韋德的注視下移開目光。「從來沒有。」

「殺人犯如何處理被害者的屍體，具有重大意義。」肯特開口道，讓她免於作更詳細的說明。「若是小心地處理屍體或是把它掩蓋起來，代表凶手認識被害人或是對自己的行為有些許悔意。反過來說，如果是毫不尊重地對待屍體，表示他完全不將被害者當人看。」他敲敲筆電。「這個凶手並不顧念蘇菲雅，也不認為她值得絲毫體恤。有可能多少是因為這樣的思考邏輯，凶手才會把她丟在他棄屍的地點。」

「沒錯，」韋德說：「但還不只這樣。他留在她嘴裡的紙條還有現場的噴漆暗碼又怎麼說？兩者都提到了『希望』，清楚顯示他知道蓋瑞拉探員以前的姓氏。」他回頭看她。「他怎麼會知道妳的這件事？」

她略一遲疑才回答。「因為是我告訴他的。」這句話懸在半空中片刻，她才加以說明。「是他逼我說出來的。一開始我給他一個假名，但他看出我在撒謊。」她坐挺起身子。她死都不會讓任何人批判十六歲的她。「他不斷地凌虐我直到我說實話。」那天他徹底擊垮了她。有一部分的她將永遠不會復原。

見她明顯的不自在神情，韋德無動於衷，繼續追問。「當時他看起來像是知道『艾斯培蘭札』是『希望』的意思嗎？他有沒有說什麼？」

她回想過往，強迫自己的心思進行區隔，篩檢零碎的記憶片段。「不，他肯定是後來才知道的。」

每個人似乎都針對這點細細琢磨，片刻過後巴克斯頓才將討論往前推進，引領他們脫離對話的怪異轉折。「蘇菲雅．賈西亞－費格羅阿有沒有遭受任何形式的性侵？」

「被強暴，」韋德說著將目光從妮娜身上拉回，重新瀏覽筆記。「另外她背上有二十七道橫向的撕裂傷，還有三處看似香菸造成的燙傷，以及喉嚨有縫合的痕跡。在法醫提出結果之前，我們不知道這一切發生的順序。」

妮娜的心猛地一突。「你是說有可能死後才受到性侵？」

「完整的驗屍報告會讓我們更清楚知道。」韋德說：「我們也在等藥檢和DNA的報告。」

「我去催過了。」巴克斯頓說。

「知不知道命案發生地點？」肯特問。

「只知道不是在發現屍體的地方。」韋德說：「微量跡證的鑑識分析或許也能有助於判定。」

妮娜將思緒集中於女孩的生活，以期找到與她死亡相關的線索。她是如何在街頭存活下來？就許多層面而言，當妓女都很危險。她會需要保護，也可能因此成為害人無數的毒品交易的犧牲者。

「她有附屬於哪個幫派嗎？」她問道。見韋德揚起眉毛，便多解釋了一句。「有沒有人替她拉皮條？或是供貨？」

「大都會正朝那個方向查，」他說：「現在已經派人到那一帶去了。史坦頓應該今天或明天就會給我消息。我只知道這麼多。」

巴克斯頓立刻轉向布芮克。「視訊的部分說來聽聽。」

布芮克嚇了一跳，連忙抓住眼前的筆電，似乎一下子措手不及。妮娜對她心懷同情，巴克斯頓開會的節奏太快了。

「我們分析了M街上多處市府與商家設置的監視器影像，」布芮克說：「沒有一個角度可以看到那家夜店後面的巷子。」

「我敢說這點他也知道。」妮娜說：「其他每件事他都計畫過，那麼事先勘查現場也合邏輯。」

「我們把重點集中在前十個小時的時段，從她生前最後現身在雜貨店之前兩個小時到她被發現陳屍於垃圾箱。」布芮克說：「不過我們可以擴大時間範圍再次搜尋。」

「有發現什麼嗎？」韋德問。

布芮克咧開嘴露出笑容。「你們看這個。」

她將筆電螢幕往外轉。所有人都傾身向前，專注地看著M街籠罩在街燈與霓虹招牌的詭異光線下的影像。這個熱鬧的夜生活區，近乎破舊髒亂，行人車輛熙來攘往，多數都處於各種程度的酒醉狀態。

布芮克敲一下按鍵，每一輛車，連同車子的浮動時間標記，隨即消失。行人或是漫步於人行道上，或是飛快穿越繁忙的大馬路，在街燈灑下的一個個光圈下穿梭於此時已看不見的車輛之間，而每個人身上都投射了一個專有的時間標記。

他們一面看著一面聽布芮克說明，她愈是興奮，南方口音便愈是濃重。「我們利用一種人臉辨識濾波器來找被害人，可是在我們查看的十個鐘頭的時段中，她完全沒有出現在這條街上的任何監視器畫面。」

「這麼說她並沒有走進巷子。」妮娜說：「她是被人帶進去的。」

「我們已經證實垃圾已經有幾天沒清，」韋德說：「所以不可能是垃圾車把她運進巷子。他還能有什麼辦法把她弄進去？」

妮娜推敲著各種可能性。「妳能不能把視覺參數縮小到那些搬箱子或推推車的人？任何一個送貨的人。」

「不只這樣，我還可以讓它看起來很簡單。」布芮克鍵入指令。「妳瞧。」

只見推著手推車或搬運箱子的男人走在出奇空蕩蕩的人行道上。其中一人忽然停下來，揮動手臂大聲叫喊之後才過馬路。那人轉身舉起手比出中指，惹得妮娜噗哧一笑，想必有輛車差點撞到他，而原本一個尋常的反應，卻因為車輛經過數位減像處理而顯得滑稽。

肯特湊上前去，眼睛緊盯著螢幕。「妳能不能消去所有人，只留下進入『三重威脅』夜店的人？」

布芮克蒼白的手指在鍵盤上飛快移動，更多影像隨之消失。眾人全神貫注，默默地看著。

「那裡。」妮娜指向一個身形粗壯的男人，他穿著深色制服，腳跛得很明顯，正用手推車推著一個十分龐大的紙箱進夜店。他戴著棒球帽，帽簷遮住了上半邊的臉，由於留了大鬍子，下半邊臉也模糊不清。時間快速前進，當他推著空車出來才又變慢，只見他慢條斯理地走下M街直到離開畫面。

「他的車停在哪裡？」妮娜說。

「我來追蹤他。」布芮克鍵入另一個指令。「好啦，在這裡找到人了。」

該男子漫步走向一輛福特Econoline廂型車，用力拉開後門，將推車丟了進去。

妮娜見到那輛廂型車不禁全身發冷。

他跛著腳繞到駕駛座側，顯然很費力地爬上座位，然後駛離。

「車牌號碼？」肯特說。

布芮克將畫面放大。「廂型車沒有車牌。」

「路況監視器，」巴克斯頓急躁地說：「跟上他。」

「我們只調出現場方圓兩哩內的影像。」布芮克白瓷般的肌膚泛起淡淡的紅暈。「我會擴大搜索範圍。既然現在有一輛嫌疑車輛，我可以回頭去追蹤它。」

妮娜專心思考著剩下的一個選項。「妳能不能也進人臉辨識資料庫搜尋那個人？」

「我來看看能不能更清楚地看到他的臉。」布芮克說：「畫面很暗，但說不定能把影像打亮到足以看得清。」

「有點不對勁，」妮娜說：「攻擊我的那個人體格很好、很結實。」她指著肯特說：「像他這樣。而這個人外型肥胖，右腳還跛腳。」

「妳已經十一年沒見到他，」韋德上下比了比自己的身體。「看看我就好，這麼長的時間裡，一個男人的外型是可能大大走樣的。尤其如果腿受傷而不能健身的話。」

布芮克將筆電重新轉向自己，開始敲起鍵盤。「我會截取他的步態資料輸入系統。如果有可能是嫌犯的人出現在視訊中，就可以比對他們的跛行狀態。」

肯特摘下眼鏡。「要是想躲過人臉辨識……能不能裝個假鼻子、假鬍子或戴上眼鏡來擾亂系統？」

布芮克搖頭。「人臉辨識是靠著整體的臉部骨架運作的，所以那些東西沒有影響。若想騙過我們現在這種科技，你要做的遠遠不只如此。」

「但如果利用植入或整形手術可以做到嗎？」

她皺起眉頭面露懷疑。「理論上吧。」

「無論如何，我們現在有了第一條可靠的線索。」巴克斯頓打斷他們的附帶討論。「布芮克探員就繼續追。現在我們開始進行側寫。」

妮娜為之一振。這是她最期待聽的部分。儘管名聲受損，傑佛瑞．韋德博士仍是局裡最經驗老到的讀心術專家。他會如何就心理層次剖析那個禽獸的心態呢？

「一切歸根結柢都在於動機。」韋德說：「隱嫌的行為反映出他遵循某些特定模式的人格，這些模式能讓我們看透他做出這些行為的原因。」他兩手指尖頂在一起輕敲下巴。「這個殺人犯做事很有條理。他之所以選擇蘇菲雅下手，原因無他，就是為了拉蓋瑞拉進入調查團隊。他的紙條很清楚地顯示，他這次犯案與他十一年前打算完成的案子有關。這是在實現心願。我們可以合理地推斷，他是看到蓋瑞拉那支爆紅的影片後才出手的。」

肯特皺起眉頭。「你是說那支影片是誘發的壓力源？」

「那是最合理的推測。」韋德說。他瞄妮娜一眼。「殺人犯在付諸行動前，可能會先幻想自己的罪行一段不短的時間。通常都是一連串的情況或事件恰巧兜在一起，刺激他們行動。再次見到妳——尤其當時妳又是以掌權者之姿俐落地打倒罪犯——他肯定受到刺激了。」

她猜想韋德是為了她，也可能還為了布芮克，才會提供更多的背景。會議室裡只有她們倆不具側寫背景，知道更多訊息對她們會有幫助。

她便把握住機會。「什麼樣的罪犯會在十一年內出手兩次？」

「一個真的非常癡迷的跟蹤狂，他找到另一個被害人來取代妳。」韋德說：「他一直壓抑住衝動，直到這些衝動被壓力源觸發。」

肯特重新戴上眼鏡。「也可能這個罪犯一直都沒有暴露行跡，但過去十年左右也殺過人。我們無法確定這樁命案發生前，蓋瑞拉是他的第一次或最後一次。」

「有這麼獨特而一貫模式的人竟然沒有在系統中引發警訊，倒是出乎我的意料。」韋德說。

巴克斯頓搖搖頭。「暴力犯罪逮捕計畫中沒有類似的案子，鑑識資料庫也沒有找到和現場微量跡證相符的資料，其中包括頭髮、纖維、液體等等。不過，誠如我先前所說，這只是初步檢驗，等實驗室處理完所有的證物，我們很快就會拿到更完整的報告。」

妮娜提出了大家似乎都有意迴避的尷尬問題。「M街採集到的證物有沒有和我的案子所採集的樣本比對過？」

「我們和費爾法克斯郡警局接洽過了，」韋德說：「他們正在從歸檔的證物室提取證物箱。我們實驗室想要以原始證物做檢測。同時，他們也已經把數位檔案傳過來。很快就會知道一點訊息了。」

「先等等，」巴克斯頓低頭看著手機說：「我剛剛收到公關室的簡訊，叫我們打開電視看新聞。」他拿起遙控器對準妮娜背後牆上的平面電視。

她將椅子往後轉面向螢幕。「怎麼了？」

「隱嫌發布了一則訊息，」巴克斯頓按下遙控器。「給民眾的。」

9

妮娜看著壁掛電視裡一位穿深灰色西裝、氣度不凡的銀髮主播。他對著鏡頭說話時，底下閃現一則新聞跑馬燈。

「……透過第六新聞台的臉書粉絲專頁留言。出於對觀眾的責任感，本台在直播這則報導之前已作過調查，同時也詢問過FBI的意見。以下請傑若．史威夫特為這則最新新聞作進一步解說。」

畫面立刻轉為雙人特寫鏡頭，主播身邊多了一名年近三十的男記者。

「謝謝史帝夫，」傑若撥開落在額頭上的一綹深色頭髮，直視鏡頭。「大約二十分鐘前，有人傳私訊到本台的臉書粉專，自稱是兩天前夜裡在喬治城殺害十六歲的蘇菲雅．賈西亞－費格羅阿的人。」

傑若的聲音轉為旁白，畫面變成新聞台臉書粉專網頁。「與我們聯繫的人使用偽造的個人檔案，並聲稱他知道只有凶手才知情的犯罪事實。我們可以單純只透露訊息的內容。」

「訊息說了什麼？」主播詢問時，鏡頭又切回到主播台的畫面。

「他指稱警方隱瞞事實，讓他很生氣。」

「他所謂隱瞞指的是哪一方面？」主播旋轉座椅面向傑若。「我們的新聞團隊又怎麼能斷定這個訊息的真實性？」

「我們聯繫了FBI，提供他傳來的影像。」畫面跳出一張照片，上面正是在小塑膠袋裡發現的暗碼訊息。「他們不願作評論，但與調查團隊親近的消息來源證實，這與凶手留在現場的一張紙條相符。」

「王八蛋。」韋德罵道，妮娜一時分了心。她隨即將視線拉回到在眼前上演的噩夢，同時繼續聽傑若報導。

「傳私訊到我們粉專來的人聲稱，訊息中指涉的是FBI特別探員妮娜・蓋瑞拉，就是最近出現在那支爆紅影片中的人。他稱呼她叫『少女戰士』，還說這是她名字的翻譯。」

妮娜緊緊咬住牙根，唯恐自己脫口爆出成串髒話。傑若依然只聞其聲不見其人，以旁白方式報導，而此時畫面上出現的是阿科廷克公園。

「我們重看那支短片時發現一個有趣的地方。」傑若說：「這裡有個靜止畫面。」

這回螢幕畫面一分為二，一邊是妮娜從爆紅影片中被單獨隔離出來的影像，另一邊則是蘇菲雅・賈西亞－費格羅阿的高中照片。

「確實很像。」鏡頭切回到主播時，他說道：「FBI怎麼說？」

「他們還沒有發布正式聲明。」

「那麼凶手想要什麼？」主播問傑若。「他有沒有表明為什麼透過媒體發聲？」

「他說他不會讓FBI對民眾隱瞞訊息。」傑若說：「聽起來像是想為自己做的事邀功。」

韋德發出一聲氣惱的呻吟。妮娜猜想他是受不了這種不切實際的側寫分析。

「而且他還跟我們分享一個加密訊息。」傑若接續道。

妮娜屏息看著螢幕上掠過一串字母與數字。但與他漆在現場垃圾箱上的不一樣。

主播繼續連珠炮似的向採訪記者提問。「這是什麼意思，傑若？」

「目前還不知道，但我們正在試圖解密。」

「所以說凶手只聯繫了第六新聞台一家？」

「是的，他沒有說為什麼。」

「等等，製作人好像要跟我說什麼。」主播輕輕碰觸耳朵。「有許多人點進我們的臉書，大家都試著要為訊息解密。」他瞥了傑若一眼。「我們一旦有任何頭緒，一定會和有關單位分享。」

傑若點點頭，試圖以嚴肅的表情掩飾內心的興奮，但未能成功。「不管其他情勢如何發展，凶手似乎就是針對特別探員蓋瑞拉，」他說道：「但願此時此刻FBI已經在追捕他。」

「謝謝你帶來的報導，傑若，後續有任何進展請持續為我們更新。這個人也跟他留下的線索一樣是個暗碼。」主播隨後轉身面向鏡頭。「廣告過後，我們要來看看雷斯頓的一家除蟲公司，他們利用通靈人士與水晶的力量來驅除住家害蟲。」

「把那鬼玩意關掉。」巴克斯頓說完環顧了會議桌一圈。「有沒有人知道那個？」

布芮克看著筆電唸出來。「三十二、十八、十和三十六，後面接著F和R。」

韋德從潦草的筆記抬眼往上覷。「如果第一個數字是三十二，那麼這次他用的不是簡單的取代法。」

「我會轉給密碼分析小組，」巴克斯頓說：「遊戲規則變了。隱嫌要把民眾直接拉進我們的調查當中。」

「他想控制案子的每個面向，」韋德說：「包括我們發布的訊息。他也很享受這場表演，只要有牽扯上他。典型的自戀型人格。」

「他接下來最可能採取什麼行動？」從巴克斯頓憔悴蒼白的臉色，妮娜看得出他害怕聽到答案。

「他會加強力道，」韋德說：「會親自向蓋瑞拉下手，利用除掉一名聯邦幹員來證明他的優越。」

妮娜不打算讓這種事發生。那個禽獸認為他和她還有前帳未清，他卻不知道她變成什麼樣了。他們走的路似乎注定要再次交會，但這一回她會做好準備。「要是他沒成功呢？」

韋德緊緊盯著她說：「那就會有另一個人死。」

10

妮娜聽懂了他的暗示。蘇菲雅．賈西亞－費格羅阿是替她死的，倘若她阻止不了這個禽獸，就會有另一個女孩遭遇同樣命運。她感覺到罪惡感的陰影覆蓋下來，籠罩住她。

布芮克打破沉默。「什麼樣的殺人犯會用暗號溝通？」

「以我的經驗來看，」韋德說：「連環殺手。」

「可是只有一個被害人，」布芮克覷了妮娜一眼，又補上一句：「總之，只有一個死去的被害人。」

「這正是我面對這個案子的另一個問題。」韋德一手慢慢地梳過粗糙的灰髮。「會如此行動的人都曾經殺過人，但物證——或者應該說缺乏物證——顯示他以前只有過一次未成功的嘗試。」

全室再度陷入靜默。

「希望已死，」妮娜思索著第一個暗號訊息。「這到底是什麼意思？」

「如果被害人是妳的替代品，就表示他儀式性地殺死了妳。」韋德語氣不帶高低起伏地說。

「那你為什麼說會有另一個人死？」布芮克問韋德。

「好問題，」巴克斯頓插話道：「這樣吧，韋德探員，你能不能根據我們剛剛聽到的，更新你對這個隱嫌的評估？」

「一個殺人犯內心最確實的軌跡就是他的行為，尤其是當他付諸行動時，在犯案現場的行為。」韋德說道：「在蓋瑞拉的案子與華府這樁新案子之間，他在被害人與手法上都建立了一個確切的模式。他會戴手套、會避免犯罪時入鏡、會變裝，還會取得送貨員制服，在我看來他是個有條不紊、訓練有素的人。他在媒體上搞的噱頭顯示他渴望獲得關注，也更進一步強調他的控制欲。他想對世人證明掌控調查的人是他，不是FBI。」他將目光轉向妮娜。「而且他對妳特別執迷。」

妮娜感覺到聚光燈轉到自己身上來了。好像所有人都覺得她握有某種關鍵資訊，能帶領他們找到他。「我不知道為什麼。」她回答時盡可能不流露出受冒犯的語氣與神情。

韋德繼續凝視她。「以累犯為例，最早期犯的案最為重要，值得仔細研究，那些案子會發生在罪犯的住處附近，也會披露較多關於犯案的動機。」他稍一停頓，似乎在斟酌用詞。「如果——如他的紙條所寫——妳是逃脫的那個人，這也許意味著妳也是他的第一個受害者。當時他的技術還不純熟，所以妳可能會有關於他的重要訊息，而且恐怕是連妳自己都沒有察覺的事。」

「你認為他是連環殺手？」她叉起手來。「可是並沒有三個被害人。」

她與其他所有探員一樣，在學院時研讀過不同類型的殺人犯。連環殺手的定義是至少要有三名被害人，而且每個案子之間會有一段時間或心理上的間隔。大規模殺手的特點則是在同一次事件中殺害至少四個人。至於瘋狂殺手則是在不同地點殺害至少兩人，而且過程中沒有緩和期。

韋德聳了聳一邊肩膀。「我沒有說他是連環殺手，但他肯定是累犯。有可能是一開始妳不知道哪一點觸動了他，引發反應。後來妳逃跑了，讓他受挫，可能也動搖了他的信心。他或許一直在壓抑他的暴力衝動，直到看見妳的影片。」

肯特緩緩點頭。「現在隱嫌出山要向所有人，也向他自己證明他抓得到她。」

「這對他來說很重要。」韋德說。

巴克斯頓將食指插入衣領內，深吸一口氣。「我們需要行動情報來揪出這傢伙的身分，這就得來檢視那個涉及蓋瑞拉探員的事件了。」他遲疑了一下，才補上一句：「要鉅細靡遺。」

他的嚴峻表情告訴她，他是在給她一個優雅退場的機會。假如她不在這個會議室，不是這個團隊的一分子，韋德會私下詢問她，再將結果向其他人報告。一切會經過過濾，讓她不必受到同儕的審視與評判。但假如留在這裡，她就得講述自己的經歷，還得回答他人的發問。基本的訓練讓她學到一件事：直接面對面的詢問向來是最佳資訊來源。而眼下她正是他們最寶貴的來源。

這是她的重要時機。時候到了，她得談論事發經過與事發前的一切，得談論她這一生中最私密、最屈辱的時刻。她要嘛正面迎戰，要嘛袖手旁觀由其他探員去辦案。

妮娜環視桌旁的同仁，想起自己十六歲時對調查員與諮商師講述那段經歷的情形。若是有助於讓那個禽獸落網，如今已成年的她仍然可以再來一遍。

韋德幾乎不動嘴唇，以低到只有她能聽見的聲音說：「妳不必這麼做。」

韋德不懂，這正是她非做不可的事。她挺起肩膀，目光轉向巴克斯頓。「你想知道什麼？」

巴克斯頓暗暗與韋德交換一個眼神。他們想必事先就安排好了，由鑑識心理學家傑佛瑞・韋德博士負責引導她敘述。巴克斯頓顯然知道在她申請入局的過程中，韋德已經和她談過那個案子。他想必是斷定重新與韋德交談，對她來說會比較容易。

像真的一樣。

韋德將椅子轉向她。「妮娜，妳先來說說關於綁架案妳還記得多少好嗎？」

在此之前他從未直呼她的名字。他還用了「綁架案」的說法，將攻擊行為隔離開來。她與罪案受害者面談時也會採用同樣技巧。

「當時是深夜，」她開口說道：「我從團體家屋逃跑，和幾個露宿的女人睡在亞歷山卓的一間帶狀商場後面。」

他點點頭，鼓勵她接著說。

「我第一次看到那輛廂型車的時候，它先慢慢開過去，然後又開回來，停在我們睡的停車場的另一邊。其中有個女人起身去看看他想不想做點買賣。」

那個女人她記得清清楚楚，彷彿只是昨天的事，她故意裝出流鶯的步態，誇張地昂首慢步，油膩的金髮隨之搖晃。

「我只是跟著其他人廝混，」妮娜說：「沒有染上毒癮，所以沒有從事交易。」她傾吐之際，不由自主地凝視著韋德冷靜的灰色眼眸。「那個女人回來以後，跟我們說他感興趣的是我，不是她。」

她仍可聽見那個女人放聲大笑，她發黑的牙齒與腫脹的牙齦構成一個空空的窟窿，與月光下的蒼白肌膚形成強烈對比。

「那男人毫無預警地推開駕駛座側的門，跳下車，直接朝我跑來。」妮娜力持鎮定，因為那一晚的驚惶席捲了她，痛苦煎熬的記憶也隨之而來。「他戴著黑色滑雪面罩和亮藍色乳膠手套。那天是有點冷，但還不至於冷到要戴滑雪面罩。我一看到他蒙面，就試圖逃走，但他已經衝過來，幾個大步就追上我，抓住我的馬尾，用力把我拉過去。」她魂不守舍地摸摸頭上的短髮。「他伸出一隻大手用力掐我的脖子。」

「其他人在做什麼？」韋德說。

「跑掉了。」

她原本很確定她們會跑過來幫她。她們是五個成年女人，聯手的話有可能將他擊退。然而，她們卻眼看著她被拖走，毫無動作。就跟她生命中其他許多人一樣，她們拋棄了她。就在那一刻，她確實接受自己孤立無援的事實，認清了她只能靠自己。

「他連個武器都沒有，她們卻直接鳥獸散。」她用力吞嚥一口，強行嚥下喉嚨裡凝聚的團塊。「丟下我不管。」

「接下來呢？」韋德輕聲催問。

「他把我抱起來帶到車上，然後勒住我直到我昏死過去。」

「妳醒過來以後呢？」韋德口氣平平板板，沒有流露一絲情緒。他處於訊問模式。

「我開始掙扎，他就揍我的頭，打得我頭昏腦脹。」她繼續專注地鎖定韋德，當她朝過往陷得更深，他會牢牢地將她繫在當下。「我昏昏沉沉、反應遲緩。我記得他扯掉我的衣服，用膠帶纏住我的手腕和腳踝，還貼住我的嘴巴。」

「妳記得他用的是哪種膠帶嗎？」

她努力地試著挖出更清晰的影像。「不記得。」

「什麼顏色呢？」

「深色的，我不記得了。」

韋德無疑感受到她的不安，便接著說：「請不要誤會我接下來這個問題，只是為了了解他屬於哪種人格類型，我非問不可。」他等到她點頭同意後才又開口。「妳有沒有反抗？」

「像生死交關一樣拚命。」

「他有什麼反應？」

「我掙扎得愈厲害，他就愈粗暴。事實上，我覺得那好像讓他更興奮。」

韋德輕輕點個頭，彷彿答案在他意料之中。「好，那後來呢？」

「他打開了後車門。那裡四周都是樹，好多好多樹。他拖我下車，把我像沙包一樣甩到肩上，扛進一間棚屋。屋子看起來小小的，但很堅固。」

她暫停打住，打起精神準備展開下一段。韋德沒有催她。每個人都等著她接續下去。

「他把我弄進去以後，關上了門，讓我趴在一張金屬檯上。他用尼龍繩把我的左手腕綁在左上角一根桿子上。綁好以後，他割開膠帶，抓住我的右手腕綁到另一邊的角落。接著腳踝也是一樣。」

「所以說他始終都限制了妳的行動？」韋德問。

「我逃不掉。」聲音細得有如呢喃。

「沒關係。」韋德的聲音低低的，帶有撫慰作用。「然後呢？」

「他消失了幾分鐘，再回來的時候，穿了一件黑色斗篷，面罩和手套都還戴著。」

「斗篷是什麼樣子？」

「我俯趴著，但可以看到斗篷很長，前面敞開。他腰間綁著一條繩子。」

「妳做得很好，接著說。」

她不確定除了韋德之外，還有沒有誰看過費爾法克斯郡警方的調查報告，清楚知道她經歷過的事。她原本打算作心理區隔，轉移進調查者的角色來拉開情感上的距離。她的目標是敘述事實，就當成是發生在別人身上的事，她只是據實以告，然而那天晚上的景象衝擊著她，很可能將她壓垮。她想到蘇菲雅．賈西亞－費格羅阿，於是武裝起自己，苦撐著繼續。

「他不停地摸我背上的疤痕，說他……真希望那些是他給我的。」她頓了一下，重新思考措辭。「事實上，他是說『賜給』我，好像什麼獎品一樣。」

看來，她申請過程中讓韋德覺得有問題的模糊記憶片段，開始逐漸清晰起來了。

「我知道妳一定很難受，」韋德的語氣轉為同情。「後來他做了什麼？」

她在褲子上抹抹汗濕的手心，做好迎接下個部分的心理準備。「他拿出一根香菸點燃，我從眼角看著他。他一直跟我說話，提出關於皮帶鞭痕的問題，問我被鞭打的時候有沒有哭。他也是在這個時候問我的名字。」

布芮克邊聽著，手不由自主地掩住嘴巴。

「他有明確提到皮帶鞭痕嗎？」韋德問。

她闔上雙眼，在下意識中細細搜尋細節。「我認為他有。」

韋德的語氣略略透著迫切。「他怎麼知道那些疤痕是皮帶造成的？」

她知道韋德這一連串的提問用意何在。他在假設隱嫌抓走她之前就認識她了。她戳破他的推論。「鞭痕很新，我是幾天前才被打，他八成還看得到皮帶頭劃破皮膚的地方。是怎麼弄傷的很明顯。」

韋德換一個較直接的問法。「妳記不記得在那晚之前看過他？」

這個問題警方已問過上千次，她問了自己更多次。

「不記得。」

韋德默默打量她，仔細審度。這時冷氣機啟動了，嗡嗡聲充斥四周。「他用香菸做了什麼？」

那禽獸用香菸做了什麼，他清楚得很。

「他用香菸在我背上燙了三下，」她的脈搏急速跳動，但她全身保持不動，毫不畏縮地給出答案。「他弄出一個三角形，每個頂點燙一個洞。」

她還記得當時自己的尖叫聲蓋過了點燃的菸頭灼燒時的滋滋聲響。皮肉的焦味撲鼻而來。每次香菸碰觸到她裸露的肌膚前，她貼靠著冰冷金屬的胸部總會猛烈地上下起伏，準備迎接劇痛，兩側肩胛骨各一次，最後則是在下背部。

她不想再說下去，卻知道不得不說。或許她回想起的某件事能提供線索，來阻止那個禽獸，也許是個看似毫不起眼、以前從未想起過的細節。這是她欠蘇菲雅的。也是她欠任何一個此刻無疑已被他盯上的人的。

「他做完後好像……很興奮。他解開繫住斗篷腰部的繩子，把前面打開來。」她的心怦怦跳動，接著開始描述那禽獸如何三度強暴她。他壓制了她數小時，每次侵犯前都會重新調整她的姿勢。

韋德靜靜聆聽沒有打岔。等她說完，他才問道：「那時候他有沒有跟妳說什麼？」

「他趴在我身上，附在我耳邊說話。」她緊閉雙眼，希望藉由念力讓他的話語浮現。「該死，我想不起來他說了什麼。」

「不要緊。」韋德雖這麼說，卻難掩失望之情。

接著，她輪流回答他們的每一個問題。是的，他每次都會戴新的保險套。沒有，他沒咬她。是的，他反覆地打她。沒有，他沒有打斷骨頭，但她試圖逃脫時扭傷了左手腕。

她感到筋疲力盡。心理和身體都疲憊不堪。但還沒結束。

「妳是怎麼逃脫的？」韋德繼續問道，明顯看得出他是勉為其難。

「他在……跟我完事以後，就離開了。我仍然被綁在檯子上，而且只能稍微動一動。他弄得我很痛。」她嚥下梗在喉間的團塊。「非常痛。我全身冒汗，兩手濕答答的，在塑膠繩上滑動起來。我不斷拉扯，我的手很小，我把手縮成這樣。」她舉起手臂，將拇指夾進手掌，向眾人示範。「我一直拉扯，直到左手滑脫，然後設法解開身上的繩子。」

韋德的眉毛往上揚。「妳不知道他什麼時候或是會不會回來吧？」

「我得加緊動作。右腳踝的結花的時間最久。那個時候我已經恢復平靜，只是頭痛得不得了。我滑下檯面，躡手躡腳走到門邊，打開門。天還暗暗的，但太陽很快就會出來。四下一個人也沒有。廂型車不見了，於是我開始跑過樹林。」

「身體還是赤裸的？」布芮克頭一次出聲。

「小屋裡沒有衣服，他想必把我的衣服留在車上了。無論如何，在那當下能不能活命比端不端莊更重要。」

韋德瞪了布芮克一眼讓她住嘴。「繼續說，妮娜。」

「我跑了好長一段路才終於看到一些房子。我不認得那一帶，後來才知道他帶我去了香蒂利，在費爾法克斯郡的西半部，距離他抓住我的地方大約三十五分鐘車程。」

她回想起當時自己求助時的狂亂，想起在受傷又脆弱之際去敲陌生人的門時的驚恐。那個陌生人有可能比她剛剛逃離的禽獸更可怕。

「我看到有間房子亮著燈就去按門鈴。是個男人來開門，他看了我一眼，立刻大聲喊他老婆。女主人拿毛毯讓我裹身，她丈夫則打電話報警。」

「警察到了以後是什麼情況？」

「沒什麼特別。他們問我問題的時候，有兩個緊急救護員一面檢查我的傷勢。我受到相當大的心理創傷。」她靠著在體內奔竄的腎上腺素與驚恐，才得以在接下來幾個小時間，鎮定地面對警探與醫護人員的無數詢問。直到過了許久，在沖了一個長長的澡之後，終於只剩她一人獨處，她才能痛快地哭泣。

「他們有沒有送妳去醫院？」

「你是說做性侵的驗傷採證？」她的口氣尖銳得出乎自己意料。「做了。我始終沒看過報告，所以檢驗結果你們知道的恐怕比我多。」又是一個她從未看過內容的檔案。

「那犯罪現場呢？」韋德問。

「我把小屋的地點告訴他們了，可是他們到的時候，整棟屋子已經陷入火海，不到半小時就燒個精光。」

「地主是誰？」巴克斯頓問道。

「那是一對老夫妻的資產，人去世了，沒留遺囑。幾十年前，他們在一塊八甲大的土地上蓋了一間房子。他們已經離家的成年子女在爭產。土地房屋進入遺產認證程序已經超過一年。警方告訴我，攻擊我的人很可能是在無人知情或同意的情況下蓋了那間小屋。火撲滅後只留下少之又少的跡證，他們作了採驗，只可惜所有的指紋、纖維和DNA都被毀了。」

她說完後，韋德稍早說的一句話致使她生出一個疑問，便問道：「你一再問說他用的是哪種膠帶，為什麼？」

「或許有助於知道有沒有什麼不尋常。他用什麼來割斷妳手腕和腳踝的膠帶也是一樣。有一些戰術刀可以割斷降落傘繩和強韌的布料。」

「我不記得有看到他用什麼。」

「我想暫時夠了。」巴克斯頓說得略嫌快了一些。他假裝看了看手錶，室內的緊張氣氛也隨之緩和。

她忍不住覺得上司在她記憶再次失靈之際救了她，也覺得自己多少讓隊友們失望了。她一心希望挖掘出每一丁點的訊息，卻不得不承認，她內心有一小部分已經太習慣於將細節推入陰暗角落。為了逮到這個禽獸，她必須將那些片段——以及附帶的痛苦——從她小心收藏的地方拖出來，攤在陽光下。

11

三小時後，肯特將一壺啤酒往刮痕累累的圓桌上重重一放，把妮娜嚇了一跳。韋德砰一聲往酒壺旁放下四個乾淨的杯子，然後在她身旁坐下。

布芮克拿起一只杯子倒酒。「第一杯給蓋瑞拉。」

妮娜握住冰涼的酒杯把手。「巴克斯頓不來嗎？」

肯特大手往室內一揮。「我有個感覺，高層是故意不來看這裡在搞什麼東西。」

關在BAU辦公室裡度過辛苦的一天後，他們擠上局裡一輛福特Suburban公務車，開了一小段路來到寬提科，這裡有FBI學院自己的酒吧。被稱為「會議室」的酒吧供給從世界各地進入FBI國家學院的所有人使用，從新探員到資深警官都包含在內。每晚看情形，想宣洩壓力的人可能會來這裡跳舞、唱卡拉OK或是玩牌。

她往四下瞥上一眼。「今晚人不太多，也沒有人吵吵鬧鬧。」

韋德將酒壺一傾，琥珀色液體嘩嘩流入他的酒杯。「我想巴克斯頓是想讓我們有機會私下聊聊。」

有理。他們是臨時湊出來的工作團隊，只有韋德和肯特長期屬於該單位。他們必須凝聚起來才能發揮功效。不妨就利用這個機會吧。

她將一只空杯推向肯特。「兩三個小時前我看到你在電腦上研究密碼，有什麼收穫嗎？」

「我是利用內部伺服器和密碼分析小組一起合作。」肯特將酒杯斟滿後推給布芮克。「破解密碼是他們的拿手好戲，但我想聚焦在隱嫌之前的遣詞用字，看能不能藉以了解這個新訊息。」

「肯特受過語言心理學分析的訓練，」韋德邊說邊在桌子中央那一籃蝴蝶餅中翻來找去。「拜山姆大叔之賜。」

她對著肯特揚起一邊眉毛，請求解釋。

「進局裡之前我待的是特種部隊，」他簡單地說：「我隊上需要有人協助審問。」他舉起一手。「別問細節。我的任務全都是機密。我大學念心理學，他們就選我接受進階訓練，還付錢讓我念碩士。」

布芮克用手肘撞撞韋德的手臂。「你是想在籃子底找花生嗎？」

韋德於是住手，不再撥弄蝴蝶餅。「我需要一點蛋白質。」

「我也是，不過花生滿足不了我。」布芮克說：「我餓到可以吃下一頭牛了。」

妮娜微微一笑。「我喜歡妳說話的方式，但聽不出妳是哪裡的口音。」

「喬治亞，」布芮克說：「但也不是亞特蘭大。我是從最南部來的，我們那裡還是把壽司叫魚餌。」她站起來。「我去點個披薩。」

「你怎麼會想念語言學？」妮娜問肯特，他的背景比食物更令她感興趣得多。

「一步一步就自然發展成這樣了。」他說：「我會說四種語言，而且喜歡閱讀。我對文字話語很感興趣。」

「你可以從一個人說的話解讀出什麼？」

「不只是說話，書寫也可以。我可以大概了解他們的教育程度、智商、成長的地區和世界觀等等。有時候語句的奇特轉折也能提供線索，譬如隱嫌說他希望妳背上的傷痕是他『賜予』的。」他放下啤酒。「抱歉，我不是故意再次提起。」

她發現韋德在看她，便豎起拇指往他比了比。「你和布芮克在忙的時候，他又從頭問了我三次。」她揮揮手，要肯特不必在意。「我漸漸麻痺了。」

這或許正是韋德計畫的一部分。在進入她的下意識挖掘關於綁架案的每個枝微末節的同時，也藉由反覆接觸讓她免疫。

「我也一直在想隱嫌那個奇怪的措辭。」韋德說：「你們知道誰會賜予東西嗎？」

「國王？」布芮克說。她剛從另一頭的收銀台回來。

「組織？」肯特說道。

妮娜說出她第一個浮現的念頭。「神。」

韋德舉杯假裝致敬。「說對了。」

妮娜用指尖拂過裸露的前頸。「神之眼項鍊。這麼多年來他一直留著。那表示什麼？他自認為是神？」

「沒有足夠的資料，無法確定。」韋德說：「他肯定是想要行使至高無上的力量與掌控權。

他今天對媒體說的話就顯示出這一點。」

「罪犯最執著的就是掌控。」肯特說：「他們有一部分性格抱持著誇張的優越感，但有另一部分卻是得支配身邊的每一個人，以便掩飾內心深處信心不足的感覺。」

「這根本是互相矛盾。」妮娜說。

「這就是他們之所以不算所謂心智正常人的原因之一。」肯特拿起一塊蝴蝶餅仔細端詳。

「專有名詞應該叫瘋子吧。」

「有些人童年時期受到家暴。」韋德若有所思地皺起眉頭。「以這個人的性格看來，我懷疑是父親或是父親角色的人。」

「你挖掘的是他們的頭顱，我挖掘的是他們的硬碟。」布芮克說：「我比較喜歡我的工作。」

「說到這個，」妮娜轉向她說：「今天下午我看見妳和網路組的人聚在一起。你們有什麼進展嗎？」

「要說這個我需要再來一杯啤酒。」布芮克將酒杯重新斟滿。「看來隱嫌很喜歡那個新聞主播的說法——你們知道吧？就是說他跟他留下的線索一樣是個暗碼。」大夥兒點點頭，她則噘起嘴說：「現在他就自稱『暗碼』了。」

「正好符合他的自我意識。」韋德說：「他超出一般人的理解。他是個謎。」

「謎。」布芮克不屑地哼了一聲。「他根本是瘋到無藥可救。」她喝了口酒。「他建立了一個社群帳號，大頭貼照用的是密碼棒。好像在建立個人品牌一樣。」

「也就是說他打算繼續玩下去。」妮娜說。

「有一大堆人在追蹤他，」布芮克說：「大部分是酸民，但也有少數一些粉絲。」

妮娜差點被啤酒嗆到。「粉絲？」

「他把線索的圖片貼在臉書網頁上，看有沒有人解得出來。」布芮克又飲一口。「好多人按讚。事實上，網民已經紛紛組隊比賽看誰能先破解密碼。有一群麻省理工學院（MIT）的人聲稱已經想到幾個可能的答案。」

韋德搖頭。「所以現在他讓各行各業的人玩起他的遊戲來了。大家都在談論他。」

「我們不能發傳票向社群媒體平台索取他的資訊嗎？」妮娜問。

「已經發出緊急傳票，」布芮克說：「他們會把資料給我們，不過我並不樂觀。他似乎是電腦高手，不可能用真名建立個人檔案，而且很可能也找到方法隱藏他的IP和所在位置。」

肯特咒罵一聲。「那就關掉他的帳號。」

「不行。」韋德的聲音出奇尖銳。「我們從他那裡得到的每一丁點資訊、他的每一篇貼文，都能讓我們更清楚看出他的身分。」

「他正在慫恿民眾干涉我們的調查。」肯特說：「萬一有人比我們早一步解開線索呢？我們的密碼組員還在努力中。」

「最後幾個訊息是針對蓋瑞拉，」韋德說：「下一個恐怕也差不多。過去的行為是未來行為的最佳預測指標。」

全桌的人瞬間靜默無語，顯然是在等她提出看法。她是「暗碼」前幾個訊息的主旨，也是他威脅的標的。數以千計，也可能是百萬計的人跟一個想要她死的人一起玩遊戲，她作何感想？

她一口氣飲盡啤酒。「如果能夠抓到他，我贊成讓網站繼續運作。」

「這樣會持續有更多人關注妳。」肯特說：「還會關注到局裡。」

她明白他的言下之意。照案情的發展，有可能不是高層樂見的情形。打從埃德加創立調查局開始，所有探員都謹守著一個神聖不可侵犯的教條。

不得令本局蒙羞。

讓她的名字與新外號在網路上到處流竄，算是嗎？

「面對巴克斯頓，我們必須態度一致。」布芮克說道，她明顯也有同樣想法。「他離開辦公室前，我簡單向他作了報告。在傳票有下文之前，暫時一切維持原狀，接下來如果沒有任何調查的線索可以追，他打算封鎖『暗碼』的社群媒體資料。我們已做好釜底抽薪的所有準備，但我勸他再等等。我同意韋德的做法，但理由不同。『暗碼』與人互動得愈久，我們愈有機會解開他隱身於網路空間所設定的保護機制。」

肯特用食指順著杯緣畫圈。「我不喜歡，不過我是團隊的一員。明天我們一起去找巴克斯頓。」他深藍色的眼睛正視著妮娜。「這個隱嫌已經帶給妳太多傷害。我覺得我們是在給他很長的繩子，希望他自己上吊。要我說呢，給的繩子太長了。」

她對他緩緩點頭表示理解。「暗碼」是危險人物，而他們選擇刻意讓他去接觸他滿心渴望接觸的世界大眾。值得冒險給他更多繩子嗎？或者他會接過繩子反過來對付他們？這個禽獸能用一截繩子做出什麼事來，她比任何活著的人都清楚。

12

難得地小睡一陣後，妮娜的晨間例行公事被隔壁鄰居養女冷不防地出現給打斷了。妮娜一打開門，便看見碧安卡抱著一隻肥嘟嘟的灰貓站在門口。

「妳好像癱瘓網路了。」碧安卡劈頭就說。

她睡眼惺忪地瞪著這女孩。「這隻貓好像愈來愈習慣來這裡了。」

「說真的，妳得看看這個。」碧安卡對她的暗示直接置若罔聞。她將肥貓掛在一邊肩膀，另一手拿著手機，大步走進公寓。「妳在每個平台都爆紅了，每個搜尋引擎排第一名的都是妳。」

碧安卡是個重度使用社群媒體的青少年，她連珠炮似的劈哩啪啦說著最新狀況：愈來愈多人迷上那個殺人犯、他的神秘暗號，以及妮娜現在為人所知的外號「少女戰士」。

碧安卡將手機遞出去。「妳知道他現在用了一個讓人起雞皮疙瘩的連環殺手外號嗎？」她頓了一下製造效果。「叫『暗碼』。」

見妮娜毫無反應，碧安卡氣呼呼又不耐地說：「怎麼樣？妳覺得這個名號如何？」

妮娜閉上眼睛片刻。「我已經聽說了。」她啜一口咖啡。「這對我們的調查工作沒有幫助。留言回應他貼文的人知不知道他們會讓他更得意忘形？」

「我敢說有一些人知道，」碧安卡說：「但妳知道嗎？他們就是忍不住。」

她當然知道。「既然現在有觀眾了，他會覺得必須為他們上演一場秀。」

「不過在他做任何事情以前，你們會阻止他。我是說，FBI有的是電腦阿宅可以追蹤到這個傢伙，對不對？」

「首先，他們不是阿宅，他們是訓練有素的探員兼分析師。」碧安卡聽了揚起一邊穿洞的眉毛，妮娜便又補一句：「好吧，或許他們當中的確有些人盯著螢幕的時間太長，但他們都是高手，也正因為如此才叫人沮喪。」

「沮喪什麼？一個變態比FBI的人聰明，還是大學生的電腦技術比他們厲害？」

她知道碧安卡那一層厚厚的冷嘲熱諷的假象底下藏著憂慮。她和許多寄養兒童一樣，學會了用黑色幽默、外顯的敵意與佯裝漠不關心來掩飾自己的情感。妮娜還在那個制度裡的時候也是一樣，她明白碧安卡是擔心她。

「我有件事要告訴妳。」碧安卡說，眼光有些迴避她。

她警察的直覺立刻被觸動。「什麼事？」

「我組了一個團隊，成員經過特別挑選，都跟我一樣是電腦科學主修。」她垂下眼簾。「電玩高手、解密高手，還有駭客，可以打趴那個蠢蛋怪咖。」

碧安卡十四歲就從高中畢業，還拿到全額的校長獎學金就讀喬治・華盛頓大學。她即將在這個學期末拿到理學士學位，接下來則是著眼於碩士學位。

妮娜不喜歡這樣的情勢發展。她將杯子放到矮几上，往前傾身，對著碧安卡認認真真露出聯邦幹員質問時的怒容。「馬上給我老實說。」

碧安卡抬起下巴。「我們要關掉他的帳號。」見妮娜只是靜靜等著，她把貓摟得更緊一些才解釋道：「他說他一旦開設好新的YouTube頻道，就要po一個連結。」

昨晚在「會議室」，布芮克沒有提到串流影音的事。有了新的影視內容，「暗碼」可能會吸引更多觀眾。她也不願細想他接下來可能打算讓民眾看些什麼。

晚一點再去找布芮克談，現在有其他事情要處理。「你們打算怎麼關掉他的帳號？」

「喂！我說過我們是電腦主修，記得嗎？」碧安卡說得理直氣壯。「我們會駭進去切斷他的連線，讓他知道他這樣亂po一些有的沒的，不會有好下場。」她瞇起眼睛。「我們要反擊。」

她考慮著如何最有效地阻止這個計畫，心裡卻知道碧安卡太像她了，沒有一個好理由是不會收手的。聽起來碧安卡已經付諸行動，沒有時間回寬提科作策略討論。

她下了決心。「我跟妳分享幾件事，但妳要是上網洩露這段對話的一字一句，或是向任何人轉述，我會開車把妳那支手機壓扁。」在她的注視下，碧安卡撫摸著短而濃密的貓毛，也充分體會到她的威脅。

「不必在我面前扮演探員的狠角色。」碧安卡說：「我一個屁也不會放。」

妮娜喟嘆一聲。布芮克在三十分鐘前傳送到群組的訊息，已經讓這一天有了令人氣餒的開始。所有主要社群媒體平台都已回覆他們的緊急傳票令，但一如布芮克預言，隱嫌的個人檔案全都是假造的，無法追蹤。

「事實上，我們追蹤這個人毫無進展。」她對碧安卡說：「他很有一手。」

「他肯定是在某個地方建立的帳號，你們不能透過伺服器抓到他嗎？」

「他是個網路幽靈。」

「那關掉他的帳號就能阻止他了。」

不會又來了吧。「沒辦法，小碧。」

「當然有辦法，很簡單的，我們只要……」

「我的意思是，我們不希望你們這麼做。」她手指插入髮間梳了一下。「我會跟妳分享這麼多，完全是為了說服妳和妳的朋友們收手。因為要是不告訴妳，你們就會不管三七二十一放手去做，對不對？」

她二人定定注視著對方，直到貓在碧安卡懷裡扭動起來。她彎身將貓放下。「你們為什麼要讓這傢伙扯那些廢話？很變態耶。」

「我們昨天下午在寬提科商量過了，」妮娜說：「我們認為——暫時——讓他繼續po文比較好。」她雙手一攤。「他有可能洩露身分。」

碧安卡偏著頭沉思，烏黑的馬尾掉落在一邊。「你們也在賭你們的人遲早可以查到他的IP位址，對不對？」

這個女孩真是刁鑽聰明。重點在刁鑽。妮娜伸出食指戳了戳她。「妳和妳的朋友就別管了，交給我們。別干涉聯邦層級的調查。」

碧安卡一手扠腰。「新聞快報，蓋瑞拉探員，現在全國人民都在干涉。妳剛剛不是才跟我說你們昨天就是在談這個嗎？」

妮娜不理會她的態度。「我保護不了全國的人，但我鐵定可以保護一個搞不清楚狀況亂搗蛋的十七歲少女。」她正色道：「這狀況……很險惡。」

「險惡，我清楚。」碧安卡輕聲說：「我再清楚不過了。」

她是在四年前遇見碧安卡的，當時她是費爾法克斯郡警員，碧安卡則是一個充滿煩惱、多次逃家的十三歲少女。當碧安卡失蹤第N次，妮娜動身去找她，利用值勤時間仔細搜索每一個出了名的青少年流連場所，最後終於找到人了。吃著漢堡時，妮娜分享自己過往的經歷，藉此卸下碧安卡的心防。得知碧安卡逃家的原因後，妮娜逮捕了女孩當時的寄養父母，並安排碧安卡先與她同住幾天，等候兒少保護局替她找到適當的新去處。葛梅茲太太一見到碧安卡，就找到了新的目標。葛梅茲家的孩子都已成年，葛太太很快便說服丈夫提供寄養服務來填補家裡的空巢。首先就從一個早熟、具有成年人智力的青少年開始。一個充滿愛的家庭環境磨平了碧安卡的稜稜角角。

妮娜不希望她落入「暗碼」的圈套，在好不容易有了長足的進步後又退回到陰暗角落。她大步向前抓住女孩單薄的肩膀。「別低估他，*mi'ja*。我曾經和他四目交接過。」她壓抑住沒有打顫。「他沒有靈魂。」

碧安卡似乎承認了這一點，便換一個方式。「也許你們應該在他某些社群媒體的帳號上留言。」

「以便慫恿他？」

「要是想讓他暴露身分，就讓他多說點話。」碧安卡說。

妮娜腦中閃過各種可能出現的結果。「這主意不壞。」她在屋裡踱步，思考著。「我得先說服巴克斯頓。他肯定會覺得直接互動會產生另一個我們無法控制的變數。」

她考慮要徵求韋德的支持，但隨即摒棄這個想法。在他們下班後的討論期間，他似乎重新調整了對她的看法，但她感覺得到他仍保留著最後的評判。

「要我說，你們總比網路上那些路人甲好。」碧安卡說：「他們都在嘲笑他，罵他怪胎或白痴。他一生氣也開始回罵。」她搖搖頭。「全是一群笨蛋。」

布芮克提過那些酸民。他們想必惹火了他。她暗自琢磨倘若他收到FBI的私訊會如何。他會交戰嗎？會將訊息公開給所有人看嗎？忽然一個大大的倒吸氣聲讓她的注意力轉回到碧安卡身上，只見她正低頭看手機。

「他們破解密碼了。」她瞥了妮娜一眼，眼中閃著光。「那個MIT團隊。他們解出了訊息，把答案po上網了。」

妮娜急忙趕到她身旁。「訊息是什麼？怎麼解開的？」

碧安卡滑著手機。「他們把三十二、十八、十和三十六除以二，得到十六、九、五和十八。用這些數字照字母順序比對，可以拼出P-I-E-R（碼頭）。數字後面有*F*和*R*兩個字母，他們推測字母代表六和十八，就用同樣邏輯，將這兩個數字除以二，最後得到*C*和*I*。如果把訊息前面部分的手法倒過來，把字母替換成數字就是三和九。全部湊起來就是三十九號碼頭。」

妮娜走到房間另一頭去拿茶几上的手機。「不知道分析師們是不是也解出來了。那群MIT學生把答案po在哪裡？」

「他們貼在『暗碼』推特的動態消息，回應他的一則推文。」碧安卡驀地摀住嘴巴。「不會吧，不會吧，不會吧。」

「怎麼了？」妮娜往後退，越過碧安卡顫抖的肩膀去看。

「『暗碼』在他們的留言底下po了一張照片。」碧安卡掩著嘴說。

妮娜伸手點一下照片，放大。小小螢幕上顯現一個女孩的屍體面朝下漂浮在混濁水中，漂散開來的金髮起伏波動有如一把金扇子。照片下面的說明文字寫著「**太遲了，少女戰士**」。

妮娜手中的手機響了起來。震驚之餘，她反射性地將手機舉到耳邊。「蓋瑞拉探員。」

韋德的中低嗓音以簡短生硬的口氣說：「打包行李。要去舊金山一趟。」

13

妮娜背轉向聚集在黃色封鎖線後面的群眾。她感覺到隱嫌在看著她，在附近做日光浴的海獅散發出濃烈體味，透過那凝滯的空氣，那人的存在幾乎觸手可及。

「我們應該去屍體所在的停屍間。」韋德說：「與其在這裡和一群聒噪的遊客大眼瞪小眼，還不如去看看他對被害人做了什麼，收穫會更多。」

昨天當著組員們的面對韋德講述自己的遭遇後，她便覺得赤裸裸的毫不自在，即便大夥兒擠在民航機後座飛了六個小時，依然沒有幫助。她與新搭檔沒有時間獨處，建立他們在現場工作關係的規範要素，如今他們的互動隱隱然透著一股緊張感。

她到這裡來理應是為了對「暗碼」的行為提供她的見解，卻反而覺得像是任由韋德支配的眾多工具之一。一件有用的工具。但她不只是工具，她是個聯邦幹員。他有他的調查方式，她也有她自己的。他在現場需要看的東西顯然都看完了，但她還沒完成她的評估。

「我相信舊金山分局會有探員很樂意帶你去法醫辦公室。」她對他說：「我晚點再去找你。」

他嘴唇扁成一條細線。「我只是說我們在這裡花的時間夠多了。」

「我是個現場調查探員。」她絲毫不在乎被別人聽見，兩腳往他面前站定，手臂往外一揮畫出一個大大的弧形，涵蓋了海灣與碼頭。「也就是說，要待在這該死的現場。」

「妳明知道這是鬼扯，蓋瑞拉。BAU探員也會外出辦案，我就去了華府的現場，妳記得吧。這裡已經結束了。要是再查到什麼，舊金山警局會給我們消息，我們不需要繼續在這裡丟人現眼，讓隱嫌的氣焰更囂張。」

他或許是資深探員，卻也和任何人一樣可能犯錯。「在喬治城的時候，你漏看了項鍊和垃圾箱的噴漆。我不想忽略掉這裡的任何東西。」話畢，她便轉身大步走向碼頭邊，只見藍綠色海水輕輕拍打著曝曬褪色的木板。

這些漂浮的木板平台之間用鐵鍊鬆鬆地繫著，女孩的屍體就綁在其中一條鐵鍊上。妮娜仔細檢視著那片布滿海鳥糞、在舊金山灣自成一個小島的平台。這個碼頭與附近的船隻停泊處隔開，為大量做日光浴的海獅保留一個避風港，她看不出能以什麼簡單的方式過來。「暗碼」是怎麼做到的？

她轉身經過韋德身旁走向舊金山警局的警督，二十分鐘前她抵達時便是他向她作的簡報。「史班格勒警督，你說死者是什麼時候被發現的？」

「今天清晨五點左右。」

「那個時間做遊客生意的商店和餐廳都還沒開門？」

他搖了搖漸禿的頭。「當時這一帶只有在準備晚一點要開船出航的人，和一些在漁人碼頭露天市場賣小吃的人，他們早早就擺攤了。」他揮揮手趕走一隻糾纏不休的海鷗。「我們正在到處查問，但恐怕問不出什麼，最有希望的大概就是那些要出航的人了。」

「他會不會就是開船到漂浮碼頭的？」她問道：「從那邊的碼頭沒法直接過來。」

「這裡是全國最多人攝影的碼頭，網路上隨時都有影片上傳。他肯定知道這一點。」史班格勒朝停在附近另一個碼頭的成排遊艇努努嘴說：「我們推測他想必是開了某個停船格的小艇，趁著天色還暗，把那個可憐的女孩載過來。」他將拇指勾在勤務腰帶上。「這裡有海流又有海獅，他瘋了才會用游水的方式。」

她順著他的目光看去。「這裡的浪總是這麼大嗎？」

「差不多。」

她謝過警督後慢慢溜達回去，同時掃視著漂浮平台、成排站在另一邊碼頭上的人群與停船格。他在想什麼？為什麼選一個如此熱鬧的地方？冒著曝光的危險？可惜的是，最可能解讀出「暗碼」心思的男人，此時卻站在幾公尺外，兩手扠腰，對她怒目而視。

儘管韋德緊繃的姿態明顯透露出憤恨，她仍無動於衷地走過去提出下一個問題。「隱嫌po的照片裡，死者看起來是金髮。報告中說她身高大約一米七，比我高多了。」

韋德低頭看著她。「就我們所聽說的部分，她的外表和妳完全不像，所以我才想親眼看看她，聽聽關於她的背景，他們查到了些什麼。她和妳一定有其她的相似處。不管那個交集是什麼，都能告訴我們許多關於凶手的訊息。」

她向史班格勒警督打了個手勢。「能不能請你帶我們回漁人碼頭？我想看看——」她驀地打住，沒有說出屍體二字。每個被害人都應該以姓名稱呼。「身分確認了嗎？」

「女孩全身赤裸，」他說：「沒有身分證件。有一些家裡有青少年失蹤的家長過來看是不是自己的女兒，但到目前為止，都不是。有幾個在這一帶工作的人說她可能是遊民。」他比了比市區方向。「這裡遊民很多，大家都喊他們是『都市露營者』。」

她瞥一眼韋德。「還有什麼嗎？」

「這下子，這傢伙的地域性側寫變得困難許多了。」

他們爬上繫在一根粗木樁上的舊金山警船，坐到船尾的白色塑膠椅墊上。不到五分鐘就到達漁人碼頭，有一位舊金山分局的FBI探員與一名舊金山警局的巡警隊長並肩而立，兩人都露出迫不及待的表情。

韋德先向他們開口。「怎麼了？」

探員比向巡警隊長，隊長手上則高舉著一個塑膠證物袋。

「我的手下在周邊調查時，從群眾間的兩個人手上找到這個。」隊長說道：「我們已經用兩輛巡邏車分別把他們載走，準備訊問。」

妮娜注意到亮藍色的墨水，便示意隊長將袋子給她。她翻面，看見一個信封正中央工整地寫著「少女戰士」。

一股刺刺熱熱的感覺爬上她的脊椎。「這是哪裡來的？」

「發現的人說是黏在一個垃圾箱上。他們已經打開過，說裡面有個用某種暗號寫的訊息。」

他聳聳肩。「他們看不懂。」

她和韋德互看一眼。又一具屍體。又一個垃圾箱。又一個加密訊息。給她的。

14

懷俄明州甘水郡
拉勒米市立公園

「暗碼」將速食店的漢堡往儀表板一扔，打開車窗，將一塊軟骨吐到地上。噁心。

他擦去手指的油脂，將放在出風口手機架上的手機轉成橫向。畫面大多了。他鍵入「垃圾桶發現的線索」等關鍵字，然後點入第一個連結。那是一支YouTube影片，一開始出現的是漁人碼頭上的一群人。他微微一笑。這可有意思了。值得特別駛下高速公路，好好享受一下他在收音機上聽到的景象。至少他有XM廣播台，回東部的路上跨越州界時，不必費心搜尋新聞台。

看見那輛黑色Suburban駛入鏡頭，他不禁心跳加速。他舔去沾在嘴角的番茄醬，然後傾身將音量調大。

「我不懂為什麼還不能靠近那個碼頭。」畫面播放時，背景有個尖銳的女聲在說話。她似乎是邊拍邊敘述，而不是在和同伴說話。「他們早在幾個小時前就把屍體運走了。」她繼續說。

他從她的聲音中聽見憤怒與害怕。他笑得更開了。

「噢，等等。FBI來了。」她在背景中說道。

一陣推擠，她似乎是擠過人群以便看得清楚些。「嘿，是那支影片裡的探員。妮娜什麼的……那個『少女戰士』。」

他已經看見她，那嬌小的身形隱沒在太大的FBI夾克內，暗色太陽眼鏡遮蔽了她大半的反應。該死。他原想目睹那雙褐色大眼睛充滿驚恐的神情。不過，他發現她的身體在某一瞬間變得僵硬，那一刻她一定是想到他了。他們心有靈犀。

勃起使得他的牛仔褲緊繃，他便在座位上挪動一下姿勢，同時回想起和她的往事。整個青春期與成年初期，他始終壓抑著內心最暗黑的衝動，否定自我。這一切就在他第一眼看見妮娜的那一刻全改變了。就是她。

那一天晚上，他將設備蒐集齊全，布置好了小屋，但一切準備就緒後，妮娜不見了。他花了三天找她，在那當下對她感到怒不可遏，但追人的過程也增添了刺激，並讓他有了懲罰她的理由。他賜給她三個印痕，各象徵她讓他等待的每一天，接著他佔有她三次，完成了他的懲罰三角。

他還會再佔有她，而且會為她的逃跑給予更多處罰。他會奪走她的一切，包括她的生命。隨著興奮之情不斷高漲，他暗自慶幸事先將車停在空無一人的社區公園。若是停在公路旁人來人往的休息站，獨自一人坐在車上可能會引來不必要的注意。

他聽著影片中不見人影的敘述者繼續評論，一面憑藉意志力讓沸騰的熱血冷卻下來。「希望她能抓到那個叫『暗碼』的傢伙。」

他喜歡自己的新名字。暗碼。他是個謎。他會繼續給出線索，邀全世界的人加入他的遊戲。

依照他的規則。在他的競技場上。

畫面忽然晃了一下。「別推啦！」

「暗碼」用食指在影片底下往右滑，快轉到重要的片段。

「……信封上寫著『少女戰士』，」那個女人的聲音說道：「一定是要給那個FBI女士的。」

這時鏡頭畫面的角度向下，一隻被尼古丁染色的女性的手從垃圾箱側面取下信封，也一併撕下黏貼用的銀色大力膠帶。

那個女人一手要攝影，只能以一手笨拙地試著打開夾鏈，花了好長時間，都快把人急瘋了，於是他再次快轉。似乎誰也沒有留意到她將小卡片抽出來舉高。

她大聲唸出訊息。「頗讓人霧裡看花，這場混沌。妳有四十八小時來解這個謎。」她又被推擠，便不再唸，但卡片仍置於手機前方。

他端詳著卡片上那一串數字：75、73、3、9、101、8、75。

就讓MIT那群書呆子好好動動腦吧。

影片繼續播放之際，好像終於有人注意到這個女人的舉動。一個瘦瘦高高、看起來二十來歲的男生用手肘撞她。「喂，妳拿的那個是什麼？」

「黏在垃圾箱側面的東西。」她把字條卡片抽離，不給人看。「我覺得這是『暗碼』留的線索。」

「是喔，」男子的語氣充滿嘲弄。「那上面有沒有說是李子教授在書房裡拿鉛管幹的？」❶

「你這討厭鬼，告訴你吧，這看起來就跟他留下的其他訊息一模一樣。」

「我瞧瞧。」男子倏地伸手過去。

「是我找到的。」她將卡片拽開。「這是我的。」

「給我。」他靠上前來，紅色T恤瞬間擋住螢幕。

緊接著很長的一陣推搡、咒罵與嘟囔。

「得分。」男子往後退開，揮動著被撕破的卡片。

「我要告訴警察。」女人說完這句話，後面接著一大串詛咒，質疑他的智商、男子氣概與出身。

「反正如果這真的是線索，FBI也會因為妳胡搞瞎搞找上妳。」

「那你呢，愛因斯坦？現在那上面也全是你的指紋了。」

男子挺直腰桿。「我只是想確保它會交給適當的有關單位。」

「這邊發生什麼事了？」一名警察出現在螢幕上。

「暗碼」調整一下手機的角度，避開後方夕陽的強光後，噗哧一笑，看著那兩個白痴拚命地向警察解釋對方如何破壞重要證物。這比他期望的還要精采。

這時擋風玻璃發出敲擊巨響，嚇得他連忙坐直起來。他猛然側轉頭，一名警員正拿著手電筒

❶ 影射一九八五年電影《線索》的人物與劇情。

往車裡照，刺得他瞇起眼睛。

他按下開窗按鈕。

「天黑後公園就關閉了，老兄。」

他是不是應該指出現在才傍晚而已？或是聲稱身體不適？或是直接開槍射警察？太多選擇了。

警察的粗暴口吻讓他愣在當下。那嚴厲的指責語氣——加上他鼓脹的胸膛、臉上的鬍碴與濃密的深色頭髮——讓他想起二十五年前的一段回憶。當時他十一歲，父親忽然衝進他的臥室，逮到他正在看那本雜誌。

「剛好你已經脫掉褲子了，兒子。」老頭說著便解開自己的腰帶。「因為我要來打你屁股。」

自那次後，他的臥室再也沒有房門，他也學會了更偷偷摸摸許多。父親的情緒起伏讓人捉摸不定，而且往往會轉為暴力。如何順著他的脾氣已經變成一種本能。他學會了看人臉色，即時調適。

他在公園裡坐在車上，評估警員的肢體語言後很快地作了決定。他嘴巴張得大大的，露出一臉茫然，裝成一副無害的呆樣。「抱歉，沒注意時間。」

警察似乎反射性地說道：「駕照和行照。」

他從遮陽板夾抽出行車執照，接著從皮夾找出駕照。「在這裡，警官。」他猜想稱呼「警官」是妙招。非常尊敬。

警察在手電筒燈光下看了證件，然後用燈光慢慢往車內掃一圈。「這裡離沙洛斯維還有一大段路呢，史提文森先生。」

他在強光下眨著眼睛。「明天早上之前就會到。」

「別被白線催眠了。」

「什麼？」

警察無力地重重吐了口氣。「就是要你保持清醒，史提文森先生。」

「喔。」

警察搖著頭走開。

「暗碼」已事先預料到這個，但拜這個笨蛋警察之賜，完美的一輛好車和一張假身分證就此報銷，他仍感到氣惱。

他將吃了一半的漢堡丟到旁邊的座位上，猛地打到倒車檔，腦子裡已經開始想下一步。退出停車格後，他一面思索自己的處境一面打到D檔。那個女人的影片點閱率超乎他的預想，事情確實發生了，每個人都想加入追捕行列，解答他的謎題，踏進他的世界。

那群MIT的傻瓜八成已經將新密碼代入演算法，得出了可能的排列組合。那只會猜對一半訊息，也是他想讓他們猜到的那一半。另一半需要有不同的深入理解。那些傲慢的蠢貨將會知道他們惹上什麼樣的人。

15

舊金山紐霍爾街一號
主任醫檢官辦公室

妮娜定定俯視著驗屍室的L形工作檯，只見檯面上那具骨架纖細的屍體，默默見證了「暗碼」的暴戾。十六歲的奧莉薇亞．柏屈躺在冰冷的金屬板上，籠罩在頭頂上射下來的手術燈強光中。舊金山警局凶案組的拉爾夫．寇頓警探站在她右手邊，是他告訴她遇害女孩的姓名。韋德從左手邊看向她。

「妳需不需要離開？」他問此話時，她打了第二個寒顫。

她絕不會承認年輕女孩躺著的解剖台讓她想起多年前，在她自己身體底下的那片銀色金屬。

「這裡面有點冷。」她假裝搓搓手，以略帶嘲諷的語氣迴避他進一步的問題。「好像在停屍間之類的。」

他們被帶進驗屍室時，解剖已經開始進行，這讓韋德對著她嘟嘟噥噥地抱怨不止。他原本希望從一開始就在場，但由於案情特殊，開始的時程提前了。寇頓已告知他們最新消息，卻仍無法撫平韋德的怒氣，尤其是當他必須透過寇頓手機上的照片，看死者背上那三個圓形的燙傷痕跡。

唐納・方博士抬起頭來。「室溫我也無能為力。」

這位助理法醫身材短小壯碩，一頭黑髮藏在與白袍相搭的拋棄式網帽底下。臉的下半邊戴著醫療口罩，深色眼睛透過一片從額頭往下延伸超過下巴的透明塑膠面罩看著他們。

妮娜立刻對自己的伎倆感到懊悔。「我沒問題的。」

方很快點了個頭，又繼續手邊的工作。「我動手解剖前瀏覽過華府的驗屍摘要，這名被害人的身體裡外都沒有留過紙條的跡象。」

「胃裡面呢？」韋德說：「也許她吞下去了。」

「空的，」方說：「她很久沒吃東西了。」

「街頭的生活，」寇頓說：「很難知道什麼時候會吃到下一餐。指認她的巡警說她在這一帶出沒有一年多了。他每次遇見她都會通報兒少保護局，但沒多久她又會回到街頭。」

她與韋德互看了一眼。找到連結了。

「他的每個被害人都是沒有和親生家庭同住的青少女。」韋德說：「他找的都是脫離群體的人，都是無人保護的脆弱少女。」

韋德也是這麼看她的嗎？所以才不建議雇用她？她將對話引往另一個方向。「你們有找到奧莉薇亞的父母嗎？」

「她最親近的親人是住在奧克蘭的祖母。」寇頓搖著頭說：「奶奶不知道怎麼聯絡她父母，不過媒體這麼大肆報導，我相信很快就會有他們的消息。」

「看看這個，」方說道，讓他們的注意力重新回到解剖工作。「那顆牙齒好像剛斷不久。」

他踩踏液壓升降桿將檯面升高幾吋，以便就近檢視。他伸出戴著丁腈手套的手，用一把閃亮的金屬鉗撬開奧莉薇亞的嘴巴，指著一顆末端斷裂、邊緣參差不齊的門牙。

「也許是被揍的。」寇頓說。

方搖頭說：「她上唇內側沒有相對應的傷。這顆牙是被某種工具伸進她嘴裡弄斷的。」

妮娜冷不防想起一事。她轉向韋德說：「能跟你私下談談嗎？」

在打量她一番後，他一語不發便轉身走出驗屍室。

身後的門一關上，妮娜立刻壓低聲音急促地說：「『暗碼』用了一樣東西打開我的嘴，很像剪刀，但沒有鋒利的刀刃。他把我的下巴扳開，然後把一樣東西強塞進我嘴裡。」

又有一個關於那樁案子的元素溜進她內心的黑暗縫隙中，直到瞥見一個不相干的場景才被挖掘出來。也許金屬檯、年輕女孩和方博士使用的金屬器具，便足以誘引出遺忘已久的細節。還有多少其他細微的思緒片段失落不見呢？

她專注地想著這個發現與它可能代表的意義。「誰會有那種東西？」

「牙醫，」韋德搓搓下巴，思索著說：「或是ENT醫師。」見妮娜揚起眉毛，他才加以解釋：「就是耳鼻喉科醫師。」

「醫檢師或驗屍官顯然也會用。」她思緒飛掠。「我們說的是從事醫療工作的人，但這也可能包括護士或獸醫。」

韋德從口袋掏出響起的手機。「是巴克斯頓。」他回頭確認四下無人後，點了一下螢幕轉成擴音。

巴克斯頓的語氣顯得苦惱。「現在這邊燒起五級大火了。你們那邊如何，韋德探員？」

「我現在和蓋瑞拉探員還有舊金山警局凶案組的寇頓警探在驗屍室。」他概述了方博士的發現，並說明妮娜想起的記憶與其意涵。「寬提科那邊怎麼了？」

巴克斯頓嘟囔道：「隱嫌留下的線索被拍照上傳，現在照片就像電腦病毒一樣在網路上散播。」

「誰上傳的？」韋德問道。

「據我們舊金山分局的人說，發現信封貼在垃圾箱上的那個女人沒有提及她將整個發現過程的影片上傳到YouTube，其中還包括訊息的定格畫面。」他重重吐了口氣。「而跟她問話的舊金山警局巡警也沒想到要問她，只是記下她的個資、將信封裝袋，然後就直接交給他的長官。」

妮娜不怪那名警員。從今往後，警察勤務的標準作業流程將會因為這個案子而改變，其中包括犯罪現場的範圍要拉多大。那個垃圾箱位在漁人碼頭上，離發現屍體的地點有一大段距離。

韋德似乎也想到了這個，他說：「在華府的現場，隱嫌想確保我們會發現他的訊息。這一次，他卻讓民眾在無意中發現，而且也可能有幾台相機拍到他把東西貼到垃圾箱上。」

「我們正在蒐集所有相關影片。」巴克斯頓的聲音透過小小的手機喇叭傳遍空蕩蕩的走廊。

「我們已經建立了資料查詢參數，警探們一將資料送來，我們的人就會進行過濾。我們會持續不斷地審查新資料。」

「這是表演藝術，」韋德說：「他在滿足他愈來愈龐大的觀眾。」

「如果那是他的盤算，那他成功了。」巴克斯頓說：「朱利安．札仁剛剛也加入這場混戰。」

妮娜看過幾部札仁的電影，這位動作明星是好萊塢最熱門的票房保證之一。

巴克斯頓沮喪而急促地接著說：「民眾不斷地留言、分享那個女人的影片，最後人數急遽衝高是因為札仁轉推給他的兩千萬名粉絲，還說要提供五十萬獎金給最快破解密碼的人或團體。」

韋德低咒一聲。「札仁是在舊金山長大的，我相信他一定以為自己在幫忙。」

「不管他的用意為何，總之是引發了熱潮。」巴克斯頓說：「好像嫌我們太閒似的，每個安樂椅偵探拿著一台計算機就提出可能的解答，偏偏一個比一個更不可信。答案實在太多了，我們也不可能全部詳查。也許正確解答就在那裡頭，只是被這一大片混沌淹沒了。」

「我們的分析師呢？」妮娜問：「密碼小組在解了嗎？」

「當然，」巴克斯頓聽似氣惱。「等他們有相當的把握找到了正確答案，就會告訴我。目前他們得出了幾個可能，但每一個都導向不同結果。要是一看到可能的解答就行動，卻捅出婁子，後果我們可承擔不起。」

「這傢伙要不是非常有謀略就是幸運到家了。」韋德說：「現在造成的混亂程度讓我們什麼也做不了。」

「自從札仁發布訊息到現在的四十分鐘內，又有更多人組隊想要領賞。」巴克斯頓說：「破解了上一個線索的那群MIT學生上了隱嫌所有的社群媒體網站，現在他們自稱為『釀酒人』。我都可以猜得出他們要是拿到獎金會怎麼花。」

「他們給『暗碼』的留言都說些什麼？」她問道。

「說他們會在早餐以前破解他那幼稚園程度的密碼。」

韋德皺起臉來。「該死，他們在挑戰他的智力。他的操控欲望會驅使他報復。他的期限也許會提早。」

這正是妮娜一直在等待的契機。她假裝靈機一動，說道：「或許有辦法可以爭取一點時間。」

韋德對她露出提防的眼神，巴克斯頓卻語帶好奇地問：「妳想到什麼了，蓋瑞拉探員？」

「我們直接答覆他，」她很快地說，希望在韋德打斷前概略說出自己的計畫。「看是在他的臉書、推特還是哪裡。如果他和我們對談，說不定就能說服他把時間延後。否則最起碼也能讓他洩露出一點端倪，或是讓網路犯罪小組能更精準地循著任何一點虛擬的麵包屑找到他。」

韋德毫不遲疑便開口反對。「在社群媒體與他直接對話會提升他的虛榮心。」他雖是對上司說話，眼睛卻看著妮娜。「再說，我們對他的了解還不夠多，只要不經意說錯一句話都可能進一步刺激他。」

「說到這個，」巴克斯頓插了進來。「布芮克探員已經準備好隨時關閉他所有的社群帳號。本來已經要這麼做了，但網路犯罪小組利用一個既有的程式開發出一個新元件，可以追蹤到他的位置。只可惜『暗碼』也不是空有其名，到目前為止，他已經讓我們掉進一堆兔子洞。」

「那麼現在正是讓他繼續連線的最佳時機，」妮娜說：「忽視他並未奏效，關閉他的帳號也一樣沒用。我們的關閉速度有多快，他就能同樣快速地建立新帳號。又有一個女孩死了，如果這個線索和上一個一樣，那麼再過四十八」——她瞄一眼手錶——「應該說四十六小時，我們又會發現另一具屍體。換個方法試試，對我們來說有百利而無一害。」

韋德瞪著她看，她把它當成一種肯定。她的看法說得通，這點他們倆都心知肚明。

巴克斯頓的回答在他們之間的空氣中發出劈啪響的雜音。「我贊同蓋瑞拉探員的意見。我們需要嘗試不同的方法。我會讓寬提科這裡的人發私訊給他，而不是留言在他的網頁。我們會用官方帳號發送，讓他知道真的是我們。」

妮娜已經一腳卡進門縫，該趁機把門踢開。「長官，必須由我來跟他交談。」

「說明一下。」巴克斯頓略一停頓後吐出這四個字。

「如果他對我有異常的執著，他會抗拒不了，他會——」

「他會擾亂妳的心神。」韋德打斷她，說道：「他會利用這個機會折磨妳，而我們需要妳專心辦這個案子。」

妮娜勃然發怒。「你是說我會被他影響到腦子不清楚？如果你是這個意思，就表示你雖然看過我的檔案，卻還是一點都不了解我。」她朝他跨前一步，靠得太近了些。「我長這麼大一直有人試圖欺負我，但我也都能穩穩地站定腳跟，沒有退縮。」

韋德別過頭去，除了隱藏自己的表情之外，或許也領悟到她的言下之意。

「我要你們兩個盡快回來，」巴克斯頓打破沉默說道：「我已經獲得許可成立一個全天候的特別小組偵辦此案。為了後勤與安全的理由，辦公室就設在寬提科學院的某個大會議室。等你們到達後，我們再來討論關於傳訊息的想法。我們舊金山分局的同仁會繼續和舊金山警局合作調查那起命案，但我們的任務是阻止下一起命案發生。」

「我們會搭下一班直飛班機。」韋德說道，目光仍未正視她。

巴克斯頓口氣疲憊地說：「說到搭飛機，我已經讓幾組人整合兩個現場的鑑識分析資料，並查看乘客名單。我們會收集過去這三天，從雷根機場、巴爾的摩／華盛頓國際機場和杜勒斯機場飛往舊金山的每個乘客的姓名。」

妮娜聽出他話語背後的另一層意思——以及倦乏。能拿來與乘客名單比對的只有一般的罪犯資料，而她不太相信那裡頭會有隱嫌的名字。巴克斯頓想做的是將資料備齊，以便當他再次出手時，能有另一組乘客可以比對。

也就是當另一個女孩死去時。

16

翌日
寬提科聯邦調查局學院
暗碼特別小組

有人輕拍她的手臂，讓妮娜的注意力從面前牆上的信息板移開。她回頭看見電腦鑑識專家小組的幹部之一正低頭注視她。

「『暗碼』剛剛回覆了妳送到他推特的私訊。」他說。

晨間簡報結束後的這一個小時，妮娜都在等著看「暗碼」會不會上鉤。同一時間，她也和隊上組員以及一群其他的探員、分析師與支援人員，協力將寬提科一間較大的會議室，改裝成特別小組的指揮中心；巴克斯頓在他們去加州不在的這段時間成立的這支特別小組，規模愈來愈大。

掛滿牆面的巨大板子上全是犯罪現場的照片、加密訊息的影本與一張張地圖。以任務分類的工作站幾台幾台地聚集一處，佔據了地板空間。各團隊分析著截至目前為止緩慢而艱難地收集到的資訊內容，整個室內充滿忙碌的嘈嘈切切聲，製造出一種前進的動力感。

妮娜放下咖啡，穿梭過偌大的會議區，來到被指定為社群媒體溝通中心的電腦終端機。她往發光螢幕前的椅子坐下，韋德與肯特分別坐在兩旁。

「盡量拖延和他互動的時間，」與兩名網路專家埋頭在幾呎外的工作站的布芮克，喊著對她說：「那個狡猾的混蛋不斷地重新繞路，不過要是有充分的時間，我們也許能抓到他。」

她點頭表示了解。巴克斯頓答應讓她與「暗碼」直接聯繫，布芮克出了一份力，她指出妮娜比任何人都更有機會吸引隱嫌的關注。

肯特也勉為其難地為這個計畫背書，條件是妮娜答覆時要聽從他的指導，無疑是打算使用他的語言心理學分析技巧。

唯一堅決不肯點頭的韋德最後也讓步了，說他可以利用這個機會，觀察隱嫌與妮娜的即時互動，來充實他的側寫資料。他在妮娜右手邊就定位，筆記本與筆在手，半框式的老花眼鏡架在鼻尖上。

前一晚，布芮克從FBI在臉書、IG與推特的官方帳號送了私訊給「暗碼」，他卻直到現在才回覆。他選擇了推特。

妮娜重新讀過眾人一致同意的開頭訊息。為了引起他的興趣，開頭第一炮簡短俐落單刀直入。

FBI：妮娜．蓋瑞拉想和你談談。

他的回答也同樣簡潔。

暗碼：是少女戰士嗎？

「他上鉤了。」肯特說：「不要給他任何可以推敲的東西。我想看看他會多快相信妳。」

FBI：是我。

暗碼：證明一下。跟我說一件只有少女戰士知道的事。給妳10秒。

「他不想讓妳有時間搜尋。」韋德說：「這是在測試妳。」

肯特的低沉嗓音越過她左肩傳來。「他同時也在為溝通的限制建立掌控權。他必須感覺到一切都在他掌握之中。給他一個可以反映他控制妳的細節。」

FBI：你抓住我的馬尾。

暗碼：說一件警察的報告裡都沒提到的事。別再搞砸，否則就到此為止。

妮娜手放在鍵盤上，絞盡腦汁回想一件很小但明確的事。她趴躺在檯子上，頭側轉，硬硬的金屬表面貼靠著她淚濕的臉頰。「暗碼」走出她的視線片刻。她雙眼四下掃視尋找出口，發現對牆有一扇門。門框右邊是……

FBI：一張明尼蘇達維京人隊的海報，在小屋裡的牆上。

暗碼：好極了，少女戰士。我賞妳問一個問題。

「賞妳？」肯特噘起嘴唇。「萬能之神俯允我們覲見。典型的上帝情結。」他傾身靠向妮娜。「問他一個開放式問題。以『為什麼』開頭的問題。」

FBI：你為什麼這麼做？

暗碼：妳說呢。

「他想知道我們對他有什麼想法。」肯特說：「他一定認為我們在分析他說的每句話。恭維一下他的智力。引他多說一點。」

FBI：我不了解你，你能跟我解釋嗎？

暗碼：我很失望。

布芮克站起身，越過電腦螢幕對他們高聲說：「別讓上鉤的魚溜掉。」接著很快又坐下，頭隨即消失不見。

「說說他的戰績，」韋德說：「他從來沒機會向任何人吹噓，給他一個機會吧。」

妮娜領悟到她必須挖得更深。她原本自欺欺人地以為可以維持表面的互動，然而行不通。要想一探「暗碼」的思緒，就得回應他提出的苛刻要求。她於是改變策略，憑直覺行事。

FBI：你喜歡看人受苦。

暗碼：錯，再試一次。

「他還在，」肯特說：「但要是再有一個他認為錯得離譜的判斷，溝通恐怕就會結束。」

她轉向韋德。「給我一點什麼。」

韋德瞄向牆上的信息板。「他選擇的對象都是身處危險的年輕人，那些女孩……」

「都沒有人要。」她這麼一想，立刻敲起鍵盤。

FBI：你專挑別人不要的。

暗碼：就像妳。

正中紅心。她壓抑著不顯露任何反應，雙眼直盯著螢幕，忽然感覺到肯特溫熱的手搭上她的前臂。

「妳做得很好，」他輕聲說：「別忘了他的心思是扭曲的，他是個病態的王八蛋。」

她勉強淡淡一笑。「我知道，謝謝。」

FBI：你怎麼會知道？

暗碼：我能看見一切。

「有趣的轉折，」肯特說：「他可能在說他犯罪前的計畫。」

「看能不能讓他談論作案的過程，」韋德說：「問他怎麼鎖定目標。」

FBI：所以你先監視。

暗碼：我一直都在監視。

「跟蹤狂行為，」韋德喃喃地說，一面飛快地寫在筆記本上。「被害人的選擇對他而言很重要，在他心裡這是遊戲的一部分。」

「再深入一點。」肯特說：「多問一點關於他的手法。」

FBI：你怎麼作選擇？

暗碼：她們必須受處罰。

她感覺到這句話的措辭很重要，便停了下來。的確，肯特和韋德已經開始探討這句話可能隱含的意思。

肯特注視著螢幕，彷彿在思考字裡行間所傳達的實際與象徵性的訊息。「他的用語把自己稍微拉開了些。他不是說『我處罰她們』，而是『她們必須受處罰』。他要不是對自己的作為感到不安，就是覺得自己脫離於一切之上。」

「是後者。」韋德斷然說道：「就像上帝定世人的罪，那些輕賤無用的人。」

她閃過一個念頭。「神也會看見一切。」她指著前一則訊息。「而且會懲罰。」

「往這個方向走，」韋德說：「不過要談論妳自身。」

FBI：那我呢？我做了什麼值得被罰的事？

暗碼：妳是特殊案例。

FBI：為什麼？

「我們得知道他為什麼把妳獨立出來。」肯特說：「這一點最能夠幫我們確認他的身分。」

暗碼：輪到我問問題了。

她略等片刻後，一則新訊息跳出來。

暗碼：妳現在有跟誰上床嗎？

「重新導向，」韋德說：「我們太接近了。」

肯特的冷靜口氣變得激動了一點點。「他變得下流了，企圖想打擊妳。他接下來的對話會是高度的人身攻擊。」

她可不想落入他心理戰的圈套。

FBI：不關你屁事。

暗碼：那我就當是沒有嘍，是因為我嗎？

「他對妳有佔有慾，」韋德說：「他希望妳心裡只想著他一個男人。」

「同意，」肯特說：「他在忌妒。」

這個念頭讓她覺得噁心。「我才不跟他討論我的性生活。」她及時打住沒有補充說明，其實也沒什麼好補充說明的。

韋德和肯特正在不斷丟出建議，看如何將對話導回正軌，螢幕上忽然又跳出一則訊息。

暗碼：妳的回答拖得有點久，少女戰士。我讓妳生氣了嗎，或是妳那個已經沒前途的讀心術專家搭檔在想要怎麼回答？

韋德紅了臉。「他看過我上新聞，想必google過我的名字。」

要找到傑佛瑞．韋德博士的背景，倒也不必搜索太久。在媒體大幅報導茜卓拉．布朗案之前，他就已經很出名了。

「這點可以利用。」肯特說。

布芮克的手從螢幕上方伸出來，做著旋轉的動作，示意他們繼續。妮娜又打了幾個字，保持對話。

FBI：我替自己發言。

暗碼：現在有多少人和妳在同一個房間裡，妮娜？我要妳一個人。

「他現在稱呼妳的名字了，」肯特說：「想拉近關係。順著他。」

她想到接下來要說什麼，這很可能會讓周圍的每個人，尤其是韋德，大發雷霆，但卻可能拯救一個女孩的性命。

FBI：那你來找我啊。

肯特咒罵了一聲。

韋德緊繃起下顎。「妳在搞什麼，蓋瑞拉？」

暗碼：我會的，少女戰士。不過時間地點由我決定。

她不理會那兩個男人在她耳邊大吼的指令，很快便送出答覆。

FBI：現在無妨。

暗碼：覺得很勇敢嗎，小丫頭？我會讓妳像以前那樣求饒。妳那些FBI朋友知道妳又哭又哀求又尖叫得有多慘嗎？他們很快就會看到妳的真面目。

韋德沉默下來。妮娜感覺他在分析的不只是「暗碼」的回答，還有她的。她刻意背轉向他對肯特說：「他在說什麼？」

「他的用語有操縱的暗示，」肯特說：「他想要妳回到以前他讓妳經歷的恐懼狀態。在他心裡，那是妳和他之間的連結，可以讓他根本不必碰觸就能控制妳。他無須接近妳就能讓妳想著他，這點對他來說很重要，因為他隨時都在想著妳。」

妮娜對他露出一個毫無笑意的微笑，隨即又轉頭面向螢幕畫面。

FBI：好，那你別去招惹別人。這是我們倆之間的事。

暗碼：一直都是，從妳開始也到妳結束，妮娜。

FBI：那麼就現在結束吧。就我們倆。不必傷害其他人。

所有人都停止說話。她知道整棟大樓有數十台顯示器在關注他們的對話。包括巴克斯頓在內。

暗碼：再見了，少女戰士……暫時先這樣。

她再寫什麼他都不再回應。

巴克斯頓已經走出辦公室，直接來到布芮克的工作站。「有沒有找到他的位置？」

她垂著眼睛搖頭。「他在一大堆伺服器間跳來跳去……除了恐怖組織成員之間的溝通，我從沒見過這種情形，而且就連他們也多半沒有這麼多備援路徑。這傢伙要不是有科技背景，就是做足了功課。」

「妳還是準備要阻止他？」巴克斯頓問道。

布芮克抬起頭，細緻的五官露出堅毅神情。「會花一點時間，但沒錯。大部分社群媒體都已經同意了，會應我們的要求關閉他的帳號，畢竟他在利用他們宣傳他的謀殺事件。我們為了調查請他們先按兵不動，但只要你下令，我隨時可以請他們動手。」

「這個決定先暫時擱著吧，」巴克斯頓說：「目前，這是我們能直接和他溝通的方式。」他轉身向妮娜。「說到這個，剛才在搞什麼？」

他和布芮克的對話為她爭取到一些時間，讓她想出一個彌補損害的方法。她盡可能誠實地回答：「我在試圖阻止他在接下來的二十四小時內殺害另一個女孩。」

經她這一提醒，想到他們所剩的時間與可能面臨的風險，他的語氣變得圓滑一些。「妳應該遵照指導的，蓋瑞拉探員。」

肯特清清喉嚨。「『暗碼』的回答確實讓我們有了新的了解，長官。」

她感激地看他一眼，但肯特面帶指責的表情顯示，對於她的策略，他也和上司一樣不滿意。

巴克斯頓覷向肯特。「你有什麼收穫？」

「我會重新瀏覽一遍對話，再就他某些較特殊的說話模式，看看我們的資料庫裡有沒有吻合的資料。目前我能告訴你的是他非常聰明、教育程度很高，用字遣詞有其特異之處。他在職場或私生活上可能有一些強迫症的傾向，他做事非常有條有理。」他頓了一下。「而且有非常嚴重的上帝情結。」

「我要你盡快提出完整分析。」巴克斯頓將注意力轉到韋德身上。「你怎麼想？」

「如果蓋瑞拉是想讓他放下其他計畫直接來找她，那麼她並未成功。」韋德說：「蓋瑞拉挑戰了他的男性氣概，我相信這一點他極其脆弱，他會覺得有必要報復。」他很快地朝她瞥一眼。「我預測他會把上一則訊息的期限提前。他會向另一個被害者下手，然後公開嘲弄我們。他可能會再多犯幾起案子，只為了證明他做得到，然後才將目標轉向蓋瑞拉，為他心裡那個不知為何的計畫收尾。」

「那張維京人隊的海報呢？」巴克斯頓問道：「我想找到可以指認這名隱嫌身分的任何線

索。」

「可能有很多意涵，」韋德說：「或許他來自明尼蘇達，或許他是個職業足球迷，也或許他自認為是維京探險家紅鬍子艾瑞克再世。」他大大嘆了口氣。「沒有足夠的資料可以確定。」

想到那張海報後，她腦中浮現當時的小屋。「他對我背上的疤痕非常感興趣，」她說道：「他在那上面加了他自己的印記，然後他也給其他兩個女孩留下同樣的傷疤。全都是三角形。」她瞄向韋德，滿心期望她默默存疑了十一年的問題能獲得解答。「為什麼？」

韋德皺起臉來。「完全就表面來看的話，他是在給妳打烙印，把妳標記為他的資產。他用自己的財產戳印蓋在另一個男人的戳印上。」他用手梳過頭髮。「至於其他的被害者，他若非現在要留下自己的簽名特徵，就是想讓她們成為妳的替代品。」

「他是把他的印記賜給妳。」肯特糾正道：「就像他說他賞妳問一個問題一樣。當我們建立起嫌犯名單，這些用字遣詞的特色或許有助於確認他的身分。」

她思考著肯特對於「暗碼」的表達方式的觀察。「他說從我開始到我結束又是什麼意思？表示我是他的第一個嗎？」

韋德毫不猶豫地回答：「在那之前他可能已經構思多年，但我十分確定妳是他採取行動的第一人。我們得了解妳是哪一點觸發了他，讓他的想法從幻想變成現實。」他停頓一下，搓搓下巴。「現在也全然毫無疑問了，他早在綁架妳之前就認識妳。他承認他一直在監視妳。」

「同意，」肯特說：「所有的跡象都顯示他對妳有持續不斷的執迷，而且自從再次找到妳，這份執迷變得更強烈。」

她想像「暗碼」看著少女戰士在爆紅影片中打倒一個企圖在公園裡性侵的人，這是他多年後頭一次看見她，他是生氣？還是興奮？還是忌妒？他是否認為她「活該」，誰叫她獨自在森林公園裡慢跑？

「根據我們對被害人的了解，他盯上的都是沒有安穩的家庭生活、獨自謀生的青少女。」她嘗試作側寫。「應該受罰的女孩。」

「他在審判。」肯特蹙起金色眉毛。「作出裁斷後執行判決。」

「像法官，」韋德說：「也像發怒的神。」

布芮克已從工作站溜達過來加入他們。「你覺得他算是宗教狂嗎？」

「也許，」韋德似乎暗暗琢磨著這個想法。「但不是任何一種傳統意義上的宗教狂。他並不是說他聽從主的命令，這傢伙並不是在回應一個更崇高的神，在他心裡，他就是崇高的神。」

「這也顯露在他的行為上，」肯特說：「他所做的一切都具有意義。他選擇華府那個女孩，以確保我們會連結上蓋瑞拉。他想把她拉進這個案子，所以特地布置了現場以遂他的願。」

「他為了執行計畫，犧牲了極具價值的一樣東西。」韋德比向妮娜。「他留下她的項鍊，那是他保留超過十年的貴重物品。」

「戰利品。」她說。

韋德點了個頭。「他絕不會放棄如此珍貴的物品，除非他還握有更重要的東西，或是他打算以價值更高的東西來取代。」

她頓時口乾舌燥。「暗碼」想要再次擺布她，這點他表達得再清楚不過。她原本沒有想到，他願意放棄他的戰利品，可見他多有成功的把握。

「是我。」妮娜提出唯一合邏輯的結論。「他打算用我來取代項鍊。」

17

維吉尼亞州春田市
愛茉沙美景公寓大廈

妮娜拖著沉重腳步踏上最後一段階梯時，發現碧安卡坐在樓梯頂端，咬著指甲。「怎麼了，小碧？」

「看到那支YouTube影片了，」碧安卡說：「我們決定接下任務。」

她嘆一口氣。「誰是『我們』，而『我們』又要接手什麼任務？」

「就是我和我喬治・華盛頓大學的團隊，」碧安卡說：「我們要來破解『暗碼』的線索。」

她早該料想到的。「暗碼」折磨的人不只有她——還有被他誘引進他的致命遊戲中的每一個人。如今她的年輕鄰居覺得有必要採取行動了。

「謝了，」妮娜說著露出疲憊的笑容。「但我們可以應付。」

碧安卡看起來一點也不相信。「不管你們那群蠢蛋怪咖在做什麼，我們都能做得更好。」

妮娜已經不止一次聽到碧安卡輕蔑地看待被她視為官僚或與政府有關的一切。

「我要妳別插手，小碧。」她將鑰匙插進門把，打開雙重門閂鎖。跨進門後，先解除警報才走進裡面的小門廊。她直接走向冰箱，拿出兩瓶冰水，一瓶給碧安卡。「我不希望妳浪費任何讀書的時間。」

「我可以一心多用，沒問題。再說，這個很重要。」

「所以FBI才會投入大量資源解決問題。妳或許電腦很強，但我們的電腦鑑識團隊和網路專家不是蠢蛋怪咖，就讓他們好好做他們的工作吧。」

碧安卡眼看就要展開辯論，但還沒開口就被門鈴聲打斷。

妮娜走到門廊透過貓眼往外看，呻吟了一聲才替大樓管理員哈米開門。

「*Hola, bonita*。」哈米招呼道。

自從搬進來以後，她就一直迴避這個管理員的追求，但哈米就是不懂，而且很可能永遠不會懂。

「怎麼了？」

「我得看看妳窗戶的膠條。有一堆房客在抱怨電費太高。說不定全棟都需要重新補膠，但還是得讓房東知道至少有一半的窗縫會漏風。」

她不得不感到讚佩，他的藉口愈來愈有創意。至少這次她不是一個人，於是她往旁邊一站。

「進來吧。」

他側身進門，一看到碧安卡對他比中指，肩膀立刻垂下來。

「來修理爐子的O形環啊？」碧安卡說：「還是這次要修回到未來的時光機的零件？」

妮娜忍住笑，哈米則滿臉通紅。他一副想辯駁的樣子，後來想想還是作罷，便不理會她話中帶刺，轉身面對妮娜。

「我看到新聞了，*bonita*，」他說：「聽說這個叫『暗碼』的傢伙殺死喬治城那個女孩，是因為她長得像妳。」

她無意與他討論此案。「理論上。」

「如果妳又要出遠門，妳不在的時候，我可以待在這裡。」他說：「替妳看家。」

碧安卡嗤之以鼻。「順便聞聞她所有的內衣。」

他氣憤地反擊。「那妳就大錯特錯了，*mi'jita*（小妹妹）。妳年紀這麼小，心思不該這麼齷齪。我看妳是花太多時間上網了。」

妮娜態度堅定地答覆他。「謝謝你的提議，但不必。」

哈米還不打算放棄。他往妮娜靠近一步。「我知道妳有槍等等的，不過那傢伙有可能趁妳不在偷溜進來躲著，然後等妳回家，他就……」

「我可以照顧自己，沒問題。」

碧安卡一手扠腰說：「他要是進來這裡，會被大大修理一頓。」

「萬一他偷襲妳呢？」哈米驀地衝到妮娜背後，雙手往她上身一抱，讓她的雙臂緊緊固定在身側動彈不得。「像這樣。」

她出於本能，脖子往後一仰，用頭撞他的下巴，接著轉身脫離他的掌握。

「要命。」哈米揉著下巴說。

她怒瞪著他。「你要是不想受傷，就別這樣抓我。」

「那如果像這樣呢？」哈米伸出雙手環繞住她的脖子。

喉頸被粗粗的手指包覆住的感覺讓妮娜心跳加速。她又回到「暗碼」的廂型車內，戴著手套的手掐住她的氣管，冷酷無情的力道逐漸加大，阻斷她的叫喊，讓她無法呼吸。她使勁想掙脫綁住手腕與腳踝的膠帶。那個禽獸靠上前來，滿心期待地粗粗喘息。外界的邊緣開始變黑，接著笑聲從他殘忍的唇間流瀉而出，在她耳畔回響著。

她用鞋子邊緣順著哈米的小腿骨往下一劃，再往他腳上重重一踩，同時雙手快速往上畫一個弧，突破他的壓制。就在出掌打中他鼻梁前，好不容易才住手。

「別這樣，哈米！」碧安卡充滿驚恐的聲音將妮娜徹底帶回現實。

哈米抱著一條腿單腳跳著，一面用兩種語言咒罵。

「我想你還是走吧。」妮娜對他說，此時呼吸已慢慢恢復正常。

「好，看得出來妳很行。」他直起身子。「很高興能幫妳……呃……練練功夫。」拿來當上門藉口的窗縫漏風的事，他提都沒提，便全身僵硬地拖著腳離開，試圖掩飾他的跛腳。

當他走後門一關上，碧安卡立刻放聲大笑。

妮娜揚起一邊眉毛。「有人受傷並不好笑，小碧。」

「我知道，但那是哈米啊。」她輕輕搖了搖頭。「我是說，他一副男子漢大丈夫的樣子跑來，想當個凶惡的護花使者，結果卻被妳修理得慘兮兮。」

「他是好意。」

「他是想跟妳上床。」

「門都沒有。」

「這我知道，妳知道，整棟樓所有人都知道。但他就是不死心。」碧安卡誇張地大嘆一口氣。「拒絕面對現實的力量是很強大的。」

「這是從來沒約會過的女孩提出的金玉良言。」

「我也沒看妳在週末夜出去，或是有男人上門來。」碧安卡豎起拇指比著胸膛說：「我在幫教授創造次世代的奈米植入科技。妳有什麼藉口？」

她沒有藉口。至少沒有她能說得出口的。她拖延著時間試圖給予伶俐的反駁之際，目光往下一掃，落在碧安卡色彩鮮豔的T恤上。她歪著頭湊上前去，第一次認真地看上頭的設計圖案。

「妮娜？」碧安卡的語氣透著關心。

「我沒事，我只是……很喜歡妳的T恤。妳在哪買的？」

碧安卡低下頭看。「是上學期末科學社競賽的T恤。很好玩哦？」

黑色棉T上印著以不同顏色劃分、完整的元素週期表，底下寫著「**這裡是我們的原宿**」。

妮娜試著笑一笑，發出的聲音卻空洞。「得要很喜歡科學幽默才行。」

「妳是怎麼了？現在大家都覺得書呆子很酷。」

妮娜眨眨眼。「好消息呀，因為我自己至少有兩成書呆子成分。」

「不好意思，我看妳是有九成壞蛋成分，」碧安卡說：「至於剩下那一成是什麼無所謂。」

她想必比自己預期的更善於偽裝。短暫的分神給了她喘息空間，哈米所激發的腎上腺素分泌也逐漸趨緩。由於時差的緣故，使得她恢復的時間比平時長。「我需要再來一瓶水，我都脫水了。」

「那是因為飛機上的空氣是循環空氣。」碧安卡從冰箱抓出另一瓶水遞給她。「妳八成水喝得太少，不足以彌補兩趟橫越東西岸的飛行。」

「聽說他們也會循環馬桶的水。」妮娜邊說邊旋開瓶蓋。「妳覺得會不會是因為這樣，飛機上的咖啡味道才怪怪的？」

碧安卡喝到一半笑了出來。「妳害我喝太快了。」

妮娜將水瓶放到流理台上。「我去拿紙巾。」

碧安卡擦拭衣服前面時，她在一旁等著，看到濺濕處的七彩圖案顏色變深，她瞇起眼睛細看那一排排整齊的方格，每一格都是字母在正中央，數字在角落。

字母與數字。

她一把抓住碧安卡的手腕，將她的手拽開。

「搞什麼啊，妮娜？」碧安卡後退一步。

她放開手，迅速轉身找她的筆電。客廳裡沒找到，她才想起還放在行李箱沒拿出來。她無視碧安卡的質問，衝進臥室拿著電腦回來，放在廚房餐桌上打開。

碧安卡瞪大眼睛看著她。「能不能透露一點？」

「妳的T恤讓我有一個想法。」她趁電腦開機時說道：「有可能相差十萬八千里，但我需要查證一下。」

「是關於『暗碼』的線索嗎？」碧安卡興奮起來。「我來幫忙。我真的很需要五十萬。」她拉過一張椅子在她身邊坐下。「還有炫耀的本錢。」

妮娜搜尋了元素週期表。「幫我去那邊那個抽屜拿一張紙和一支筆。」她朝流理台另一端放雜物的抽屜努努嘴。

碧安卡翻找了一陣，片刻後回到桌旁。「我把他在舊金山寫在卡片上的線索的圖片拉出來。妳寫下對應的元素。」

妮娜很快地對碧安卡咧嘴一笑，隨即抓過紙筆。這女孩馬上就領悟了。在這種時候，妮娜才會想起碧安卡的智商超過一六〇。

碧安卡讀出數字，中間會稍微停頓，讓妮娜找到原子序數後記下相對應的化學元素名稱與符號。

「七十五。」碧安卡說。

妮娜用食指劃過螢幕，將圖表上的小字放大。「錸，符號是Re。」

碧安卡接著唸序列中的下一個數字。「七十三。」

「鉭，Ta。」妮娜邊說邊寫下來。

「三。」

「鋰，Li。」

她們就這樣持續到妮娜將暗號中的七個數字，連同各數字的化學元素名稱與符號全部寫下來。

她看著這些雜亂無序的字母時，碧安卡也越過她的肩膀來看。

Re、Ta、Li、F、Md、O、Re。

「妳跟我想的一樣嗎？」碧安卡低聲問。

「恐怕不一樣。」

「這會不會是字謎遊戲？」碧安卡興奮到幾乎顫抖起來。「妳知道吧，就是重組字的遊戲。有時候做完功課，我會玩這個來放鬆一下。」

妮娜差點就要翻白眼，好不容易壓制住衝動。「一般青少年放鬆的方式，都是在筆記本上畫一些粗俗的塗鴉，這妳應該知道吧？」

碧安卡伸出手。「讓我看看那個。」她將紙張滑到面前，低頭凝視。「這有成千上萬的可能性。」她瞄了妮娜一眼。「而且還只限於英語。萬一他換成另一種語言呢？」

妮娜聳聳肩。「希望本來就不大。」

「我還沒打算放棄。筆電可以借我一下嗎？」

「請便。」

碧安卡十指飛快地在鍵盤上動起來。「我的媽呀。我剛剛把這些字母輸入隨機字產生器，演算停止的時候，可能的組合已經超過一萬。」

「難怪局裡的密碼分析師還沒能破解。」她摩搓額頭。「而且那些數字可能和週期表毫無關係，但我就是忍不住覺得這其中有點關聯。當我看著我們找到的字母，有幾個字會不斷地跳出來。」

「那就往這個方向試試，」碧安卡說：「我最喜歡的名言之一就是愛因斯坦說的：『直覺是神聖的天賦，而理性是忠實的僕人。』他把直覺置於邏輯之上，我也是。」她把紙斜轉到她們倆都能看見的角度。「妳看到什麼字了？」

妮娜很快地往下看一眼。「Trial、Life、Detail、Mole、Free。」

碧安卡順著她的目光。她們默默靜坐了整整一分鐘。接著碧安卡挺直背脊，視線慢慢轉向妮娜，臉上逐漸咧出笑容。

妮娜看出了她的興奮。「什麼？」

「妳說的最後一個字是『Free』，讓我想到另一個字：Freedom。然後去除掉這個字的字母，剩下的字母就拼成了妳第一個提到的字『Trial』。但如果順序調換一……」

「Freedom Trail（自由之路），」妮娜拍打桌面說道：「這樣每個字母都用到了嗎？」

碧安卡點點頭。「不過怎麼知道這是正確答案呢？這只是許多可能性之一。」

「有一點，他剛剛棄屍在加州一個具有象徵性的地點。MIT的學生一直在嘲諷他，所以他可能會想要打擊麻薩諸塞州。還有哪裡比麻州最重要的地標更好呢？」她回頭瞥向電腦螢幕上「暗碼」的謎題的圖片。「不過這樣還不夠，也許他在訊息中藏了另一個線索。」

碧安卡點一下螢幕，新開一個分頁。她鍵入「自由之路」後大聲唸出來。「這條以古老紅磚鋪設的步行路線，沿途有十六處歷史景點，起點是波士頓公園，終點則是停泊於波士頓港的憲法號護衛艦。」她又跳回線索的畫面。「妳看看最上面一句。有沒有看出什麼關於麻薩諸塞，或是其他可能指涉自由之路的暗示？」

「第一行那句話，」妮娜說：「我始終覺得怪異。『頗讓人霧裡看花，這場混沌』，這種說法很奇怪，不像第二句聽起來就正常多了。」

碧安卡點點頭。「他好像是因為有這個需要，才故意把句子寫得怪怪的。」

「沒錯。開頭和結尾的用詞都是不尋常的選擇，『頗』好像比較不會用在句首，而句尾用『混亂』好像也比『混沌』順一點。」

「開頭和結尾……」碧安卡重複說道：「『頗』和『沌』。開頭和結尾。」她睜大了藍色眼睛轉向妮娜。「妳看出來了嗎？」

「『頗』和『沌』，」妮娜說著，忽然間靈光乍現。「『頗』、『沌』部首對調的話就是『波』和『頓』，而波士頓正是自由之路的所在地。」她傾身過去很快地給碧安卡一個擁抱。「妳真是天才啊，小碧。」

「我知道。」碧安卡拿起手機。「我來看看我有沒有打敗MIT的釀酒人。要是打敗他們，我可就真有本錢炫耀了。」她笑著說：「我還可以拿到朱利安．札仁的賞金，我只要……」她一眼瞥見妮娜後，笑容逐漸從臉上退去。她安靜了一會兒，低下了頭。「我不能把答案po出去，也不能去領錢，對吧？」

妮娜伸手輕輕抬起碧安卡的下巴，與她四目相對。「小碧，這是我們第一次超前，這是逮到他的機會。如果我們夠快趕到波士頓，甚或可以救活一個女孩。」

碧安卡臉色變得蒼白。「當然了，我一個字也不會透露。」她將手機放下。「真爛。」

「逮到人以後，妳要是想和朱利安．札仁聯繫，我可以正式為妳作證。」

「其實現在想想，想到週期表的人是妳，那才是線索中最困難的部分。錢應該給妳。」

「我是聯邦探員。我不能領賞金。」

「哼，那也很爛。」

「金錢從來不是我的動力來源。我感興趣的是清理街頭的罪犯。」

「那妳就入對行了。妳永遠不缺壞蛋，也永遠不會有錢。」

妮娜從口袋掏出手機，隨即打住。應該打給巴克斯頓嗎？這樣一來可以提升她在上司心目中的地位，可以證明她的價值不只在於她的記憶。

她從來不是個熱焰型的警員。憑著一股幹勁不顧一切往前衝，不是成就職業生涯的做法。在寬提科她或許是個局外人，她或許寧可獨自行動，但這次的調查任務，她必須與團隊合作。下定決心後，她長長地吸了口氣，按下預設的快速撥號鍵。

「什麼事，蓋瑞拉？」韋德接起電話，以他特有的粗魯的中低嗓音說道。

「打包行李，」她模仿他前一天的話說：「要去波士頓一趟。」

18

三小時後，在雷根國內線機場與羅根國際機場之間的空中某處，妮娜打掉一隻戳她的手。

「我醒著。」她聽到自己的聲音模糊不清。

「我絕對支持團隊合作，」肯特對她說：「不過妳口水滴在我肩膀上了。」

她羞愧得坐直身子檢視他的襯衫。「我沒看到什麼啊。」繡著FBI標誌的高爾夫針織衫肩膀縫線處看起來有點皺，但是乾的。

他咧嘴笑了笑。「至少妳現在醒了。」

她怒瞪他一眼。「搞笑。」

「是我要他叫醒妳的。」巴克斯頓說：「我讓妳和韋德探員小睡片刻，不過降落前有些事情需要討論。」

坐在她對面、巴克斯頓身旁的韋德，正用手掌揉著眼睛。在橫跨東西岸的旅程過後，幾乎沒有時間休息，因此當妮娜在雷根機場登上FBI租用的灣流噴射機時，已不敵時差的逆襲。這回局長親自授權，讓他們小組在調查期間有一架專機。從此刻起，他們會全隊一起前往每一個現場，再將資訊回傳給寬提科的特別小組。

肯特遞給每個人一杯熱騰騰的黑咖啡。妮娜從來沒搭過灣流飛機，但就她所聽聞，再看到主機艙側邊伸展出來的桌子與光亮桌面上擺著一只金屬咖啡壺，也就不至於太驚訝。

「我要告訴你們關於特別小組的最新發現，」巴克斯頓開口說道：「我們比對了從舊金山或華府地區各主要機場飛到羅根機場的乘客名單，以防他先飛到那裡。但沒有相同的姓名。」

妮娜啜飲一口，咖啡的苦澀溫熱滲入她的四肢百骸。「所以說他用了假名，又或者他不是搭飛機。」

「命案相隔的時間很短，他不太可能使用地面交通，不過從華府開車到舊金山，不必超速也能在四十二小時內到達。」巴克斯頓說。

「開車也差不多跟搭飛機一樣危險，」布芮克說：「橫越東西岸的陸路交通，有很多地方可能出差錯。」

韋德伸了個懶腰，壓抑住沒打呵欠。「具有『暗碼』那種人格特質的隱嫌可能會覺得刺激，說不定還會很享受展現能力的感覺。儘管只有他自己知道。」

「他對自己的能力有信心，」肯特說：「或許會開車，但這表示他要不是自雇者，就是工作上可以連續離開四五天也不會引人注意。」

妮娜沒有深入思考過「暗碼」的職業選擇。他有可能在一般公司行號的環境中，坐在辦公桌前工作嗎？有其他殺人犯是這樣。

「以他的電腦技能看來，很可能從事科技業。」妮娜說：「也許工作時間有彈性，像是線上諮商之類的，甚至不需要辦公室。」

「似乎有可能是比較沒有硬性規定的職業。」巴克斯頓說。他一如往常，沒有讓報告就此中斷，隨即轉向肯特問道：「你和鑑識組聯繫過了嗎？」

「華府被害者的驗屍報告已經完成，」肯特說：「用通俗的話說，隱嫌先用化學藥劑刷洗過女孩的身體，才把她推進垃圾箱。」他兩手一攤。「基本上，我們有堆積如山的微量跡證，那就像是海底撈針。加上大量的交叉感染，就算找到證據也得打折扣。」

「他用的是哪種化學藥劑？」妮娜問道：「是不常見或難以取得的東西嗎？」

「是一種可以消毒、殺菌、破壞DNA的醫療級清潔劑。」肯特說。

「什麼樣的清潔劑可以做到這種程度？」妮娜看過犯罪現場鑑識人員用光敏靈從高濃度漂白水擦過的地板上採到DNA。

「在混合劑中加入氧氣，」肯特說：「可以破壞樣本。」

「能不能確認是哪個品牌？」巴克斯頓問道：「製造商多不多？」

「全國各醫院常用的幾個清潔劑品牌中都含有那種化合物。」肯特嘆了口氣，摘下黑框眼鏡，捏捏鼻梁。「沒法從這方面追蹤。」

「醫院？」妮娜忽地直起上身，因為想起了在舊金山驗屍室時硬是被挖出來的記憶。「隱嫌用來撬開我嘴巴的工具和法醫用的類似。現在他又用醫療級的清潔劑，這個『暗碼』會不會是個醫生或是外科醫生？」

「有上帝情結的外科醫生，」韋德說：「從來沒聽說過。」

肯特聽到他的諷刺咧嘴一笑。「這和我們現在看到的一些行為吻合。」

「這個保留起來當作備案，」巴克斯頓說：「說不定能用來縮小將來搜尋的範圍。」

「沒錯，他可能是個醫生。」一直埋頭筆電敲鍵盤的布芮克忽然停下來。「或者他也可能是個會用google搜尋的雜工。這並不難，你們看。」她將放在與她座位扶手相連的折疊桌上的筆電轉過來。只見畫面上列出一串加氧的化學清潔劑。

「他對於電腦顯然游刃有餘。」妮娜說：「他得有多聰明才能想出方法混淆鑑識分析？」

「他的說話模式顯示他要不是受過高等教育就是知識淵博。」肯特重新戴上眼鏡。「無論如何，他的智商都可能在中等之上。」

韋德將馬克杯放到桌上。「最後那個線索告訴我們他很聰明。他用了兩種加密形式，而且兩者都需要二度外推。」

妮娜很感謝碧安卡來找她。這女孩的T恤和她的強大腦力，是解開隱嫌暗號的關鍵。另一方面，哈米再想找藉口上門之前，應該也會三思。這樣看來，全都是好消息呢。

「隱嫌看似具有極高的智力，這我認同，但布芮克說得也有理。」巴克斯頓說：「他有可能只是擅長電腦。」他轉向她說：「這兩個案子的視訊鑑定有什麼新進展嗎？」

布芮克將筆電轉正後敲了幾個鍵。「我們追蹤到他在華府犯案時使用的廂型車駛上杜勒斯機場的收費道路，接著轉進二十八號州道後，就一直往西走，直到不再有監視器。」

「他綁架我的時候，從亞歷山卓往西開到香蒂利，」妮娜說：「用的是同一輛或者是一模一樣的廂型車。」

巴克斯頓拿出一本皮革文件夾做筆記，文件夾封面有壓印凸起的FBI標誌。「我們應該去查看一下他之前帶妳去的那塊地，不過我不太相信他會這麼不小心，又在那裡蓋新的小屋。」

「我們可以取得那整個地區的衛星照片。」布芮克補充說道：「利用天上的眼睛去看看那塊地上有沒有違建。」

「我會提出要求。」巴克斯頓說道，手下依然寫個不停。

布芮克點頭道：「同時呢，我剛剛收到特別小組視訊團隊送來的一個檔案。我們一直在處理這兩個案子的視訊資料，以建立更準確的嫌犯合成畫像。」

妮娜聽了為之一振。先前有的資料甚至不足以畫素描。這類訊息有可能突破案情。她放下咖啡，豎耳傾聽。

「我們盡可能地修飾了他在華府巷子裡的影像，因為有棒球帽和鬍子的關係。比對人臉辨識資料庫沒有符合的結果，可是當我們將影像和舊金山的影片疊加在一起，有了足夠的清晰度可以嘗試電腦合成畫像。」

妮娜起身說：「可以讓我看看嗎？」她步上通道，走向布芮克。

「他在舊金山是什麼樣子？」韋德問。

「他在加州沒有瘸，所以在華府的時候肯定多少變過裝。」布芮克說完又加上一句：「他在加州的身材也不胖。」

妮娜想起華府監視器影片中，那個肥胖的送貨員明顯跛著腳，用手推車將超大型的箱子推進夜店。她絕對想不到他會是那個體格如運動員般健壯、輕易便制服她的人。如今她明白了。大肚皮和跛腳都是偽裝的。

「有一大堆他在三十九號碼頭的影片。」布芮克的話將沉思中的她拉回現實。「他偷了一艘小艇，把一個大型魚餌箱丟到船尾，然後開到漂浮碼頭。他打開箱蓋，拖出被害人的屍體——藏在一個黑色垃圾袋裡——趁著清晨天亮前把屍體綁在其中一塊浮板。你可以看到他手拿著刀子伸進水裡割開袋子，當時誰也沒有多加留意。」布芮克將一綹紅色捲髮塞到耳後。「那個地方都沒人，他穿著一身灰色運動服，頭上戴著兜帽，高領拉高蓋過鼻子，還用飛官墨鏡遮住眼睛。」

「他怎麼把屍體運到碼頭的？」妮娜往她身邊坐下，問道。

「把一輛皮卡停在停船處最靠近小艇的地方，把魚餌箱搬下來，那個箱子一邊有輪子，另一邊有手把，就這樣推下舷梯。」

「可惡，」肯特說：「就在光天化日下。」

「對他來說，這是一部分的刺激所在。」韋德說：「是遊戲的一部分。證明他比我們厲害多了。」

「有沒有隱嫌把信封貼到垃圾箱，或是他在附近機場的航廈裡走動的視訊畫面？」巴克斯頓問道。

「到目前為止沒有。」布芮克將螢幕轉向妮娜。「妳看看能不能補充點什麼。我還有時間可以調整畫像，如果差太多的話。」

「和妳的資料相比，我的記憶太舊了。」她說時斜乜韋德一眼。「而且似乎也零零碎碎。」

她端詳著筆電上的影像。那人下巴方正，五官分明，長得端端正正。布芮克沒有把太陽眼鏡拿掉。看起來沒有什麼顯眼之處。他與一般人無異，只是有一種難以名狀的感覺讓她起雞皮疙瘩。

「我記得他的眼睛是藍色的。」妮娜細細檢視過後說道。

布芮克伸手握住滑鼠。「色調有什麼特別嗎？」

儘管絞盡腦汁，她也說不出更多了。「抱歉。」

「很簡單，」布芮克把電腦拉回去。「我就給他一個普通的眼型，然後在虹膜加進中階藍色。兩三下就可以準備就緒了。」

「到時把它發送給警察單位。」巴克斯頓說。

「要不要公開？」妮娜問。

巴克斯頓皺起眉頭。「在有更明確的影像之前，我不想讓它流傳出去。濃密的大鬍子加上深色棒球帽，在美國二十歲到五十歲之間的白人男性，有一半都是這副模樣。」

肯特點頭道：「而且這個案子已經引起這麼大關注，我們可能會收到數以萬計的錯誤線索。」

「目前，我們只會把它傳給今天早上被派遣到自由之路的警員。」布芮克說。

自從被肯特推醒後，有一個問題一直縈繞在她心頭，儘管害怕聽到答案，她還是問了。

「『暗碼』給的線索，有沒有人po出解答了？」

「沒有，」巴克斯頓說：「我們仍然佔上風。如果我們運氣不減，不必大動干戈就能抓到這傢伙。」

「全國各地愈來愈多人組隊了。」布芮克說：「有些人想贏得那五十萬賞金，有些人想抓到這個惡名昭彰的『暗碼』，還有些人想一舉兩得。」

妮娜拿出手機。「我一直在關注他的社群媒體網站。他在臉書網頁po了一個排行榜，列出那些想抓他的人或團體的名稱，『釀酒人』排在第二，輸給朱利安．札仁。他這也是想確保所有人都知道賞金的事。」

「他在助長競爭態勢，」韋德說：「大眾的關注完全增長了他的權力能量，現在他在主導著這個全國性話題。」

「讓所有人忙得團團轉，卻白忙一場。」布芮克說：「排名第三的是一群受性侵的倖存者，自稱為『粉紅浪潮』。第四名是一支退役的陸軍遊騎兵隊伍，要是他們比我們先找到他，他的存活機會難說。第五名是一群學生。他只列出前五名。」

妮娜翻了個白眼。「所以說我們不只是在追捕這傢伙，還要跟來自全國各地，也同時在追他的一大群史酷比比賽嘍？」

「我知道我們有在留意『暗碼』的社群媒體貼文，但有人在監看史酷比們的嗎？」韋德說：「『暗碼』這種人有可能假裝成某個團隊的成員，給自己的謎題提出解答，企圖藉此介入調查，要不是想擺脫我們就是想用另一種方法操控我們。」

「特別小組中負責監看媒體社群活動的組員正在調查每個相關團隊的背景，」巴克斯頓說：「他們會定時向我通報最新消息。」

妮娜透過小舷窗看著下方遠處的城市燈火。此時已有數百，也或許數千百姓，貿然插手調查工作。當他們與自稱「暗碼」的變態狂互動後，會發生什麼事根本無從控制。他沉醉在這片混亂中，不斷搧風點火。

「隱嫌是在利用大眾當擋箭牌，」肯特與她想法一致。「到目前為止都能奏效，事態只會愈來愈糟。」

「同意。」巴克斯頓說著將話題繞回到組織工作。「我們得在降落前敲定波士頓的行動計畫。我已經聯繫過當地的FBI分局和波士頓警局局長。他們已經稍稍啟動了他們的EOC。」

妮娜不太認同。啟動緊急應變中心通常涉及市府高層的授權，而且會牽扯到許多地方機關。「這樣不是會引起……」

巴克斯頓舉起一隻手來。「我強調了這次的行動必須盡可能隱密，萬一隱嫌知道我們盯上他了，就可能改變計畫。」他瞄一眼文件夾裡的線條筆記紙。「他們重新派遣了所有可供調派的便衣布署在自由之路沿線。另外會有騎單車、摩托車和徒步的員警增援，不過會盡量分散開來，不像是加強巡邏。」他翻過一頁。「整條自由之路長四公里左右，總共大約有兩百名警力。」

「滴水不漏，」肯特讚賞地對巴克斯頓點點頭。「這王八蛋只要偷放個屁，我們一定聞得到。」

「自由之路從哪裡開始？」布芮克問道。

「起點是波士頓公園。」巴克斯頓說：「終點是波士頓港。」

肯特呻吟了一聲。「又是港口。這傢伙還真喜歡水。波士頓警局做了什麼？」

「他們有一個港口小隊，」巴克斯頓說：「港務長正在調派所有能浮在水上的東西。他們也和麻薩諸塞州港務局作了協調。麻州港務局有自己的警力，會和州警配合。他們被圈進了EOC，負責監視貨櫃碼頭和水岸邊的一切。」

「那空中支援方面呢？」妮娜問。

巴克斯頓很快看一眼筆記。「波士頓警局沒有直升機，必須仰賴麻薩諸塞州空警隊。」他回看著妮娜。「這是成立EOC的另一個原因。我們會在那邊協調空中支援。」

「波士頓警局有無人機嗎？」布芮克問。

「有，而且會全天候在那一帶上空繞行，另外整個市中心都廣布監視器，尤其是在自由之路上的歷史景點。」他難得露出微笑。「波士頓被包圍得密不透風了。我們會抓到這傢伙。」

上司的熱忱具有感染力。自從案子開始至今，妮娜頭一次感覺到希望。「我們降落後要做什麼？」

「去EOC跟我們分局的探員會面。」

她一點都不想坐在一個滿是監視器螢幕的房間裡觀看逮捕行動。「我想和波士頓警局的便衣到自由之路去。」

「拜那支爆紅影片之賜，妳現在是名人了，蓋瑞拉探員。」巴克斯頓搖著頭說：「妳會毀了整個行動。」

她已經有所準備。「我帶了一件超大號的帽T，我還會戴上我的Jackie-O太陽眼鏡，不會有人知道我是誰。」

她發現韋德在打量她，便狠瞪他一眼。他最好別想要排擠她。

「事實上，」韋德慢慢地說：「我認為蓋瑞拉在現場或許能發揮作用。可以讓她和當地的便衣警探搭檔，他們在自由之路上溜達，看起來就像一對觀光客，再自然不過了。」

「我也想出外勤，」肯特說：「誰都不認識我，我可以到自由之路上的另一個點。」

「好吧，」巴克斯頓舉起雙手假裝投降。「你們每個人都可以和一個當地警察搭檔，自己找個定點。」

這時駕駛艙門開啟，副機師進到主機艙。「抱歉，長官，公關室的緊急電話找您。」他遞給巴克斯頓一支衛星電話。

他將電話拿到耳邊時，四周一片靜默。「巴克斯頓。」

他表情緊繃起來。「多久以前？」他點點頭。「把消息告訴波士頓的EOC。告訴他們我們再十分鐘就降落。」

巴克斯頓將電話交回給副機師，轉頭面向他們。「MIT團隊剛剛在網路上貼出解答了。」他說：「密西西比以東和梅森－迪克森線以北的每一個史酷比，都正在前往自由之路。」

19

三小時後
麻薩諸塞州波士頓自由之路

妮娜得伸長了脖子才能對上喬·迪拉尼警探的視線。「你在緝毒組多久了？」

「大概四年。」他的波士頓腔就跟臉上那把紅鬍子一樣濃。

她很難想像這個大塊頭的愛爾蘭裔警察穿制服的模樣。他的紅頭髮綁成一束粗粗的馬尾，披落下來長過肩膀，而他的鬍子更是長到寬闊的胸膛中央。

「你接到任務那天，想必把刮鬍刀丟進垃圾桶了吧。」

他或許露出了微笑。隔著那濃密的鬍鬚難以看出。

「不喜歡刮鬍子。」他說：「這倒是真的。」

過去兩個小時，他們一起走在自由之路上，假裝一對欣賞風景的遊客。頭上的兜帽多少妨礙了她的周邊視野，但她很確定沒有人能逃過他們的注意。

他們邊散步邊聊了起來。迪拉尼很健談，跟她說了不少只有警察才會知道的城市秘辛。他們緩緩走向法尼爾廳，這裡以熱鬧繁忙的商店與餐館聞名。

時間尚早，但餐廳已經開始準備食物。「有個味道好香。」她說。

迪拉尼像獵犬似的嗅聞空氣。「那應該是波士頓有名的烘豆。他們很早就開始準備，要慢烤一整天。」他往下覷她一眼。「不過妳要是沒吃習慣，得小心點，很容易發胖。」

她撫摩一下平坦的腹部。「我平常會跑步也會健身，一直都很瘦。」

「不，」迪拉尼說：「它會讓妳，ㄈㄧㄤˋ放，ㄆㄧ一ˋ屁，發胖。」

她咧嘴笑了笑。「這是波士頓式的幽默嗎？」

「其實兩者都有可能，」他噗哧一笑。「豆子純粹是碳水化合物。」

他聽起來像在說碳衰化合物。

「你記得我們初見面時，我問你目前的職務嗎？你說你在機讀組，我以為那可能是波士頓警局某個我沒聽說過的特殊單位的俗稱，過了幾秒鐘才想到你說的是緝毒。」

他對她露出苦笑。「這是FBI式的幽默嗎？」

說得好。

他們從一間小餐館和一間咖啡館中間走向法尼爾廳的周圍地區。街上漸漸湧現人潮，妮娜發現有人急匆匆地走在行人當中，推擠著遊客，頭轉來轉去東張西望。

「史酷比。」她喃喃地說。

「什麼？」

她氣惱地吐出一口氣。「網路製造出了自詡為偵探的人。每個人都想得到賞金或是炫耀的本錢。」

「喔，卡通史酷比啊，」他會意地點點頭。「到最後他們要不是自己受傷就是搞砸了辦案。」

她再次掃視四周的景點。「暗碼」在這裡嗎？他會不會已經來過又走了？此時此刻，會不會有另一個女孩正在掙扎求生？她雙手緊握起拳頭。她非常清楚，假如他們沒有設法阻止他，他會怎麼做。

迪拉尼輕敲鬢邊，他的麥克風就藏在一團濃密的毛髮底下。「我這邊沒什麼消息，你們呢？」

「我們這邊也一樣。如果有事情發生，我相信EOC會第一個知道。」

他們轉身準備往回走向自由之路末端。

「通常我很喜歡看到市府的施工清潔人員認真工作，不過今天例外。」迪拉尼說。

她順著他的目光看去，只見距離自由之路一條街外，有一名穿著螢光黃色公共工程處背心的拉丁裔男子正抓起一個公用垃圾桶。她皺起眉來。「你們不是已經要求今天別收垃圾了嗎？」

「是啊。」迪拉尼起步朝清潔工走去。「這個人顯然沒有被照會到。」

巴克斯頓要求警察局長確保自由之路方圓三個街區內的垃圾桶都不能碰。過去隱嫌已經建立起一個模式，會利用垃圾箱傳遞線索或棄屍。今天若還是這麼做，就會被攝影機拍到受到監視。過街時，她不得不小跑步以跟上迪拉尼又快又大的步伐。

「喂，」迪拉尼對那人喊道：「別碰那個垃圾桶。」

妮娜沒有出聲。迪拉尼想要干涉又不能讓身分曝光，處境有些尷尬。她由著他主導。

男子直起身子轉向他們，隨手從黝黑臉上撥開一團亂糟糟的黑色捲髮。「我在清潔。」他用口音很重的英語說：「我清垃圾。」他指著垃圾桶。

「今天應該不用收垃圾。」迪拉尼慢慢地將每個字說得很清楚。「上司沒有告訴你嗎？」

男子露出困惑的神情，八成在納悶這個紅髮巨人為什麼叫他別做他的工作。「去妹妹家，車子沒來，我就自己來。」他微笑著說。

「不是，」迪拉尼說：「今天不用來，明白嗎？」

她留意到男子戴手套的手裡有個白白的東西，便用西班牙語對他說：「*Qué tiene usted*（你拿的那是什麼）？」

他的褐色眼睛倏地轉向她，睜得大大的。「我找到的，」他用英語回答，同時舉起一只封緘的白色商用信封，信封邊緣還垂著一片膠帶。「就剛剛，在垃圾桶上面。」他又指了過去。

迪拉尼一把搶過信封立刻翻面。他轉身背向清潔工面向妮娜，一語不發地舉起信封，讓她看上面的字。

少女戰士

她心跳砰然，往前踉蹌一步，從迪拉尼手中抓過信封。他們倆互看了好一會兒。

「應該打開來看嗎？」迪拉尼低聲說。

「當然了。」

鑑識人員會不高興，但裡頭或許有分秒必爭的東西。晚一點再去聽他們的叨唸責罵吧。現在，他們需要資訊。她將手指伸進蓋口底下劃開，取出一張白色索引卡。迪拉尼越過她的肩膀和她一起看上面的字。

陸路點一盞，海路點兩盞

妮娜想起以前歷史課讀過的名句。「這是〈李維爾的夜奔〉裡的詩句，對不對？」

迪拉尼點頭。「如果英軍從陸路進攻，就要點一盞燈，如果是穿越查爾斯河，就點兩盞。」他皺眉道：「『暗碼』怎麼會提到這個？」

「保羅．李維爾，」妮娜說：「他的故居也是自由之路上的景點之一。我們得趕緊通知EOC。」

「等等，」迪拉尼正要按壓耳機卻中途住手。「點燈的地方是老北教堂的尖塔。又是自由之路另一個景點。」

這就交給波士頓在地人處理吧。「有道理，」她說：「那你去通知EOC，我再來向公共工程處的人多問幾句。用西班牙語，他應該會健談一點。」

迪拉尼走到一旁使用無線通訊機，以免引人注意。他一離開，妮娜便發現那個公共工程處的員工不見了。剛才太專注於信封，沒看見他走開。他們會需要他提供資訊和正式的筆錄。

她暗罵自己沒叫他待著，一面沿著人行道慢跑，找尋附近地區。過了兩條街後，她從鮮豔背心發現那人正在一條巷子裡清垃圾，連忙加快腳步。他想必沒聽懂迪拉尼說今天不用收垃圾，也或許是不相信他。

「*Disculpe*（不好意思）。」她高喊道。

他似乎沒聽見，仍繼續移動，消失在兩棟建築之間。

她追了上去，轉過她最後見到他的轉角。

忽然從左邊竄出一隻拳頭，以奇大無比的力道擊中她的太陽穴。她踉蹌了一下，試著重新站穩腳步。她只看見公共工程處的黃色背心變得一團模糊，緊接著那人便繞到她身後，用兩隻手臂抱住她，並以戴手套的手摀住她的嘴。

當他低頭在她耳邊低語，說的英語完全沒有口音。「這回妳跑不掉了，妮娜。」

即使經過了十一年，她依然認得這個聲音。

20

「暗碼」深深吸一口氣，吸聞著她的獨特氣味。妮娜的恐懼令他沉醉，激發了他，為他裝填了火藥。他將她的瘦小身軀緊靠在胸前，感覺到她心跳快得有如蜂鳥鼓翅。謎題的解答三個小時前才po出來，他沒想到她這麼快就來到波士頓。

這不是他所計畫的重逢場面。她漸漸養成喜歡惹怒他的習慣了。他必須再給她一個教訓，好讓她在死前學會服從。

他的手更使勁地按住她性感的嘴唇，讓她出不了聲，頭也同時動彈不得。他用另一隻手緊緊夾住她的上半身，更用力地讓她靠在自己身上。她狠狠朝他的食指咬下，幸好熱塑性橡膠的指節護套讓她無法咬破他的戰術手套。他可以感覺到她下巴在動，試圖咬穿那強化布料，便忍不住噗哧一笑。她掙扎著，再次令他興奮起來。他的小少女戰士想要戰鬥，很好。

她兩隻手臂滑到身後，在他倆身體之間一點一點移動。在他察覺她的意圖之前，她的手已經摸到他的胯下，透過長褲抓住睪丸，使盡吃奶的力氣用力一捏，然後手腕再猛烈一扭。

氣體從他的肺部爆發出來發出巨響。他努力想自制，膝蓋仍不聽使喚地彎曲。她仍未鬆手，接著又往另一邊快速扭轉。他承受不住痛，將她推開，才終於擺脫她的抓握。他彎下身，用力吸氣，雙手不由自主地抓著兩腿之間。他會讓她付出天大的代價。

她吐掉剛才從手套咬下來的一截尼龍線。「跪下。」

他抬起頭，看見她的半自動手槍槍口正對著他。槍身動也不動。

她瞇起眼睛。「手放到背後。」

這賤人哪知道卵蛋被重整的感覺，也很明顯並不明白他就算想把手放到背後也做不到，不過他不想。他不會聽令於她跪下來。到最後，是她會跪在他面前。她會對他苦苦哀求，但他不會賜予她救恩。

他幾乎就要痛得撐不住，還是強忍住一波噁心感。「沒辦法。」

她一手繼續持槍瞄準他，另一手舉到耳邊，無疑是準備找救兵。他沒有其他辦法了。她已成為籠中另一個對手，即將打敗他。

他不容許。

他挺過生殖器的劇痛，站定腳步，然後撲向她。時間瞬間放慢。他爆發的那一刻，她扣下了扳機。就在那一剎那，他感覺到一枚中空彈重重打在胸膛正中央的巨大衝擊。

他倒了下來。

她衝向他，目光掃過他全身。「躺著別動，我找救援。」她又要伸手去按耳機。

無論她有沒有聯繫，警方都會在一分鐘內找到槍聲來源。他策畫前研究過波士頓警方的設備水準。他還有最後一著棋。妮娜不會知道他穿了護具。

他很快地伸出一腳，施展完美的掃腿技巧。她兩腳騰空而起，隨即重摔在他身旁的硬實地面。她的槍滑行過巷子，喀啦一聲撞到磚牆，距離太遠了搆不著。

她還來不及回神，他已經翻身壓住她，那龐大身軀讓她無法吸到足夠的空氣大聲叫喊也無法反抗。他將臉湊到她面前，近到兩人的嘴唇幾乎相碰。「還沒呢，小少女戰士，但不會太久。很快的。」

在那一刻，他想要她的慾望勝過他這一生對其他一切的慾望。她一如他記憶中的她，甚且遠遠不只如此。他兩手環繞住她的纖細頸項，她睜大的眼中反映出恐懼，多美呀。「妳會再次屬於我。」他悄聲說道。

當他的動作給了她些許空間之際，她立刻抬手抓向他戴手套的手，短短的指甲摳過他的右手腕。他咒了一聲，手掐得更加用力。他還不想殺她，只是要讓她昏過去。這並不容易拿捏。

幾秒鐘後當她的猛烈掙扎停止，他跳起身來，一跛一跛地朝巷子另一頭的街道走去。穿制服的警員從四面八方湧來。他揮手引他們注意，然後往巷子裡指去，此時妮娜很可能已經在那裡口沫四濺咳個不停。

「男人有槍，」他故意誇大墨西哥腔和歐斯底里的口氣。「他射那個女生。」

警察經過他身邊，衝向他指的方向，槍拿在手上。他們在找的不是膚色黝黑的公共工程處拉丁裔員工，而是藍眼睛的白人男性。妮娜看到他的眼睛與眼周皮膚，已是多年前的事。她本該將這項訊息帶進棺材，但卻無疑告訴了警方，好讓他們對他的外貌有個粗略概念。今天，他找到了方法將原本的劣勢轉變為優勢。

行動漸漸恢復靈活之後，他大步跑著轉進一個轉角，準備就此消失。一離開那一帶後，他意識到新的疼痛，往下一瞥，看見手腕上的血。驚慌之情在他內心綻放開來。

21

妮娜很快地連眨幾次眼睛，終於看清俯視著她的紅髮巨人。

「她醒了。」迪拉尼對其他人說。

仍躺在人行道上的她仰望見一小群波士頓警局的便衣與制服警員正盯著她看。迷亂的感覺消除了。「是他，」她用粗啞的聲音說道；「變裝過了。」她簡單描述了公共工程處員工裝扮的隱嫌。

「很高明的掩護。」迪拉尼說：「我們會發出全面通緝。」

「還有一件事，」她忽然想起，說道：「我抓傷了他的手腕。」她坐起身來。「有他的DNA了。」

「妳是說他現在看起來像拉丁裔男性？」一名制服警員問道：「我就跟那傢伙擦肩而過。我記得那件黃背心。那個王八蛋對我指著妳的方向。」他用力按下無線對講機的發話鍵廣播最新消息，要同仁密切留意她提供的嫌犯行蹤，然後向其他人打了個手勢，他們便一起加入搜尋行列。

她拍拍腰間。「糟了，我的槍呢？」想到「暗碼」拿走她的武器，讓她的頭又再次暈眩起來。

迪拉尼從勤務腰帶後側拔出她的克拉克手槍，槍托在前，交給了她。「只射了一發子彈。」

她整個人鬆懈下來。「多謝。我相信彈道組會想看看。」

「妳有沒有打中他？」

「有，打中軀幹，他也倒地了。」她抹了把臉。「一定是穿了防彈衣，因為我一靠近想查看他的生命跡象，馬上就被他壓制了。」她轉向那個拿著無線對講機的警員，他沒和其他人一起離開。「向搜索人員補充這一點。」

他點點頭，重新拿起對講機。

「說到開槍，你們怎麼這麼久才來？」她問迪拉尼：「槍擊定位系統有沒有偵測到？」

他們到自由之路就定位之前在緊急應變中心聽取了簡報，內容包括有波士頓槍擊偵測系統的細節，該系統會即時發送警報，並將涵蓋區域內的監視器轉向槍聲來處。

「EOC有接獲開槍的通報，可是當時所有人都正趕往相反方向。妳和我看到垃圾桶的紙條時，好像發現了一具少女屍體。」

她連忙爬起來。「在哪裡？怎麼發生的？」

「在老北教堂附近，薩冷街上的一家海鮮餐廳。」他說道：「今天一大早，店裡員工在後門發現一個大型冷凍冰櫃。其中一個廚師助理以為有人簽收後忘了搬進去。他們每天早上都會有新鮮魚貨送來，所以他也沒多想。」

她腦海中浮現令人不安的畫面，也增添了她的怒火。

「他把冰櫃拖進廚房，」迪拉尼繼續說：「他們打開蓋子要取出魚貨，卻看到裡面有個死去的青少女，蜷縮成胎兒的姿勢。」

妮娜真想揮拳揍個什麼東西。「知道她是誰嗎？」

「沒有身分證件。跟其他人一樣全身赤裸。我們已經發送出一張照片，看有沒有哪個警員在附近見過她。不能發照片給媒體。她狀況看起來很糟。」

妮娜踱起步來，一手梳過短短的頭髮。「還有什麼是我不知道的？」

迪拉尼扯扯鬍子。「媒體都炸鍋了。那間餐廳的一名服務生po了關於屍體的推文。現在餐廳已經拉起封鎖線，但整條街擠滿了新聞工作人員和看熱鬧的民眾。」

混亂的場面發揮了作用。「我敢說這正是他想要的。」

「醫護人員來了。」迪拉尼說：「他們會替妳做檢查。」

她後退一步。「在鑑識人員刮我的指甲縫取樣之前，我不想讓任何人碰我的手。」

迪拉尼點了個頭。「他們已經在路上了。」

「這個瘀傷真夠瞧的。」一名醫護人員看著她的太陽穴說道：「我們來看看妳的瞳孔。」

她靜靜站著，由著他先後將她兩邊的眼皮往上翻，再用小手電筒往裡照。看似滿意後，他伸出兩根指頭按在她手腕上。

緊急救護人員忙他的，她則繼續和迪拉尼說話。「我差點就逮到他了。」她依照指示將頭左右偏。「可惡，我跟他說西班牙語的時候他回我英語，當時就應該發現不太對勁了。」

「別太自責，」迪拉尼說：「我也沒想到啊。我們倆都有點忙著注意那個信封。」

她剛剛看到假扮成公共工程處員工的那個人，一點也不像多年前凌虐她的禽獸。「我預期會是個白人。我肯定是自動就忽略他了，因為我真的一心一意只想救出不管是哪個被他盯上的女孩。」

「他的確不符合我們所知道的相貌描述。」迪拉尼說：「我猜他應該是塗了深色化妝品之類的。」

她已經又想到一件令她百思不解的事情。「我昏過去以後，他可以輕輕鬆鬆扭斷我的脖子。他為什麼沒殺我？」

迪拉尼聳聳肩，雙手一攤。「他有沒有跟妳說什麼？」

她回想起他的龐大身軀壓在她身上，嘴唇幾乎與她的相貼。「還沒呢，小少女戰士，但不會太久。很快的。」她記起他雙手往她的喉嚨不斷緊縮，不禁脈搏加速，還有他臨走前低聲說了句話，那熱氣吹在她臉上的感覺。他說：「妳會再次屬於我。」

他給了她一句承諾。一個威脅。

他的話對於調查工作不會有任何幫助，不會產生新的線索，不會提供新的靈感。可是一旦公開，她很可能會被踢出調查小組。她會變成更多八卦與臆測的對象，妨礙她的工作能力與組員專心追線索的能力。與隊友們獨處時她會向他們透露，但其他人不行。

「沒有，」她別開頭。「他什麼也沒說。」

22

妮娜細細打量著波士頓緊急應變中心裡每一張糾結的面孔，整個空間充滿了沮喪。她在現場接受醫護人員治療，並由鑑識人員採集了指甲縫碎屑後，便去填寫開槍報告，沒有加入持續搜索「暗碼」的行動。

波士頓市警、麻州州警與聯邦幹員在全市各處撒網之際被發配邊疆的她，在完成初步陳述後，巴不得能和迪拉尼一起到EOC作報告。

中心的廣闊空間充斥著最先進的科技設備。一台台巨型螢幕掛滿整面牆，各個角度監視器的分割畫面並列拼湊，提供市區不同角落的即時影像。一整排電腦前面坐著穿制服與便衣的人，負責接收來自各種管道、各式各樣的資訊。

眾人忙碌不已的一片嘈雜聲被一個尖銳的聲音劃破，是坐在邊牆一台發亮螢幕前的便衣人員發出的。

「我找到了。」

妮娜轉過身，看見一名高挑優雅的女子，一頭褐色長髮往後梳成髻。

「我們調出了槍擊定位影像，」她坐在椅子上，身子微微地上下彈。她在鍵盤邊的滑鼠墊上移動滑鼠，按了一下，然後指著牆上的巨大螢幕。「看看這個。」

多個影像合成了單一畫面，可以看到「暗碼」跑進鏡頭內，將大批蜂擁而來的警員引向半昏迷的妮娜躺臥的小巷。

「看他接下來做了什麼。」這位波士頓警局的視訊技術人員語氣中略帶興奮。

只見「暗碼」在街上急奔，很快地轉進一個街角，隨即被另一台監視器拍到。技術人員在展示前已先將影片拼接起來，建立了隱嫌逃跑的時間軸。妮娜與其他人一起看著他閃避車輛過街，然後以較悠閒的腳步走在對街的人行道上，大概是為了避免引人側目。接著他放慢速度，最後停在人行道中央的一個人孔蓋前。他撩起外套下襬，露出腰帶。

妮娜瞇起眼睛看他雙手急促動作，像要鬆開什麼東西。起初，她以為他在擺弄一個大大的帶扣，後來才看清他腰間繫了一條厚重鐵鍊，用一個大鐵鉤固定著。不一會兒，他解開鍊環，將鐵鍊拉出褲耳。

「他在搞什麼鬼？」肯特的問題是對所有人問的。

「暗碼」彎下身，把鐵鉤從人孔蓋邊緣附近的一個洞放進去，接著直起身子，將鐵鍊在右手上繞兩圈，然後用左手抓住鍊條與右手握合。只見他快速地一個屈膝，便將蓋子拽到一旁，露出通往下水道的圓形陰暗開口。

「不可能，」波士頓警局的一名警督說道：「那些蓋子是鑄鐵打造的，重量超過九十公斤。」

妮娜並不訝異。她知道這絕對是「暗碼」的能力所能及。

一名穿著黃色背心的公共工程處員工爬進下水道，過往行人似乎都未多加留意。他的頭消失幾秒鐘後，鐵鍊被他一拉，往下滑入洞口。經他扯動了幾下，金屬蓋便滑到定位閉合起來，確實完成了「暗碼」的消失行動。妮娜對他的智謀讚嘆不已。

「聰明的王八蛋，」韋德喃喃說道：「整個過程大概只花了他二十秒吧。」

「他是有備而來。」那名警督說，然後轉向他手下的技術人員：「現在仔細觀察他的脫逃路線和那個人孔蓋，看能不能提前在畫面上逮到他。我還要知道他從哪裡出來。」

她點點頭，重新坐回電腦前面。

「他很細心也很有謀略，」肯特說：「我敢說他事先就計畫了多條脫逃路線。」

韋德將聲量放大到整個中心的人都能聽到。「這點很重要，接下來都要牢記在心。就算眼看就要困住這傢伙，也要預期他會有好幾個窟，其中有一些說不定還是陷阱。」接著他的目光轉向波士頓警局高層說道：「事實上，凡是進到下水道的人都應該小心。隱嫌為了拖慢追捕者的腳步，有可能使出賤招讓人措手不及。」

副警司泰森——他被介紹為目前在場的波士頓警局最高階長官——很快地朝他點了個頭。「我會告訴基層警員和市府的施工清潔人員。」

「他在下水道裡面可以跑多遠？」巴克斯頓問他。

「供水和汙水處理系統結合起來有超過一千個人孔蓋，而且遍及全市。」泰森聳聳肩。「沒法知道他會從哪冒出來，不過我們會開始盯緊市區的監視系統。」

巴克斯頓繼續對泰森說：「還有，最新受害者的身分確認了嗎？」

泰森朝一名警佐打了個手勢，然後在警佐走向視訊控制台時回答道：「我們將一張命案現場照片傳給危害兒童犯罪防治組，組裡的一個警探認出了死者，她名叫丹妮絲．葛洛芙，大家都叫她妮西。十五歲。」

泰森說完後，螢幕上跳出一個影像。是一張照片，顯然是高中紀念冊的大頭照，上頭是一個看起來比實際年齡輕的纖瘦女孩。但也可能是因為她的眼鏡框太大，讓那雙褐色眼睛看起來像貓頭鷹，加上深色捲髮綁著粉紅色緞帶，才給人這種感覺。

巴克斯頓轉向韋德。「現在有三名死者了：第一個是西語裔，其次是白人，現在是黑人。這顯現出『暗碼』的什麼特點？」

在回答上司之前，韋德瞄向泰森。「關於妮西有哪些已知的資訊？」

「來自破碎家庭。長期逃家。」泰森看著筆記說：「寄養母親最後一次看到她已經是一個多禮拜前。」

「這就是他傳達的訊息，」韋德對巴克斯頓說，就好像泰森提供的消息證實了他原本的預料。「『暗碼』不在乎她們長什麼樣或是從哪裡來。他沒有把她們當成個體，或當成人——只是當成類型。」

「哪種類型？」

「社會中最脆弱的一些個人。或許是暫時也或許是長期沒有家人的青少女。」

妮娜想起她在線上與「暗碼」互動的訊息，隨即壓低聲音只讓韋德聽見，說道：「就像他發現我的時候的我。」

他幾乎細不可察地對她點一下頭。她決定轉換話題，將她內心愈來愈熾盛的怒火導向追捕「暗碼」。

「那信封裡的線索呢？」她問泰森：「去調查保羅．李維爾故居和老北教堂的警探怎麼說？」

線索中提及那群愛國志士使用的暗號，始終糾結在她心頭。陸路點一盞，海陸點兩盞。現實中的暗號。所以「暗碼」才會提起嗎？

「毫無收穫，」泰森說：「調查人員請來了講解員協助，在那兩處地標進行地毯式搜索。沒有遺失什麼，沒有留下什麼，完全沒有被擾亂的跡象。」

「想把我們引上絕路？」她話一出口隨即打住。「這不是什麼雙關語。」

「等等，」泰森忽然變得興奮，說道：「發現屍體的餐廳名叫『銀匠』。」

妮娜思考著這項訊息。保羅．李維爾曾是個著名的銀匠。「這麼說線索是想引導我們找到屍體？他之前就這麼做過。」

韋德播播下巴。「萬一我們解開他的線索，在他還來不及離開現場前就抵達波士頓，那麼安插這項訊息也可以作為誤導或是轉移注意力。」

「事實的確就是如此，」肯特說：「你覺得他知道我們在那裡嗎？他有內線消息嗎？」

「你是說，我是不是認為他是警察？」韋德這麼一問，所有人都安靜下來。「有此可能，不過我覺得他比較可能是警察迷，盡他所能地在監視調查。」

「為什麼不是警察？」妮娜問。她從未考慮過這個可能性，但不明白韋德何以能如此斬釘截鐵地將它排除。

韋德開口前似乎斟酌了一下，無疑是意識到自己正對著現場每一個人說話。側寫師的意見將會影響接下來的調查工作。

「一個具有權威光環的職務會很吸引他，例如警察、軍官、醫生或飛行員。但話說回來，他控制欲太強又太自戀，恐怕難以聽從命令，就算他果真擔任了這類職務，也會很快就被解職或解雇。」

「所以你的意思是說他只能當老闆？」她說。

「你們在巷子裡的時候，妳的反擊沒有威攝住他對吧？他一點也不害怕，即使妳拿槍對著他。」

她搖搖頭。「我想他反而感到興奮。」她遲疑了片刻，才當著眾人的面提出她下一個問題。「說到槍，隱嫌原本可以趁我昏迷時拿走我的槍，但他沒有。」

「因為他想要搏鬥的刺激。他會比較喜歡近身格鬥與接下來勒頸的親密接觸。他是個殺人犯，但同時也是高壓強制型的強暴犯。」

她需要他說明，心想在場有其他幾個不那麼熟悉心理學術語的人應該也是。「那是什麼意思？」

「每個被害人死前都受到凌虐。傷勢並非死後才留下。」韋德說得興致勃勃，顯然是如魚得水。「他很享受操控他人，暴力讓他感到興奮，他看著被害人痛苦哭喊就會亢奮。」

「換句話說，」她說：「他是個性虐狂。」

「不只如此。他要從至高無上的力量獲得滿足。他讓被害人求饒，他會先假裝放過她們，等她們乖乖聽話後就一口回絕。他想控制她們的一切，包括什麼時候死、怎麼死。」

妮娜聽著韋德這番話，髮際線處冒出了冷汗。他描述的每一件事都對，就連最小的細節也是。他也逼其他幾個女孩哀求了嗎？也讓她們哭喊了？受苦了？結果最後才發現一切都是白搭？她很確定是這樣。憤怒與羞辱混雜的惡火在她內心焚燒。

副警司泰森打破沉默。「現在我們還能做些什麼？」

她第一次發覺到，調查那些心狠手辣的殺人犯與他們可怕的罪行數十年所獲取的經驗，為韋德打下多紮實的基礎，才能回答這一類的問題。他毫不遲疑，很快便給出答案。

「訴諸於他的自我。讓媒體知道我們為這個案子成立了龐大的特別小組，給這個小組起一個可以對抗他所選擇的外號的名稱。可以叫做『暗碼行動小組』之類的。」

他轉向與一群視訊技術人員坐在一起的布芮克。「他會在傳統與社群媒體上留意這些消息，但對他來說，恐怕已經不夠刺激。找出每個現場的群眾畫面，再和我們資料庫裡有的資料交叉比對，看看能不能提升畫像的相似度。」

布芮克雙頰露出酒窩。「既然現在有他的DNA樣本，就可以利用預測性DNA分析生成他的圖像——如果沒有跟刑事DNA資料庫比對成功的話。」

韋德毫不猶豫地回答：「不會成功的。」接著轉向巴克斯頓說：「我們還要查一查最後一刻才訂機票而且是快速回程的人。」

「已經在查了，」巴克斯頓說：「說到飛機，我想回寬提科去，我們所有的資源都在那裡。一旦得知任何線索，可以透過特別小組協調。」他看一眼手錶。「接下來對所有人都會是漫長的一天。」

妮娜確信他說得沒錯。她低頭看看自己的手，鑑識人員從她的指甲縫採樣後，她便用高溫肥皂水拚命刷洗，把手都刷紅了。她好想沖個澡，好想洗去那個禽獸可能還留存在她身上的每一顆微粒。光是想到肌膚被他碰觸過，她就覺得噁心。

波士頓之行一開始是那麼地充滿希望。登機時，一種勝利在望的感覺讓每個人都精神抖擻。她更是滿懷信心，認為他們會逮到犯人，拯救一條年輕生命。但儘管盡了最大努力、取得了起步的優勢也事先做了準備，卻仍一事無成，反而又有一名女孩死去，而「暗碼」也逃之夭夭。又能再次放手殺人。

23

妮娜掀開鋁箔紙包裝後深深吸一口氣。「願上帝保佑波士頓警察。」她撕開一包芥末醬，將醬料擠到層層的甜椒、洋蔥和義大利香腸上面，然後畢恭畢敬地將長條三明治舉到垂涎欲滴的嘴邊。

迪拉尼的小隊長載他們到機場後，給了他們一個高高的紙袋，裡面裝滿潛艇堡。巴克斯頓等到灣流起飛後，砰地將紙袋放到座位之間的小桌上。

布芮克朝妮娜揚起一邊眉毛。「好樣的，姊妹。」好還特別拉了長音。

妮娜對著韋德努努嘴，他的潛艇堡已經吃掉大半。「離開舊金山以後就沒吃過這麼好的東西。」

卜丹麵包店的酸種麵包碗裝蛤蜊巧達濃湯，已是遙遠的記憶。

肯特笑著說：「我喜歡胃口好的女人，最討厭約會的對象只點沙拉，醬還要另外放，讓我覺得自己好像尼安德塔人在吃肋眼排。」

「別這麼貶低自己，」韋德滿嘴食物說道：「你至少已經進化成了克羅馬儂人。」

巴克斯頓往袋子裡摸找。「有美乃滋嗎？」

布芮克遞了兩包過去。「鑑識組有消息了沒？」

「DNA已經火速送去，」巴克斯頓說：「如果比對有任何結果，很快就會有消息。」他試著撕開一個塑膠醬包。「說到這個，波士頓警局有沒有給妳運送冰櫃的影片？」

布芮克放下三明治。「他們給我一個隨身碟。隱嫌很狡猾，我們給的合成畫像是個藍眼白人，還叫警察在自由之路注意這樣的人，而他假扮成拉丁裔的送貨員開車將死者屍體送到薩冷街，就這樣逃過追捕。」她打開一罐汽水。「他混在其他送貨車輛裡，把東西丟到餐廳和咖啡館的後面。」

「他是個可惡的變色龍。」巴克斯頓說道，同時放棄撕扯，改用牙齒咬醬包。

妮娜嚥下一口潛艇堡，說道：「那他從下水道逃跑呢？有沒有哪裡的市區監視器拍到他？」

「那方面還沒下文，」巴克斯頓說：「不過波士頓警局倒是追到了他開的那輛送貨車。車子被丟棄在離餐廳半哩路的一條小路上。」

「租來的？」妮娜問。

「在羅根機場邊一個租車處租的。」巴克斯頓把醬包一角咬得殘破不堪後，說道：「我們波士頓分局的同仁剛剛把掃描的租車合約傳到特別小組的資料庫了。」

「我可以透過我們的伺服器打開檔案，」布芮克說著打開筆電，敲了幾秒鐘鍵盤之後，將螢幕轉向其他人。「他好像是用吉勒摩．瓦德茲的名字租車，佛羅里達的駕照。」

眾人一齊傾身向前，仔細檢視隱嫌用來租車的駕照的放大圖片。

妮娜差點被一片炒洋蔥給嗆著。「那是朱利安．札仁的照片。租車處的人不認得他嗎？過去五年來每一部動作大片都有他呀。」

「那是個繁忙的機場，」肯特說：「租車的地方忙得要命，很可能有憤怒又疲倦的旅客大排長龍，想要盡快租到車。」

「隱嫌的假駕照會用札仁的照片並不是偶然，」韋德說：「他是在對我們比中指。」

肯特噘起嘴來。「等消息傳出去——這是一定的——札仁會把賞金提高到一百萬。」

「這八成正是隱嫌想要的，」韋德說：「更多的史酷比，更大的混亂。」他低咒一聲。「也許應該打個電話給札仁。」

妮娜將注意力集中在他們必須查的部分。「那麼駕照上的邁阿密住址也是假的嘍？」

「我們透過特別小組正式請求邁阿密－戴德郡警趕過去查看一下。」巴克斯頓說：「死胡同。他很可能是隨便挑的地址。」

「他肯定有什麼辦法取得高品質的假ID。」肯特說：「他詭計多端。」

駕駛艙門忽然打開，他們全都抬起頭來。「您的電話，長官。」副機師將衛星電話交給巴克斯頓。「是DNA案件小組的組長。」

巴克斯頓將電話放到耳邊，副機師隨即退下。「等一下，我開擴音。」

他把電話放到桌上，按下前面一個圖示按鍵。「我現在和寬提科團隊在一起。請說。」

「我是唐姆．范寧，」一個粗嘎的男聲說道：「從蓋瑞拉探員身上採到的樣本，我們放進了系統比對。」

妮娜屏息以待，想聽聽隱嫌是否終於有了姓名，或者依然是個暗碼。

「沒有吻合的結果，」范寧說：「他不存在任何罪犯資料庫裡。我們已經提出要求，請合作的民營家族DNA檢測公司進行比對，我親自向他們解釋了情況，他們也答應會盡快。所以四十八小時內就會知道有沒有吻合的家族基因。」

巴克斯頓發出一聲沮喪的呻吟。「至少現在有他的基因檔案了。」

「不只這樣，」范寧說：「幾分鐘前我接到微量跡證組的來電，他們一直在和我們波士頓的證據應變小組合作，想看看和我們分析的DNA有沒有關聯，因為他們的發現……最起碼可以說是出人意料。」

「他們發現了什麼？」巴克斯頓問。

「微量跡證組組長愛蜜琳．貝克要求立刻和你通話，以便親自向你解釋。」

巴克斯頓謝過范寧後掛斷電話。他滑手機找通訊錄然後撥電話之際，妮娜思索著范寧報告的事。DNA比對沒有結果，但看來波士頓FBI分局的證據還原團隊找到了可能帶來一線希望的微量跡證。

衛星電話的喇叭傳出一個生硬急促的女聲。「愛蜜琳．貝克。」

巴克斯頓表明身分後立刻直搗重點。「聽說關於波士頓的案子妳有消息要報告？」

「我們有重大發現，所以想盡快通知你們。」

大夥交換了興奮的眼神，他們都知道微量跡證組收集了大量關於人類與動物毛髮、自然與人工紡織纖維與布料，以及木頭與其他物品的參考資料，能和犯罪現場採集的樣本進行比對。波士頓現場的任何一處都可能出現重大線索。

巴克斯頓兩手放到桌上。「微量跡證檢測有收穫了？」

妮娜緊盯著電話，滿心希望聽到案情突破的消息。

「蓋瑞拉探員咬了隱嫌的手套，扯下一些纖維。我們的鑑識人員到她說她吐掉纖維的地方帶回了證物，那些纖維來自一種人工布料，而這種布料和我們資料庫裡已有的一個樣本完全吻合，否則我們也不可能這麼快回覆。」

巴克斯頓清了清喉嚨。「你們有重複檢驗以確認結果嗎？」

貝克毫不遲疑地回答：「當然。」

「可以連結到多少案子？」巴克斯頓問。

貝克過了大半晌才說：「總共三十六起命案。」

24

徹底體會這項訊息的意義後，所有人的興奮轉化成了震驚。

妮娜第一個開口。「三十六起命案？」

韋德瞇起眼睛。「你們資料庫裡的布料該不會剛好就是紅區格鬥裝備用的那種吧？」

「沒錯，」貝克說：「這項技術有取得專利，沒有其他人使用，就像指紋一樣。」

「不會的，」肯特看著韋德說：「不可能。」

妮娜先後瞥了他二人一眼。這明明是好消息，為什麼他們倆明顯顯得煩亂？

巴克斯頓全神貫注在電話上。「你們連結到的命案，也包括梅根．桑默斯命案在內嗎？」

妮娜記得這個女孩的名字，當時她還沒進局裡，還是個街頭員警。那時候華府都會區的每個執法警員都在追捕那個被稱為「首都圈跟蹤狂」的犯人。當他帶來的那段暴力恐怖時期結束時，整個地區的人彷彿都一同鬆了口氣。她試過要拼湊案情全貌，但少了幾塊拼圖，沒能成功。

「是的，包括在內。」愛蜜琳．貝克的聲音透過電話喇叭傳來，打斷她的思緒。「我們會重新審視華府和舊金山的案子，重新檢測微量跡證的每個分子。現在已經知道在那些海裡分別要撈哪根針了，說不定會找到同樣的纖維。不過，不能打包票，因為兩個現場的交叉汙染太嚴重。」

「那波士頓的死者呢？」巴克斯頓問。

「她脖子勒痕附近的皮膚裡有找到相符的極細纖維。這回他恐怕是來不及在棄屍前刷洗屍體。」

「有最新消息隨時告訴我，」巴克斯頓說：「完整報告一出來就傳給我。謝謝妳的情報。」

他掛斷電話後轉向團隊成員。「機率有多高？」

「什麼機率？」妮娜忍不住問。

緊繃的張力讓肯特的話聽起來斷斷續續。「兩個連續殺人犯使用相同手法、穿著相同罕見品牌的綜合格鬥裝備，而且同時行動的機率。」

「除非是共犯，」韋德說：「以前就發生過，連續殺人犯一起動手。」他用手梳一下頭髮。

「不過所有跡象都顯示是一個罪犯獨自犯案。我很確定。」

「我本來也是，」肯特說：「在此之前。」

「我有點搞不清狀況，」妮娜說：「有沒有誰能說明一下？」

巴克斯頓轉向她。「首都圈跟蹤狂的事妳知道多少？」

她暫停片刻，回想著當時那個專找十幾歲少女下手的凶殘殺手如何搞得人心惶惶。「他活躍的時候我還是費爾法克斯郡的巡警。因為他作案地點跨越馬里蘭、華府和維吉尼亞的多個轄區，所以在暴力犯罪逮捕計畫的人比對出犯案手法中有一些相同特徵以前，我們並不知道這些命案有關聯。」

她沒有附帶補充說被他挑中、可能慘遭毒手的女孩，一開始並沒有引起太多關注。「在我們把拼圖拼起來之前的六七年間，他好像殺了二十個人左右，然後媒體就開始瘋狂報導。接下來又有十個人遇害，讓民眾徹底陷入驚恐。」

「妳記得案子是怎麼結束的嗎？」巴克斯頓問。

她稍作停頓，回想起了更多細節。「首都圈跟蹤狂自殺了。他的屍體和他最後殺害的人一起被發現，那個被害人就是……」她的目光倏地射向韋德。

他的臉瞬間沒了血色。「茜卓拉．布朗。」他替她把話說完。

他們倆互望許久，她費力地試圖想像他心裡在想什麼。茜卓拉．布朗命案正是擾亂了他大半年的案子，現在她明白巴克斯頓問他機率多高是什麼意思了。她面轉向長官。

「所以說如果不是有兩名凶手使用相同手法，那就表示只有兩個可能。」她舉起一根手指。「我們漏掉一個和他一起犯案的同夥。」她舉起第二根手指。「不然就是我們找錯人了，真正的凶手已經逍遙法外兩年。」

「還不只如此，」巴克斯頓輕聲說：「韋德探員和FBI都被布朗家提告。」

「這我記得，」布芮克蹙起草莓金色的眉毛說道：「兒少保護局以虐待和疏忽為由，把她從父母身邊帶走後安排寄養。七年裡頭，她的親生父母都沒跟她說過話，甚至沒有問起她的狀況。」

「他們確實是在她死後才公開露面，」巴克斯頓說：「他們的律師怪罪體制和體制內的每一個人，他們還告州政府沒有提供更好的監督照料。」

「結果韋德成了他們的箭靶。」妮娜說。

「是我誤判了，」韋德說：「茜卓拉的死要怪我。有關跟蹤她的人的描述和桑默斯案中的跟蹤者不符，而且行為模式也大不相同，我沒想到會和首都圈跟蹤狂系列有關，也才會把案子退回給蒙哥馬利郡警。」

沒有人作聲，給了他一點時間，接著他又以平板的聲音繼續說。

「然後也不知道是什麼時候，有人粗心犯了錯。根本沒有人去關心茜卓拉的後續，兩天後她就遇害了。」

巴克斯頓摘下眼鏡，捏捏鼻梁。「布朗家的律師每開一次記者會，FBI的聲譽就重創一次。實驗室剛剛的發現又再次讓整個調查工作變得不確定了。」他低低咒了一聲。

「如果是這樣，那我也有責任。」肯特說：「韋德調離了BAU，他負責的案子由我接手，其中也包括首都圈跟蹤狂的最後分析與總結。」他下巴緊繃起來。「如果有什麼不尋常，我應該也要發現。」

原來收尾的人是肯特。茜卓拉遇害的時候，她剛開始展開FBI的申請程序，因此始終不知道韋德在眾所周知的情形下垮台後，調查工作由誰接手。

「不，」韋德說：「你進來得晚，因為我調走了。我已經查那個案子查了兩年，本該是發現問題的最佳人選，我卻沒有堅守崗位把事情做好。」韋德額頭上冒出汗珠。「對不起。」他起身沿通道走向洗手間。

「那些案子跨越十年的時間。」肯特等到韋德聽不見了才說：「凶手使用各式各樣不同的手法，有扼殺、有鈍器創傷、有頸椎骨折。有些被害人被毆打，有些被割傷，不過他沒有使用會讓現場髒亂的方法，譬如開槍射殺或用刀刺死。花了很長時間才證實這是連續犯案。他很小心。從來沒有採到DNA。」

「你們是怎麼把案子連結起來的？」妮娜問他。

「透過微量跡證。在幾個現場發現了特殊纖維。說不定還有更多人被殺，我們手邊有的都是根據當地警方的鑑識單位如何採集、檢驗與保存每個案子的證物而定。」

妮娜試著追上進度。當時FBI並沒有和地方警察分享所有的線索，因此這些細節她從未聽說。「那些纖維是怎麼個特殊法？」

「暴力犯罪逮捕計畫部門第一次告知纖維比對成功之後，我們就要求地方警局提供未偵破且被害人大致符合描述的凶殺案的採樣。」肯特往前傾，特別強調道：「連環殺手可以改變他們的手法，卻改變不了動機。」

「怎麼說？」

「殺人犯的作案手法就是他們如何犯罪，他們的方法，這有可能隨著他們從經驗中的學習而改變。然而動機是他們為什麼殺人，這種潛在的強烈欲望每個殺人者都是獨一無二。我稱之為他們的癢處，這是絕對不會變的。」

「他們的癢處？」

「當大腦藉由神經傳達發癢的訊號，這個脈衝可以透過幾種方式得到滿足。你可以用捏的、用打的、用拍的或是用搔的，也許甚至可以靠意志力忍過去。但妳很可能也發現了，一旦開始搔抓就很難停止。癢的感覺會不斷地回來。」

「所以說連環殺手和其他殺人犯的差別就在於他們第一次犯案後，不得不繼續抓癢？」

「完全正確。這也是為什麼小心地分析第一樁命案非常重要。凶手的罪行尚未臻於完善，或者說他的手法尚未改良，因此他的動機——他想抓的癢——比較容易分辨。一旦了解這一點，確認隱嫌身分的機會就大多了。」

「這和首都圈跟蹤狂的案子有什麼關係？」妮娜問。

「這正是韋德對自己惱怒不已的原因。他跟我說他太專注於作案手法，不夠留意動機或受害者學。首都圈跟蹤狂專挑容易下手的青少女，可是殺人的方法千變萬化，所以我們才會在華府、馬里蘭和維吉尼亞發生了多達二十幾起命案以後，才發覺這是連續殺人案。」

肯特讓她得以從新的角度看事情。她思考著韋德當時面臨的難題。「韋德推斷被害者的相似處在於她們都容易被首都圈跟蹤狂盯上，而且要不是失蹤多日，也比較不會有人去報案或注意到。」

「警方花了太長的時間才拼湊出案情，發覺到隱嫌的癢處在於他下手的對象和他凌虐貶低被害人的需求。韋德很自責，說他應該要早點想到。」

「纖維是怎麼連結到嫌犯的？」

「微量跡證組從各個有樣本的刑事實驗室收集所有的纖維樣本進行檢測，他們從製造過程使用的化學劑追蹤到費城的一間紡織工廠。我們費城分局的一名探員前往那間工廠調查，老闆告訴他說那個製程是應華府一個成衣製造商的要求開發出來的。那個製造商對於彈性、顏色和韌性都有具體規範，他想針對綜合格鬥選手創立一個特殊的服裝與裝備系列，還取名叫『紅區格鬥裝備』。他叔叔在華府有一間格鬥場館叫『鐵籠中央格鬥俱樂部』，所以他是打算可以去那裡推銷，開展他的新事業。」

她想起了首都圈跟蹤狂當時在綜合格鬥圈十分出名。關於這類競賽造成選手極端暴力，曾經喧嚷一時，但經過一段時間，科學家與研究專家都無法斷定格鬥運動與暴力有所關聯，反對聲浪也就漸漸平息了。

肯特繼續講述。「韋德和負責辦案的探員專程去找那個製造商問話。他告訴他們他的商品始終賣不好，不但沒法和海外製造的廉價商品競爭，間接成本也太高，所以早在十幾年前就關門大吉了。他說他叔叔答應買下他的庫存貨——只給了他一點點錢。」

「你就是這樣追蹤到那一間格鬥俱樂部的。」妮娜說。

「我跟著韋德和那名負責的探員去了俱樂部詢問那個叔叔。那個人我還記得，叫索倫提諾，結果他跟姪子買下的貨大多都賣給他俱樂部裡的拳手了……而且是用原訂售價。」

「好傢伙。」

「真的夠厲害。總之，他說他都沒有作銷售紀錄也沒有開收據，更不記得誰跟他買過東西。」

「連一個的名字都說不出來？」

「我們威脅他說要請國稅局的朋友來查帳，他嚇得差點尿褲子。他已經賣了很多年，每一筆都是現金交易，獲利從來沒報過稅。他跟姪子買裝備時也是用現金，所以查不到金錢流向。我敢說這是他打的如意算盤的一部分。他告訴我們，這十幾年來，他已經將各種品項賣給超過一百個人。」

妮娜翻了個白眼。「一點幫助也沒有。」

「還不只這樣。」肯特說：「就在我們去過之後，茜卓拉・布朗立刻遇害。我相信要不是索倫提諾提起我們在查問的事，就是首都圈跟蹤狂在那裡看見我們，知道我們正在步步進逼。於是他決定在主動結束之前再殺最後一個。至少他的紙條上是這麼寫的。」

紙條從未公開，她一直對上頭的內容很好奇。「紙條上還寫了什麼？」

她見肯特謹慎地打量她，不禁屏住氣息。他或許以為她打算對他的調查工作放馬後炮。而他想的可能沒錯。

他長長吐了口氣。「紙條用打字的這件事一直讓我很在意，不過他坦承那三十六件命案都是他幹的，還寫出只有凶手才會知道的細節，我們沒有向媒體透露的東西。我們有物證將一切串聯起來，有自白，最重要的是不再有人喪命。」他抱起手來。「結案。我們怎麼還會再深究？」

「是不會。」妮娜說。從他的表情她看得出無可避免的自責所帶來的痛苦。

「我照例作了行動後行為分析以便收入側寫資料庫，」肯特說：「他有很多暴力攻擊的問題，有幾次因為對女性施暴被捕，似乎不喜歡權力人士，特點十分吻合。」

「但就像你說的，茜卓拉．布朗之後就不再有人遇害了，對嗎？」

肯特重重嘆一口氣。「到這個節骨眼，我只能說她是最後一個已知的案子。」

「現在全都說得通了，」韋德已經安靜地走回來重新加入他們。「他是個變色龍，他會改變他的外表、他的車輛、他的模式。」他兩手緊緊握拳。「兩年前他給了我們一隻代罪羔羊。」

韋德的憔悴面容帶著罪人尋求赦免的渴望神情。他彷彿被迫說明自己的錯誤似的開口道：「大多數連續殺人犯都會受到一種衝動的驅策，重複同樣的行為，也因此形成他們的作案模式。」他抬高聲音。「認真說起來的話，首都圈跟蹤狂的模式似乎就是不斷地改變。要不是鑑識的發現，我們永遠無法將那些命案連結起來，那當中的差異太大了。」

「如果首都圈跟蹤狂和暗碼是同一人，那麼他又再次改變模式了。」肯特說：「他從低調隱密變成盡量地吸引注意。」

「我還不準備承認我們面對的是同一個殺人犯，」巴克斯頓說：「如同蓋瑞拉探員所說，他們有可能曾是共犯，如今是活下來的同夥獨自犯案。這樣就能說明他從絕對隱密到盡可能讓民眾參與的改變了。我們還需要更多資料才能作出可靠的結論。」

座艙裡頓時安靜無聲。妮娜發現韋德在打量巴克斯頓。

韋德瞇起眼睛看著長官。「你要把我拉出這個案子。」他用的是直述句。

巴克斯頓注視韋德片刻後才回答。「這個對話我們還是私下談吧，韋德探員。」

「我才不在乎有誰聽到，」韋德說：「我需要辦這個案子，我需要找到他。」

「這和你的需要無關，」巴克斯頓說：「重要的是怎樣對調查有利。」

他二人瞪著對方不放之際，妮娜思考著眼下的情形。巴克斯頓準備踢掉韋德是因為他曾經變得脆弱，到了某個時間點，巴克斯頓或許會斷定沒有人比她更容易變脆弱，假如他將韋德視為不利因素，或許也會這麼看她。

她以目光描摹韋德的側臉。長年研究瘋子與瘋子做的可怕事情，明顯造成了傷害。他臉上深深的皺紋裡銘刻著痛苦，因為知道自己救不了每一個人，知道有些人可能會逃過法律制裁，知道對他來說，「暗碼」就是這麼一個人。

就是那個逃掉的人。

這個念頭讓她想起「暗碼」放在蘇菲雅・賈西亞－費格羅阿嘴裡，要給她的字條。忽然間，她知道了傑佛瑞・韋德博士必須繼續辦這個案子。她也是。

她面向巴克斯頓。「韋德研究這個隱嫌很多年了，他比局裡任何人都了解他。」她斜覷肯特一眼。「無意冒犯。」

「我不介意。」肯特說。

她重新轉向巴克斯頓。「既然現在知道我們要對付的是什麼，韋德可以重新整理筆記，更新側寫。」

巴克斯頓揚起眉毛面露懷疑。「我們需要一個全新的側寫。從零開始。這個可以交給肯特探員。」

儘管意識到自己越線了，她仍勇往直前。「我們可以全體一起合作建立一個完整的樣貌。」她拍拍胸脯說：「我是唯一在他手下生還的被害者。」接著將手指向韋德。「他是最早作側寫的人。」最後指向肯特。「而他作了事後剖析。」

「妳是說你們各自都能有所貢獻。」巴克斯頓說。

巴克斯頓似乎在斟酌她的主張，大夥兒靜靜等著。她注意到韋德很快瞄了她一眼，揚起的眉毛明顯流露出迷惑，但他一語未發。

巴克斯頓重重嘆了口氣。「好吧，你們就合力弄出一個新的側寫。而且將來你們必須為每個案發現場提供協助。」他的表情轉趨嚴厲。「不過要是被我發現任何麻煩的跡象，或是你們當中有誰變得更脆弱，又或是我斷定你們繼續參與會破壞調查，不管是誰，我都會毫不猶豫地讓他退場。」

眾人點頭同意。

韋德轉向她，兩人彼此心領神會。他二人都被同一個男人傷得無法復原。「暗碼」，他從他二人手中逃脫，去凌虐殺害更多無辜的人。他們各自都覺得要為每一條失去的生命負責，也因為如此，現在他們有了共同的目標。

她的禽獸也是他的禽獸。

25

那天晚上，「暗碼」站在鐵籠裡，為即將發生的情況做好準備。他特意將指節與手腕上的運動貼布纏得比平時高一點點，不至於引人注意，卻足以蓋住妮娜的抓痕的高度。他一定會加倍奉還的，但此時他得先為自己稍早在波士頓展現的軟弱付出代價。

他站定，文風不動，準備迎接正對著他而來的那記凶狠的上勾拳。對手戴著露指拳套的手擊中了，拳頭的力道打得他的頭往後仰，他踉蹌幾步後倒了下去。

裁判心照不宣地看著他，觀眾全都屏氣凝神。他在這個格鬥場比賽的時間已經久到足以成為傳奇。沒有其他拳手做到他這個地步，沒有人能。慢慢地，群眾開始反覆呼喊，一開始有如遠處的鼓聲，接著逐漸變強變快：「奧丁！奧丁！奧丁！」

以北歐神祇的名諱作為拳手外號是大膽之舉，但沒有人發出笑聲，甚至沒有人露出微笑。他們都害怕他，也確實該怕。

仍躺在地上的他下定了決心。之前敗在妮娜·蓋瑞拉手下，如今他已受到懲罰。那個自稱少女戰士的人根本不知道真正的戰士是什麼樣子，他會讓她知道。

他起身走到自己的角落，一面讓怒氣在心中逐漸蓄積。他敞開自我接受它的暗黑力量，讓它在體內集結，為他今晚要給予的懲罰添加柴火。他轉過身，直視著對手滿是算計的雙眼，讓他想到父親的眼睛。裁判在他二人之間踱步時，「暗碼」回想起父親最後一次給他的處罰。當時他十七歲，體格精瘦，他們在維吉尼亞州北部有一大片地產，爸爸把他叫進最偏僻處的一間棚屋。

「上衣脫掉，兒子。」父親說。

他聽話地將T恤從頭上脫去。

那雙深色的小眼睛鄙夷地看著他。「你是怎麼輸掉比賽的？」

他知道最好別找藉口。「他技巧比我好。」

「你他媽說對了。」父親說話時，點燃的香菸頭上下晃動著。「那小子四歲的時候在加爾各答街頭被人撿到收養的，你知道嗎？」

他沒有答腔。

「我花了一生積蓄養出來的純種馬竟然輸給一匹劣等馬。」父親往腳邊啐了一口。「優越的基因，他們是這麼說的。」他不屑地搖著頭。「你可不是在皮卡車斗裡懷上的雜種，應該每一方面都要很優秀。」父親伸出肥胖的食指指著他。「所以我唯一能得到的結論就是你不夠努力，企圖心不夠強。」

這番話會導向什麼後果，他心知肚明，便直視著前方。

「沒有什麼要辯駁的嗎？」父親往他臉上吐出一縷煙。「我們就來看看你到底是什麼料。」

他取出嘴裡的香菸。「你不許動，要征服自己，要征服疼痛。」

父親走到他身後。

被點燃的菸屁股碰觸的第一下逼出他一聲尖叫。那股熾痛比父親用皮帶，或是拳頭，或是電線施虐，都還難以忍受。他痛得退縮開來。

「搞什麼啊，兒子，在你學會穩穩地站著忍受之前，我會一直繼續下去。」

香菸碰觸他另一邊的肩胛骨，灼燒他的皮肉。他努力保持姿勢之際，頭皮冒出的汗水紛紛流下臉頰。他咬緊牙根咬到臼齒發疼，但他沒有哭喊出聲，反正也沒用，在他們自己的地界最偏遠的地方，誰也聽不見。

父親後退一步。他能聽見老頭在背後深深吸了一口菸，心裡暗自想像那炙熱明亮的櫻桃紅火光。「有進步了，不過你還是動了肩膀。我連你抖一下都不想看到。」

在寂靜中，父親將火燙的菸頭壓在他背部正中央，他聽見自己皮膚的滋滋聲，聞到皮肉的焦味。

這回，他一動也不動，只有一滴眼淚滑落臉頰，他強迫自己的心往內縮，到他會自己創造的未來去尋求慰藉。他忍耐著，承受著，同時極其周密地計畫著父親的死。

觀眾的吼聲將他拉回現實，只見裁判手臂往上一揮，示意選手重新比試。

「暗碼」快速地兩大步上前拉近距離。觀眾的鼓掌、吶喊與跺腳聲雷動，加速了他的心跳，令他激動振奮。他們知道奧丁接下來會怎麼做。他感覺到他面前這個男人也知道。他吸入了對手所散發出來、如蒸氣般的恐懼，藉此滿足他的暴力欲望。

如今這個男人將會得到報應，一如妮娜・蓋瑞拉。他分兩個層次思考著如何才能最徹底地毀滅這兩個對手。怎麼做才能造成最大傷害？讓他們倆都無法再戰？

他立刻就想到了。當他閃電般一腳踢向男人的太陽穴，也同時想到怎麼做可以擊垮妮娜的意志。就像今晚在場邊的嗜血群眾，全世界也正觀看著他和少女戰士的鐵籠賽。

他的觀眾想看表演，那就給他們一場永生難忘的演出。

26

翌日
寬提科聯邦調查局學院暗碼特別小組

巴克斯頓的臨時辦公室鄰接著特別小組辦公區，此時妮娜與韋德並肩坐在這間辦公室的圓形會議桌旁，她環視所有組員一圈，頭一次有了歸屬感。肯特端著一個美國海軍的馬克杯，啜飲著黑咖啡，眼鏡瞬間蒙上霧氣。布芮克闔上了隨時都在的筆電，滿懷期待地仰頭看著。韋德將筆記本放在桌上。所有人的目光都轉向看似徹夜未眠的長官。

巴克斯頓揉揉頸背，頭左右扭動一下，待眾人坐定後他立刻說道：「特別小組忙了一整夜，進去聽取今天第一場簡報以前，我想先跟你們四個人面對面談談。負責本案的助理局長昨晚看到新聞了，他要求我每天向他報告。」他重嘆一口氣。「以後我得花更多時間開會和視訊，所以希望你們每個人都確實知道。」

他的食指往下按在他面前的桌上。「這個團隊擔任主導的角色，所有訊息都會由你們四個人這裡進出。」

布芮克的眉毛高高聳起，說道：「可是我是網路犯罪組的，不是BAU的人。」

「我們還有許多影像要篩檢，蓋瑞拉探員可能也還得跟隱嫌傳更多私訊，」巴克斯頓說：「我不想空等著一切按部就班地來。昨晚我找妳的長官談過了，妳兼具視訊鑑識和網路調查兩種背景，正是擔任這項任務的最佳人選。她已經答應暫時讓妳借調到特別小組。」

布芮克臉上露出酒窩。「我會盡我的力量幫忙逮到這個王八蛋。總得有人來取消他的出生證明呀，」她笑得更開了。「長官。」

「我一直在留意『暗碼』的社群媒體網頁，」妮娜說：「波士頓之後他就沒有再放任何貼文了。」

自從醒來後她便一再反覆瀏覽他的平台，深怕他在殺了另一個人且成功逃脫後，不知會公開說些什麼。

「公關室正在配合社群媒體組作業，」巴克斯頓說：「新聞頻道很頻繁地反覆播報這則消息，我想他們是希望『暗碼』能再次直接和他們聯繫。」

「也許他去旅行了。」布芮克說。

韋德沉著臉橫她一眼。「也許他在計畫什麼陰謀。」

肯特重新端起咖啡杯。「他過去的模式是在每個現場留下線索和期限。」他若有所思地低頭盯著杯內黑黑的液體。「波士頓的現場留了一個詩句，我現在認為那是為了把注意力從他棄屍的地點轉移開。他沒有留下線索。」

「我相信城裡每個人都在找線索。」妮娜翻白眼道：「札仁剛剛宣布賞金加倍，所以會有更多人加入追捕。」

韋德點頭。「事關百萬美元，民眾的行動會很不理性。」

肯特看著巴克斯頓。「去找札仁了嗎？」

「我們洛杉磯分局的人現在正在他的住所試著勸他。」巴克斯頓說著打開他的皮革文件夾。「待會兒我得向小組成員說明接下來的調查步驟，現在先來腦力激盪一下吧。」

韋德率先開口。「我想再去找索倫提諾談談。我們從來無須向他大力施壓，因為找他問完話之後，馬上就結案了，但我始終相信他知道的一定比他透露的多。」

「應該去他的住處找他。」肯特說：「上次我們去俱樂部，隨後很快就死了一個女孩。我不想去那裡露臉。『暗碼』有可能聽到風聲，再次出手。」

前一晚，妮娜在床上醒著躺了好長時間，思量著她從波士頓飛回來的途中聽聞的事。「我們目前的推論是當時『暗碼』在館裡，看見你們兩個找索倫提諾問話，所以把他犯下的殺人案全部栽贓給另一個拳手，是嗎？」

「或者他們是一起犯的案，」布芮克說：「而他把所有的罪都栽贓給同夥。」

「不對，」韋德的語氣鋒利如刀。「昨晚我把我以前的檔案又看了一遍，也更加確信首都圈跟蹤狂是獨自作案。」

韋德這是把他受損後剩餘的名譽壓在這個分析上了。假如最後證明這次又出錯，他在局裡的前途也完了。

「先別急著下定論，」巴克斯頓對韋德說：「我同意我們不該去格鬥俱樂部找索倫提諾問話，去一趟他家，別驚動了旁人。」他的頭朝妮娜歪了一下。「帶蓋瑞拉探員一起去。」

她發現韋德用眼角瞄她。他們第一次的雙人組訊問。應該很有趣。

巴克斯頓接著對肯特說：「重新檢視首都圈跟蹤狂屍體旁的自殺遺書，拿來跟我們從『暗碼』那裡收到的訊息比較一下，作個語言分析。我想要有更多證據證明他們是同一個人。」

「收到。」肯特說。

「我也想看看那件案子的檔案。」妮娜說。

「我會吩咐下去，把所有檔案存到隨身碟給妳。」巴克斯頓說完轉向布芮克。「妳去找視訊鑑識組，重新——」

會議室外響起敲門聲打斷了他。

「進來。」

「抱歉，長官。」一名高挑苗條、穿著淡粉紅色上衣的女子探頭進來。「公關室一直在找您，說事情緊急。」她說完隨即消失，並輕輕地隨手將門關上。

巴克斯頓揉揉充血的雙眼。「我的手機一整夜響個不停，我才關靜音十分鐘想開個會，結果你們看看。」他從口袋掏出手機，慢慢地吁出一口長氣。「四通未接電話。」

他把電話放到桌上，點一下螢幕。「我是巴克斯頓，我開了擴音。」

「我是公關室的奧佛梅爾。」一個男中音回答道：「所有監視的平台上有隱嫌的動靜，我們認為是他沒錯。」

「他說了什麼？」

「他在嘲弄一支他準備要po出的影片。網路犯罪組正在試著追查他的位址，但他好像透過一系列不同的伺服器不斷在繞路。」

「影片內容是什麼？」巴克斯頓問。

「他沒說太多，只說每個人都會想看，而且和蓋瑞拉探員有關。」

眾人的目光一齊轉向她，她頓時口乾舌燥手心濕黏。「暗碼」這回在為她設計什麼樣的新地獄？

「我們想早點聯絡到你，」奧佛梅爾接著說：「影片播放時，你或許會想即時觀看。他隨時會放到臉書的網頁上。」

「謝謝你。」巴克斯頓掛上電話。

布芮克打開筆電，進入臉書後查看隱嫌的網頁，立刻跳出一個影片縮圖。布芮克將圖片放大成全螢幕，只見四個白色粗體字在黑色背景襯托下格外顯眼：**歡迎觀賞**。

畫面中的字逐漸淡去，片刻後由影片取而代之。妮娜心跳砰然，朝著螢幕湊近。一道日光燈光從上方灑落在一個年輕女孩的裸露形體上。她臉朝下趴在一張金屬檯上，手腕與腳踝分別被固定在方形檯面四個角落的四根金屬桿上。

妮娜怔怔地盯著螢幕，令人作嘔的恐懼感一波波襲來，幾乎讓她招架不住。這時她聽到一個聲音不禁滿心憎惡，那是她拚了命想從心中拔除的聲音，是她昨天才聽到的聲音。

「暗碼」的聲音。

「妳知道誰會來救妳嗎？」他問被綁在檯面上的女孩。

妮娜看著十六歲的自己，在鏡頭前四肢張開，赤裸、顫抖、脆弱。那個從前的自己。

那個禽獸在鏡頭拍不到的近旁俯視著她，當他彎身耳語時，影子碰觸到她的小腿。「沒有人。」

女孩拉扯著束縛物，磨破了手腕的皮。

那禽獸往後移動，抬高嗓音說：「妳知道誰會關心妳逃跑了嗎？」他頓了一下。「沒有人。」

女孩口中發出無助的長嚎，同時扯動得更厲害。

「妳知道誰會在妳的墳頭哭泣嗎？」他繼續他的冷酷折磨。「沒有人。」

女孩轉頭看他，眼中冒火。

「那妳知道為什麼會這樣嗎？」這回他沒有等待回答。「因為妳是垃圾。」

在他低沉的輕笑聲中，一滴淚水滑落女孩的臉頰。

妮娜嚥下一陣激湧上喉底的膽汁。她完全不知道「暗碼」竟將他對她做的事錄下來了。從她的視線看不見任何攝影機。如今即將有數百萬人看著她受虐。這比公開行刑更不堪，這是公開汙辱。她私下隱藏多年的偌大痛楚即將暴露在世人眼前。

而且每個人都一定會看。

一如此時釘在螢幕前的她的隊友。一如她自己。誰也無法將目光從眼前展現的恐怖情景移開。

那個禽獸從左側進入畫面，那高大的身形與寬闊的肩膀，讓躺在檯上的纖瘦女孩顯得更弱小，宛如被釘在板子上的蝴蝶。他背對鏡頭，穿著一件黑色斗篷，頭上罩著兜帽。

當他舉起手臂，寬大的袖口伸出一隻以藍色乳膠手套包覆的大手。他俯身觸摸女孩裸露的背。

「這些真美。」他說：「還很新鮮。」

他的食指順著一條條發炎紅腫的鞭痕與皮開肉綻的傷口描畫。「跟我說說皮帶打在背上是什麼感覺？」他的聲音壓低成帶著責備的呢喃。「妳哭了嗎？」

女孩一聲不吭，只是縮起身子想避開他的觸碰。

「真希望把它們賜給妳的人是我。」他邊說邊用指尖劃下她的脊椎，接著停下來撫摸一道橫躺在新傷口下方、較舊的蒼白疤痕。「不過我對妳自有計畫。在妳剩餘的人生……哪怕只有幾個小時……妳都會是我的。」

妮娜好想關掉筆電，啪一聲蓋起來。但那就像是對著瞄準自己的槍口閉上眼睛，子彈不會因為她閉眼不看就停止穿透她的皮肉，它會繼續前進，鑽進她的心臟，讓她四分五裂。

「妳想要我寬恕嗎？」那聲音柔滑，有如絲絨般的撫觸。「求我啊。也許我會可憐妳，妳畢竟很可憐嘛。」

那一刻的記憶湧上妮娜心頭，讓她眼角泛淚。她知道接下來會怎樣。

那個禽獸往後退，寂靜中可以聽到打火機卡嗒一聲。隨後他另一隻手入鏡，一根點燃的香菸鬆鬆地夾在指間。

「丘—丘—求你了。」女孩說。

「唉，不行啊，小棄嬰。這也差太多了。也許妳不明白自己的處境，妳得更努力一點。也許這樣妳就明白了。」

男人用發紅的菸頭去觸她左側肩胛骨的正中央。女孩劇烈扭動高聲尖叫。

畫面變黑了。

上面出現亮白色的字，與墨黑的背景形成強烈對比，一如先前。

如果想看後續，就按「讚」。

等按讚人數到達1000，

我會播放接下來的60秒影片。

會議室裡的每雙眼睛從螢幕轉向妮娜。他們震驚的臉上刻劃著厭惡反感。當初警察與社工檢視她的傷口時，她也見過同樣的神情，她知道接下來會看到什麼。

同情。

憤怒與羞辱的暗潮在她內心交替洶湧。四面的牆壁朝她靠攏，讓她窒息。她必須離開，必須逃走。

布芮克將顫抖的手伸向她，眼中淚光閃動。她張口欲言，卻說不出話。

妮娜舉起手掌制止她。「離我遠一點。」她怒視著其他人，猛然起身。「你們所有人都一樣，離我他媽的遠一點。」

沒有人動，沒有人開口。

她猛地拉開門衝了出去。

沒有人試著阻止她。

27

十二分鐘後，妮娜以最快的速度跑出更衣室，一心想逃離這棟令人窒息的幽閉大樓。她的雙腳主動轉向那條路徑，給了她方向與目標。

FBI這條聲名遠播、外號「黃磚路」的障礙路徑，全長十公里，穿越了維吉尼亞山腳下寬提科的林地。成功跑完全程的人沿路必須克服種種生理與心理的挑戰。

她跳過一截突出於地面的樹根繼續跑，由於地面崎嶇不平，腳步聲也多有變化。沿途她跳過一扇假窗、俐落地爬過一面固定網，嘩嘩涉過一灘死水。隨後來到攀爬繩底下，抬頭仰望高聳的鋸齒狀岩壁，暗自估量。她雙手握住粗繩，身子往上拉升，直到在峭壁岩縫中找到一個小小立足點。她持續往上爬，一面用手臂拉，雙腿一面踢蹬垂直岩壁，直到肩膀與四頭肌開始灼熱發疼。快到頭頂上突出的邊緣時，她聽見拖行的腳步聲，於是微微仰頭瞇眼看去，只見一個身影迫在眼前凝視著她。

韋德蹲在那裡。「妳是要不要爬上來？」

她不想也不需要有人陪。「你怎麼找到我的？」

「要是我也會來這裡。」他說：「我從終點開始往起點走，心想遲早會碰見妳。」

「走開。」

「上來吧，我們談談。」

她一隻腳放在岩壁面上蹬了一下，同時用兩隻手臂將自己往高處拉。「我不知道你想扮演心理醫生說什麼廢話，韋德，但我沒心情聽。」她用力地嗯了一聲，再度往上拉。「我不需要幫助，我也不想要人陪。」

韋德沒動。

她咒了一聲，使勁地腳踢手拉，手臂的每條肌肉纖維都在抽搐。眼看山脊就在上方幾公分處，她再次與韋德四目相交。他大可以輕鬆地伸出手，拉著她爬完剩下這段路上到岩層頂端，但他只是看著她。

或許他是真的了解。

她一隻手臂往上甩，抓住上頭突出的岩石。她咬緊牙根，屈起不情不願的二頭肌，最後胸部終於砰地倒在堅硬地面。喘氣片刻後，她彎起腿翻過身來。

依然蹲著的韋德低頭瞪著她看，滿是皺紋的臉上毫無表情。「我不是來揹妳的，蓋瑞拉。」

「走，」她喘著氣說：「給。我。走開。」

他指著主大樓。「妳跟我回那裡去我就走。」

她坐了起來。「你幹嘛管我要做什麼？」

「因為只有我跟妳一樣非抓到這傢伙不可。」

她不屑地哼了一聲。「原來是因為你自己。」她站起來，拂去手上的土。「你可能又要為了茜卓拉．布朗的案子名譽掃地，所以你想確保這次不會抓錯人。」

見他打了個哆嗦，她知道這番帶刺的話正中目標。在痛苦煩悶之際，她對著唯一現身的標的物出手，她知道這樣不對，知道這樣不公平，但她已經警告過要他離遠一點。

「如果妳必須這麼想的話。」他起身面對她，臉上帶著傷痛。

她讓步了。「現在我想暫時一個人待著。一個有心理學博士學位的人肯定能理解吧。」

他端詳她許久才開口。「我知道我這麼說很混蛋，但我不能答應妳。組上需要妳。就是現在。巴克斯頓認為妳受到影響變得脆弱。從來沒有一個探員在公開受虐後還出去調查自己的施虐者。」他用手梳一下頭髮，她也漸漸發覺這是他沮喪時的特有動作。「該死，妮娜，我在局裡的時間比巴克斯頓還長，而我從來沒見過這種事。他要妳退出，我不能怪他，但我認為他錯了。」

「他說了什麼？」

「說妳已經沒有能力去訊問證人、嫌犯或任何人。」他雙手交抱起來。「妳得坐在華盛頓分局的辦公桌前協助調查，不能再到現場。」

巴克斯頓曾威脅說只要有人對於調查工作的負面影響大於正面就必須退場，如今果然履行承諾了。他二人站在森林當中，定定地互相凝視。她想起他們從波士頓飛回華府時在飛機上的對話。昨天巴克斯頓盯上的是韋德，而她主張讓他留在隊上，因為他是局裡唯一一個跟她一樣迫切地想去追捕隱嫌的人。

現在韋德也用同樣的理由為她說話。而事實的確如此。她即將面對的公開蒙羞與受辱，他已經歷過。隱嫌都給了他們倆無可彌補的傷害。

韋德不是敵人，但她的發作已經傷害了他們在專機上所建立、不甚牢固的同盟關係。她繼續注視著他。他沒有因為被她羞辱而甩頭走人，也沒有反過來以口頭攻擊報復。她已經盡力想擺脫他，他卻仍站在這裡，用那雙高深莫測的灰色眼睛看著她。

「兩年前我誤判的不只有茜卓拉．布朗，」他聲音輕柔地說：「我也看錯了妳，如今巴克斯頓也在犯同樣的錯。」

自從肖娜告知她受雇過程的真相的那一天起，有個問題始終縈繞在她心頭，於是她開口問道：「你為什麼沒讓我的心理評估過關？」

他閉上眼睛搓揉頸背。「我的職業生涯中看過太多創傷。人類所能犯下最凶殘的種種暴行。我曾經深入研究極度殘暴的罪犯的內心，那些專找孩童下手的人。」他的聲音低到只剩粗啞的呢喃。「這種事情做久了，他們靈魂的黑暗面就會汙染你整個靈魂。」

既然已經起頭，他似乎想一吐為快。她沒有打岔，而是將他的話一字一句聽進去，試著從他的角度來看她自己。

「在為妳的心理評估做準備時，我讀了妳的檔案。」他說道：「負責審查申請者的人送來了妳被綁架的辦案報告，還有警方的照片和急診室的病歷，記錄了妳被綁架前在體制內遭受的虐待，」他直視她的雙眼。「以及妳背上那些疤痕是怎麼來的。」他伸出一隻手彷彿想摸她的肩膀，想想似乎又覺得不太好，便重新將手臂垂放在身側。「以及是什麼樣的環境逼妳逃離團體家屋。」他搖搖頭。「我無法將這些和我在面談室裡見到的人聯想在一起。我對妳太嚴格了，我試圖要鑽深一點去看看那個專業表象底下有些什麼。」

「你覺得我是顆定時炸彈，只要碰上某一種壓力就可能爆炸？」

「對不起，妮娜。」他說：「現在我知道當時有一件事我沒考慮到。比起情緒失調、精神疾病和調適機制，那是我們精神科醫師較難得有機會研究的特質。而我親自檢視過的人當中，從來沒有人比妳擁有更多這類的特質。」他看她的眼神就好像她是個稀有品種。「韌性。」

「韌性。」她品味著這個詞的意涵。

「人類有可能展現無法想像的殘酷與巨大力量。而妳不只是存活下來——而且還成長茁壯。」他的聲音變得濃濁模糊。「妳進來以後我一直在留意妳的表現。我承認我是在等著妳崩潰、失控。說來丟臉，我內心有一小部分是想證明自己沒錯。然而，妳卻證明我錯了。妳是局裡的一項資產。」

她目光低垂，對這番稱讚感到不自在。韋德還沒完呢，好像。

「而且妳對這次的調查工作彌足珍貴。」他接著說：「是妳在華府那條巷子的垃圾桶發現了第一封訊息。妳比任何人都快一步解開波士頓的線索，而妳原本可以打給巴克斯頓攬功，妳卻先打給我。這是搭檔會做的事。昨天在飛機上巴克斯頓想逼我退出這個案子，妳挺身為我說話，現在換我為妳這麼做了。」

她抬起頭迎向他的目光。他給了她一個挑戰。她能在眾目睽睽下，明知所有人都看到了她的羞辱與痛苦之際，面對那個禽獸嗎？更重要的是，萬一失敗了，她能面對自己嗎？

28

妮娜推開門走進特別小組辦公區，韋德緊跟在後，隨她走進寬闊的辦公室內。忙碌嘈雜的景象迎面而來。探員們成群聚集，有的彎身看著數據分析表格，有的在翻閱檔案夾，有的敲著鍵盤。她往上一瞥，立刻倒吸一口氣。遠端牆面的巨大螢幕分成了四格，每一格各自顯示那支影片中不同的靜止畫面。其中一格是「暗碼」的影像，他的龐大身形披著斗篷，只露出一隻戴手套、夾著點燃香菸的手。另一格是女孩左手腕的特寫，手腕用尼龍繩綁在桌檯角落的金屬桿。

她停下來，呆立不動。先是一名探員注意到她後，用手肘撞一下身邊的人。那名探員又撞了撞另一人。漸漸地，沉默宛如病毒在室內傳播開，所有的討論聲安靜下來，所有的作業戛然而止。

巴克斯頓正在角落裡講電話。他一看見她，便對著電話低聲說了幾句後掛斷，將手機滑進腰帶夾，朝她走來。「到我辦公室。」

她隨他走過走廊，韋德穩定的腳步聲跟在後面。

巴克斯頓從行政助理旁邊經過，妮娜隨後走過時，助理連忙低頭看鍵盤。

她最好趕快習慣這種反應。

「進來，把門關上。」巴克斯頓說道，接著皺眉望向她身後說：「我想單獨和蓋瑞拉探員談。」

她轉身一看，不只是韋德，連布芮克和肯特都跟著進入這個臨時的指揮辦公室。

「我們跟她一起。」肯特說。

布芮克點點頭。

巴克斯頓對妮娜揚起一邊眉毛表示詢問。

「我希望他們留下。」她說。

「好吧。」巴克斯頓走向他們先前看影片的那張桌子。眾人各自就坐。

他對妮娜說：「蓋瑞拉探員，妳八成已經猜到了，讓妳接手BAU的臨時任務前，我看過妳的檔案資料。我必須知道妳的背景中關於『暗碼』的一切。」他深吸一口氣。「我在那份檔案中看見的……至少可以說很令人不安。妳經歷過的，妳承受過的，任誰都不應該面對，更遑論一個十六歲的女孩。」

她只點了點頭。她能說什麼呢？

「身為妳的長官，我為妳的健康與福祉感到擔心，不管是心理上還是身體上。如今一般大眾已經看過影片，我若是不承認這會對調查工作造成影響，那就是我的失職。妳要怎麼在犯罪現場進行查問、面對媒體？」

她正打算迫使他改變想法。「長官，我——」

他立刻舉起手來制止。「妳和韋德探員在外面的這一個小時當中，我都在處理那支影片的後續影響，它已經瘋傳開了。」他嫌惡地噘起嘴。「公關室不斷受到媒體的提問轟炸。我建議網路犯罪組去聯繫所有主要的社群媒體平台，要求他們關閉『暗碼』的帳號。從他的個人檔案都無法再看到影片，但下載轉傳的次數太多，想看的人還是可以看到。」他板起了臉。「那個混蛋說要是有一千個讚就要播接下來的六十秒，至少我們及時阻止了。」

鬆了口氣的感覺在妮娜的胸腔內綻放，旋即萎縮。如今她已兩度從「暗碼」手中逃脫。顯然決心報仇的他，恐怕無論如何都會分享剩下的影片內容。

巴克斯頓繼續以嚴肅的口氣說：「局長親自打電話給我，明白地表示會全力支持我們，包括可以毫無限制地取用所有資源。」

局長對她的關心令她感動，但得知他也看過影片，也令她羞愧不已。

「我向他保證妳只會以顧問的身分繼續留在這個案子裡，」巴克斯頓說：「再也不會派妳到現場去。」

自從影片公開後便隱隱要爆發出來的怒氣，終於急速沸騰了。「你決定把我晾在一邊真的是為了我的福祉著想，還是因為我讓大夥兒蒙羞？」

她想起打從加入FBI那一天起，便被不斷灌輸的那句咒語：不得令本局蒙羞。一些小違規可以原諒，但這個不行。

巴克斯頓睜大雙眼。「蓋瑞拉探員，我就當妳是太過心煩意亂，可以體諒，否則我可能會認定妳對長官不敬。」

失去特別探員督察的支持並無好處。妮娜長長地吸了口氣，壓抑住沮喪之情。「長官，我現在最需要的是繼續和隊友合作逮到『暗碼』。」她刻意選擇不說對我做出這種事的男人，希望製造出全然不存在的專業超然的印象。

巴克斯頓似乎並未軟化。「妳每次進行詢問，對方心裡都會浮現那個影像。民眾會把焦點放在妳個人，不會認真回答妳的提問。探員必須被視為客觀，這點對妳而言不可能。」

她試著將自己的缺點描述成優點。「我們有一整個團隊的人可以保持客觀，我們需要一個可以徹底主觀的人，一個曾經和『暗碼』正面交手過的人。」

韋德清清喉嚨。「長官，可以容我說幾句嗎？」巴克斯頓點頭後，他開口為她說話。「這支影片證明蓋瑞拉探員壓抑了某些事情。錯不在她，只是有些細節她想不起來，但我相信如果讓她直接參與調查，記憶就會回來。我建議讓她留在隊上。」

她不太能接受他為她辯護的說詞。為什麼要提起她空白的記憶？他是想幫她還是傷害她？

「照你的意思，我壓抑了什麼？」

「妳從未提起他叫妳棄嬰。」他說：「那是重要資訊。」

如今她藉由影片，透過「暗碼」的眼睛看見昔日一連串扭曲的記憶。破碎的影像再度湧現，一陣驚濤駭浪淹沒了她，迫使她垂下雙眼。

她想起當初逃跑後，警察向她詢問細節，她全身顫抖地吐露一樁又一樁噁心的事件。但她覺得太丟臉，說不出他喊她的那兩個字。

棄嬰。

一段時間過後，在她堅定欲望的幫助下，記憶被推入了收藏著她最悲慘時刻的陰暗無底深淵，就此消失。

「那個字眼對他有特殊意義，」韋德說：「他在影片中說了好幾次。當時調查妳的案子的人，誰也不知道他這麼喊妳。妳看得出那個詞的重大意涵嗎？」

她瞄他一眼。「在華府的第一起命案現場，你就懷疑那天晚上隱嫌把我帶走以前已經知道我的背景。」她以直述句的方式說道。

「蘇菲雅．賈西亞－費格羅阿陳屍在垃圾箱，」他說：「我評估了手邊既有的事實，作出一個合理的結論。」

而她據理反駁這個結論，因為她不想相信。假如「暗碼」知道她幼時被丟棄在垃圾箱，那就表示他握有許多關於她的敏感資訊，甚至多到他可能在她人生中扮演了某個角色。她試圖尋求另一個解釋。「也許他覺得女生是可以丟棄的。他用過以後就丟，像垃圾一樣。」她輕拍著胸膛。「不是針對我個人，而是所有的女孩。」

「這麼說，蘇菲雅命案的其他一切都是特別為妳設計，卻只有棄屍地點的選擇是巧合嗎？」

她終究不得不接受這個可能性：韋德一直是對的。她將心思轉成分析模式。「他怎麼會知道我的過往？」

「正是。」韋德摩挲下巴。「他們一直都查錯方向，在找一個十一年前隨機將妳擄走的陌生人。會不會他不是陌生人也不是隨機犯案？會不會他其實認識妳？本來就盯上妳？」

「我還沒逃跑前，連我自己都不知道我要逃跑。」她喃喃說道，陷入沉思。「他怎麼會知道？」

「根據妳當時的陳述，他抓走妳的時候，妳已經在街上遊蕩了幾天。」韋德說：「也許他一直在找妳。他對妳很執著，現在也還是一樣。」

此時她不覺得自己像個戰士。深深的羞恥感讓她隱藏了那個也許能起作用的字眼。十六歲的她不懂得警察如何辦案，不知道看似微不足道的細節可能為一個敏銳的警探提供大把大把的有用資訊。萬一那條線索可能在十一年前，或是四天前提供不同的調查方向呢？那三十六個枉死的女孩如今會不會還活在人世？

最糟的是，她懷疑自己之所以沒有告訴警察他對她的稱呼，是因為自己內心有一部分認為他說的沒錯。沒有人要她。這一點已經一再地被證實。她是個棄兒，跟她被丟棄放在一起的垃圾一樣毫無價值。

從今以後，其他人會怎麼看她？他們會只看到她再也藏不住的傷疤嗎？

「暗碼」要她重回那個地方。影片中飽受驚嚇的女孩，孤單、受辱、無助。他選擇他認為不配活命的人下手。他曾經偷走她的一部分，讓她從此改變，但他不會再奪走任何東西了，無論是從她身上，或是任何人身上。她將會是阻止他的人。

慢慢地，她抬起下顎，目光轉向巴克斯頓。「長官，我是最有機會找到這名隱嫌的，而且我必須出外勤才能辦到。」她攤開雙手。「把我晾在一邊行不通。『暗碼』會不斷設法把我重新拉進來。」

「他對蓋瑞拉探員非常執著，」肯特首度開口。「他不會就這樣放她甘休。」

「我不要躲在辦公桌後面，期望他別找到我。」

「她說得對，」韋德說：「隱嫌遲早會直接找上她，所以她必須繼續辦這個案子。」

她等候著，讓巴克斯頓重新考慮他的立場。

「我從沒聽說有哪個探員像妳遭遇這麼多，」巴克斯頓終於說道：「我必須知道妳能不能應付得了接下來要發生的事。因為事態會急遽惡化。」

她挺直腰桿。「不管他向我丟出什麼，我都能應付。」

「不只是『暗碼』。」巴克斯頓面露疑慮。「還有其他探員與民眾。像這樣的審視……在局裡前所未見。」

韋德清了清喉嚨，說道：「我自己也經歷過民眾與局裡內部的審視，她是我的搭檔，」他的頭朝她一偏。「我罩她。」

她原本準備獨自面對影片的負面影響，一如她處理人生中大多數的事。而如今，卻有傑佛瑞・韋德博士——心理專家、特別探員兼自稱的混蛋——出面挺她。

「我也是。」肯特說。

「還有我。」布芮克說。

室內寂靜無聲。妮娜等候長官作出決定時，不得不壓制住在桌子底下微顫的腳。

巴克斯頓終於長嘆一口氣。「我得再來打一輪電話。」他打量了她一下。「妳可以留下來。」他的視線順著桌子轉一圈。「散會。」

眾人起身離去，當他們魚貫走出門口時，妮娜回頭看見巴克斯頓拿起辦公桌上的電話。在那轉眼即逝的剎那，她瞥見他滿布皺紋的臉上露出一抹隱約的微笑。

29

駕著流線型黑色雪佛蘭Tahoe的妮娜猛踩下油門，在道路變成單線道前超越一輛開得很慢的皮卡貨車。「真不敢相信索倫提諾住在這麼郊外。上下班一定很可怕。」

「他是夜間動物，」坐在副駕駛座的韋德說道：「上下班時間跟一般人不同。多半是下午到凌晨兩點。尖峰時段對他來說不是問題。」

她瞄一眼儀表板上的時鐘。「他很可能不會在中午以前出門，所以現在應該還在家。」韋德嘟噥一聲附和，她也同時轉上一條小路。

他們選擇不事先打電話和索倫提諾約時間，覺得讓他毫無防備並且遠離他的俱樂部會比較好。一場算計好的賭局。

她先謝過韋德，不僅在巴克斯頓面前挺她，還要求和她一起執行去找格鬥俱樂部老闆問話的計畫。接著在出發前，他們花了一個小時搜尋一個叫喬瑟夫．湯瑪斯．索倫提諾的人，從各種跡象看來，這人是徹頭徹尾地心術不正。

她知道這樣的人。隨時想賺快錢，隨時在抄捷徑，還有最重要的，一有必要，隨時都願意出賣朋友。

她放慢車速，掃視著地址，最後停在一棟不太大的兩層樓殖民式房屋前，屋子前方有一片多處光禿的草地，草地正中央種了一排雜亂的杜鵑。她駛進龜裂的水泥車道後，猛地停下車來。

「由你主導，」她說：「你以前問過他話。」

「我不怎麼樂觀，」韋德說：「上一次他知情的比他坦白說的多得多。」

她解開安全帶，打開駕駛座側車門。「我們要跟他說多少？他一定會問問題。」

「能少就盡量少吧。」

他們拖著步伐走過破裂的石板道，步道盡頭有一塊染色水泥板權充門廊。妮娜按了門鈴，屋裡立刻傳來一陣高分貝的汪汪亂叫。

接著大門打開一道約莫五公分的縫，一個六十來歲、身穿粉紅色雪尼爾家居袍與褐色拖鞋的女人，從門縫裡斜眼看他們。「我什麼都不要。」

她正要關門，妮娜連忙伸腳卡住，同時出示識別證。「我是FBI特別探員妮娜．蓋瑞拉。我們想找喬瑟夫．索倫提諾，他在家嗎？」

女人瞇起濕濕的眼睛端詳證件，隨後咧開大大的笑容，嘎然大笑一聲，屋裡那三隻小狗嚇得安靜下來。「我就知道！」她轉頭往身後喊道：「喬，給我滾下來。是FBI。你這次又幹什麼好事了？」

妮娜和韋德互看一眼。看來喬的妻子不是會袒護他的人。

「我去把狗牽走。」她冷不防說了這麼一句，便當著他們的面砰地關上門。

妮娜轉向韋德。「他應該不會從後門溜走吧？」

他露出苦笑。「他要是有這個企圖，他老婆也會來打小報告的。」

關閉的門內響起狗的尖叫聲與拖行的腳步聲，半晌過後門終於開了。她看過索倫提諾的駕照照片，認出是他。他體格魁梧，肥胖臉上嵌著一顆蒜頭鼻，灰色濃眉底下的眼睛仔細打量著他們。

「你啊，」他劈頭就對韋德說：「我跟你沒什麼好說的了。」

看來韋德讓他留下了印象，又或者索倫提諾牢牢記得FBI上門的事。

「可以讓我們進去嗎，索倫提諾先生？」韋德問道。

索倫提諾一副很想讓他們吃閉門羹的模樣，但似乎考慮過後還是決定作罷。他後退一步。「無妨。」

他們隨他進到雜亂的廚房，站在一旁，等他推開餐桌上的一堆紙和一株枯萎的盆栽騰出位置來。一隻死蜘蛛從桌沿滑落，掉進地板上狗狗的水碗裡。

索倫提諾伸出粗壯的手臂請他們坐，卻沒有客氣到替他們倒杯水。這樣也好。反正他給的東西她絕對不會喝。

「你記得我們兩年前在你的俱樂部的談話嗎？」韋德往一張破舊的梯背椅坐下，問道。

索倫提諾皺起臉來。「就像我最後一次的痔瘡一樣忘不了。」

「我們想談一談你賣的那些物件。」

「不會又來了吧。」索倫提諾身子往前傾，粗肥腰圍底下的椅子發出不祥的吱嘎聲。「我跟你說過，你和另外那個探員來找我以後，我就沒有再賣了，其他的事情我一概不知。」他像是發誓似的舉起右手，各地騙子的共同手勢。「我發誓。」

「不管怎麼樣，我們還是從頭再理一遍。」韋德拿出筆記本打開來。「上次談話的時候，你說你從姪子那裡取得了格鬥手套。」

「沒錯，我哥哥的兒子，山米．索倫提諾，他的事業老早就垮了，所以我就做個人情，買了他剩下的庫存。」

韋德甩開半框式老花眼鏡，戴上後讀起筆記內容。「你是用每件商品兩折的價錢跟他買的，然後在俱樂部裡轉賣。」他越過眼鏡上緣看他。「原價賣出。」

索倫提諾清清喉嚨。「唉，就是賺點小錢也沒什麼錯嘛，對不對？」

「只要你有繳稅的話。」

「拜託，這個我們已經說過了。」索倫提諾提起兩邊的嘴角，露出看似他最接近於化解敵意的微笑。「你們當時也沒追究我，現在真的要因為我在自己場館賣一些運動用品就來招惹我嗎？那些東西品質好，大家都愛，我又不是敲誰的竹槓了。」

「除了你姪子之外。」妮娜忍不住戳他。索倫提諾大可以多幫親人一點忙。「為什麼你賣得掉手套，他卻賣不掉？」

她的問題想必出乎他意料之外，因為他瞪大眼睛，似乎這才第一次注意到她。「咦，妳不是那個很紅的FBI小妞嗎？」他彈了一下手指。「對了，少女戰士。」他以推測的眼神細細看她。

「妳想不想打鐵籠賽？我們可以辦一場特別活動，票保證馬上賣光——對呀，門票價格可以加倍。」

她瞇起眼睛。「索倫提諾先生，我向你保證，我對鐵籠賽一點興趣都沒有。」

「真的嗎？妳很嬌小，不過我看過妳在公園裡修理那傢伙的影片。我敢說妳可以打敗圈內大多數的女拳手。」

她猜想他也看過「暗碼」上傳的另一支影片，知道他可以透過媒體報導免費宣傳，靠門票收入大賺一筆。他是個投機分子，卻不太聰明。

「你好像沒聽到我說什麼，」她真想用她的克拉克槍管替他掏耳朵。「我不會在你的俱樂部，或是其他任何人的俱樂部比賽。絕對不會。」

索倫提諾聳聳肩。「妳的損失。」他似乎努力回想著剛才說到哪兒了。「總之，大夥兒全認識我。我在這一帶混很久了，他們信任我。有兩三個人試過手套之後，消息就傳開了，其他人都跑來問。我能怎麼辦，把上門的生意往外推嗎？」

「你賣了多少？」韋德問。

「沒多少。」

韋德又看一眼筆記。「上次你說超過五十副。」

「這個嘛，如果把格鬥手套和戰術手套都算進來的話，沒錯，差不多是這個數。」

「戰術手套？」

「綜合格鬥手套是露指的，」索倫提諾說：「我姪子用同樣材質也做了完整的手套，他是想賣給軍人或警察當作備案，結果也行不通。」

「你賣了那麼多，從來沒跟你姪子說過？」

「欸，他報稅已經申報損失了，我要是把錢分給他，只會讓國稅局去找他麻煩，誰都不希望這樣。」

妮娜翻了白眼。「你還真有人道精神。」

「我們需要向你買手套的人的名單。」韋德說：「別跟我們說你不知道，像你這種人都會留下紀錄。」

索倫提諾兩手一攤。「你們自己看看，我像是個有條理的人嗎？」

他說的倒也沒錯。

韋德仍不放棄。「你是生意人，知道要記錄金錢的往來。也許拿搜索票來，就會在你的檔案和電腦裡面找到更多資料。」

「我不需要聯邦的人再來替我做一次肛門檢查。你們上次什麼都沒找到，這次也會是一樣。」

韋德皺眉說：「因為你故意完全沒記帳。」

「因為沒什麼好發現的，」索倫提諾說，抬高的嗓音帶著真正腐敗者的義憤。「告訴你們，我自己的生意我會記帳，但這不是我的生意，是我姪子的。我賣掉的部分就當作是彌補我原來的投資。」

韋德似乎在這一點上認輸了，隨即轉進下一步。「你有沒有俱樂部時程表的副本？就是記錄哪個拳手在哪天晚上參加了哪場比賽的時間表？」

「當然有。你需要追到多久以前？」

「你有多久以前的？」

索倫提諾張開雙臂，一副坦蕩蕩的姿態。「從大約十二年前，我把俱樂部從拳擊館改為綜合格鬥館，開始賣手套給拳手開始。」

韋德迫切地傾身向前。「你這裡有嗎？」

「我存在俱樂部的電腦裡面。我可以email給你。」

「務必要，」韋德說：「今天。」

「幹嘛這麼急？」索倫提諾整個態度驟然一變，從戒備轉為算計。「對了，你們在調查那個連環殺手，叫『暗碼』的。這該不會有什麼關聯吧？」他那雙小眼睛快速地來回看著他們倆。「我要是提供情報，應該可以拿到獎賞，對吧？我是說，好萊塢那傢伙現在懸賞一百萬，那聯邦要付多少？」

「我們會給你繼續經營俱樂部的機會，」韋德說：「而不必和一個年紀只有你的一半，還想在真正的牢籠裡向你展現他的鐵籠賽格鬥技巧的傢伙住同一間牢房。」

「不必威脅我，」索倫提諾舉起雙手以示安撫。「我只是問問而已。」

「現在你聽到答案了。」韋德遞給他一張名片。「希望兩個小時內能收到你的email。」他站起來。「跟上次一樣，你不能跟任何人提起這次談話的內容，懂嗎？」

「我要去跟誰說？」索倫提諾費力地站起身來。「上次我誰都沒說，這次也不會。那只會讓我自己難看。」

「也包括你太太在內。」

索倫提諾擺擺手要他放心。「我才不會跟她說什麼。你們兩個沒有把我上手銬帶走，她只會覺得失望。」

他們將索倫提諾留在他的幸福家庭後，走向SUV車的途中，妮娜思索著眼下處境。他們從格鬥館主口中探聽到的少之又少，但也許他的電腦資料能提供有用的訊息。至少，在「暗碼」已知的活動期間正在鐵籠裡比賽的拳手，可以排除掉。

能著手的不多，讓她變得沮喪。隱嫌持續出重拳損害她的名聲、阻撓調查，同時羞辱她，而且拳拳到位。反觀她卻只是揮著空拳。

儘管連日來密集調查，他依然像個暗碼，一如既往。

30

在調查首都圈跟蹤狂的舊檔案堆中鑽研了漫長的一天後，妮娜一心只想沖個長長的熱水澡。跑步完後她在寬提科的更衣室裡沖過澡，但水只是微溫。出發去找索倫提諾前，她也盡可能梳洗一番，卻不是愉快的經驗。

那天晚上妮娜回到住處便直奔浴室，不料卻被門鈴聲干擾。她頭髮還滴著水，繫上短浴袍的緞面腰帶後拿起槍來，接著將武器藏在手中，走到門邊，踮起腳尖，從貓眼往外覷。只見一頭亂糟糟的烏黑頭髮夾雜著巧妙的鈷色挑染，幾乎佔滿了小小眼洞。

妮娜嘆了口氣，鑽進廚房將克拉克手槍藏到上層廚櫃，然後急忙回到門邊一把將門拉開，請碧安卡入內。「妳沒有功課還是什麼要忙嗎？」

她刻意保持輕快俏皮的語氣，就好像幾個小時前，她並未經歷人生中最大的公然羞辱。

「做完了，」碧安卡也毫不遲疑地跟著演。「看到妳的車在外面，想說來看看妳。」

「我不需要一個十七歲的孩子來確認我沒事。」

碧安卡跟著她走進廚房。「整棟樓的人都在議論。」

沒有必要假裝聽不懂。「那還用說。」

「校園裡也是。」碧安卡說：「大家在手機上看到影片都嚇傻了。我們心理學教授一發現根本沒人在聽課，就決定把它納入今天異常心理學的講課內容。」

好極了。喬治．華盛頓大學的教授竟把她當成教材。她想像著大教室裡坐滿女大生，振筆疾書分析著隱嫌心理的畫面，隨後又覺得聽聽學術界的意見或許會很有趣。

「他怎麼說？」

「基本上，他花了我們人生中再也回不去的一個小時，告訴我們那個『暗碼』是個百分百的瘋子。」碧安卡搖了搖頭。「講台上的廢話隊長。」

她看穿了這番冷嘲熱諷。碧安卡是在擔心。她一手搭在這個女孩的瘦削肩上。「我們會抓到他的，*mi ja*。」

碧安卡可不是用陳腔濫調就能安撫得了的人。「口氣果然像個道地的女探員。粉絲團會以妳為傲。」

妮娜瞇起眼睛。「粉絲團？」

碧安卡從她身邊走過，打開冰箱門。「妳知道的，就是一群人很欣賞某人或是某人做的事。」

「我知道粉絲團是什麼。」她走到冰箱旁，伸手越過碧安卡，將冰箱門砰地關上。「妳有什麼事瞞著我，小碧？」

碧安卡直起身子。「少用那種質問的口氣嚇唬我，沒用的。」

妮娜繼續瞪著她。

「也別用那種眼神看我。」碧安卡一手扠腰說道：「我知道妳在做什麼。」

妮娜沒有動。「快說。」

碧安卡盯著她的鞋子。「天哪，要是被他們看到妳現在這個樣子，有一半的人會丟下妳投奔那個帥哥。」

「等等，什麼帥哥？」

碧安卡吐出一口氣，帶著濃濃的沮喪氣味，因為一個天才少女被迫作解釋。又再一次。「把妳的筆電給我。」

妮娜從客廳沙發邊的茶几上取過電腦，放到碧安卡伸出來的手裡。

「妳看，」碧安卡敲著鍵盤說：「有人替FBI團隊建立了一個粉絲專頁，還列出名冊。」她將筆電轉向妮娜。「大家都在票選自己最喜歡的蠢蛋。」

妮娜大吃一驚，手指在螢幕上滑動，身穿勤務夾克的聯邦幹員在犯罪現場的抓拍照一張張展現。「這是怎麼搞的？」

「有人拍到妳和那個老傢伙，韋德探員，在華府、舊金山和波士頓辦案，所以每個人都知道你們兩個是負責調查的人。」

「老傢伙？」

「不過在波士頓，忽然拍到另外兩個探員。」碧安卡接著說，當妮娜沒開口。「一個紅頭髮的女生和一個留著美國大兵頭、戴眼鏡的大帥哥。」

「妳把他們叫做紅髮女和聯調大兵？」

「不是我，」碧安卡說，表情裝得太無辜。「那些外號不是我想出來的。」

「真不敢相信會發生這種事，」妮娜說：「馬戲團又多加一環了。」

碧安卡點一下螢幕。「也沒有人知道這個穿著深色西裝、身材高大的黑人是誰。」

「應該是特別探員督察巴克斯頓，我們老闆。」

「明白。」碧安卡將電腦交還給她，從後褲袋掏出手機。

「等一下。妳最好別把這個訊息傳出去。」

「我？不會。」

看著碧安卡動著拇指打字，妮娜不禁疑心暗起。「這個FBI粉絲專頁是誰建立的？」

「不知道。」

碧安卡露出馬腳了。反射性的否定加上拒絕眼神交流。

「是妳。」妮娜用食指戳她。「是妳和妳那些朋友。」

「拜託，那個變態殺人犯都有粉絲專頁了。」碧安卡意見一大堆地說：「他有個很酷的外號，大家都叫他『暗碼』，這些好人也應該都要有。」

她知道有些連續殺人犯會吸引追星族，卻沒聽說目前的調查工作有此新的意外發展。「『暗碼』的粉絲專頁在哪裡？」她把筆電推回給碧安卡。「讓我看看。」

碧安卡重新收起手機，從妮娜拿著的電腦上拉出一個網站，線索與影片的圖片立刻跳出來。她會將這個粉專告知網路犯罪組。也許他們已經在監視，但保險一點的好。

她闔上筆電看著碧安卡。「有些人就是會對暴力罪犯著迷。惡名昭彰的殺人犯會在牢裡收到陌生人寄來的情書和求婚信。」

「我們心理學教授說這叫『掠奪性倒錯』。」碧安卡噘起嘴說：「就是有嚴重問題、會愛上變態殺人犯的人。搞不懂。」

「妳能不能幫我一個忙，關掉妳的FBI粉絲專頁？」

碧安卡又回頭查看手機，避開妮娜的注視與問題。

妮娜叉起手來。「你能不能至少別干擾調查？」

「我怕妳沒注意到告訴妳一聲，現在全地球每個人都在插手調查。有人為了正當理由做這件事，我以為妳會感謝。」她聲音忽然沙啞。「我就是沒法忍受……他那樣對妳……」

妮娜朝她上前一步。「小碧，沒關係的，我……」

「怎麼會沒關係，」碧安卡說：「這件事從頭到尾都有關係。不管妳怎麼說，我都不會坐視不理，放任那個王八蛋再po出更多他凌虐妳的影片。除非我能出點力幫你們找到他。」

沉默了好一會兒之後，妮娜將筆電放到餐桌上坐下來。她一面考量著要透露多少，一面打手勢讓碧安卡到她對面坐下。「我們的團隊正在剖析那支影片，而且已經發現一些以前不知道的事。我們會阻止他的。」

「在他履行承諾播出更多影片片段以前？」

她想像碧安卡觀看接下來的六十秒鐘影片的情景，只能強嚥下逐漸梗住喉嚨的團塊。

「拜託妳別管，小碧。我不希望妳看他傳的影片、讀他的貼文，或是做任何讓他毒害妳大腦的事。把他交給我們，我們會找到他的。」

「妳對那些蠢蛋技術員的信心比我大多了。」

「他們對自己的工作確實很拿手。」

「是嗎？」碧安卡將手伸過桌面打開筆電。「那怎麼會沒發現這個？」她將螢幕轉向她，敲點幾下，然後再把電腦斜轉向妮娜。「我猜妳不知道，因為妳沒提。」

她盯著畫面。「這一定是有人開的無聊玩笑吧。」

「是真的。」碧安卡說著敲點一個圖示，開始播放一支短片。「有影片為證。」

妮娜起身大步走向窄小客廳裡的茶几，一把抓起電話按下第一個快速撥號的號碼。

「我是韋德。」

她沒浪費時間說笑，直接就說：「我現在傳一個連結給你。」

「怎麼了？」

「我們不是在納悶，為什麼隱嫌在波士頓沒有留下謎題線索把我們引到另一個城市嗎？」

「我在聽。」韋德的口氣警惕中透著鋒利。

「有個白痴拍了一支影片，說他在自由之路四五百公尺外的一個垃圾桶底下發現一只信封，還刊登到eBay上拍賣，起價是兩萬五，現在已經超過六萬。」

31

隔天早上的交通簡直是噩夢一場，妮娜剛好趕在簡報預定開始的前一刻，通過海軍陸戰隊和FBI寬提科的兩處安檢門。她匆匆趕到這個偌大機構中最寬敞的集會空間，也是規模逐漸擴大的特別小組的中樞。

悄悄坐到韋德和肯特中間的座位後，她隔著長形方桌對布芮克微微一笑。她的視線刻意對著桌子首位，假裝沒注意到她不相識的探員與分析師偷偷投向她的目光。同事們顯然都看過影片了，一如其他數百萬人。

「好了，各位。」巴克斯頓忽然開口，所有私下交談的人隨即噤聲。「要談論的事很多，我希望速戰速決，好讓大家盡快回到各自的崗位。就先從昨晚那場eBay的鬧劇開始吧。」他轉向妮娜。「蓋瑞拉探員，妳能不能先告訴我們妳是怎麼知道拍賣的事？」

「我鄰居家寄養了一個十七歲少女，已經快拿到喬治．華盛頓大學學位。」她牽動嘴角露出苦笑。「她的智商高得嚇人，而且是社群媒體重度成癮。是她給我看了有人po在eBay拍賣網上的連結。」

布芮克發言道：「我們的人跟妳的鄰居是在同一時間發現的。」她不敢置信地搖了搖頭。「那個女孩畢業以後應該進局裡工作。」

妮娜咧嘴一笑。「那會被她搞得天翻地覆。」

巴克斯頓似乎對她的解釋滿意了，便打手勢比向與他隔著幾個座位，一名穿著微皺西裝的瘻瘦男子。「這位是波士頓分局的特別探員督察傑伊．屋嘉村。他的組員去追蹤了刊登在eBay上拍賣的線索。」

妮娜很是驚訝，他竟然不是用視訊而是親自出席。他的現身大大說明了FBI對這次調查的重視。

屋嘉村放下一只盛滿黑咖啡的保麗龍杯，揉揉眼睛說：「我們一接獲特別小組關於拍賣信封的通知，就聯繫了eBay。他們有嚴格的政策規範，不容許販賣非法商品或是任何可能鼓勵犯罪的物品。我們說明了那個信封是一起命案調查的證物，他們立刻下架刊登物品並提供賣家的聯絡方式。」

「好耶。」布芮克說。

「原來賣家住在林恩，離波士頓不遠。」屋嘉村說：「昨晚我們上門拜訪了。」

肯特舉起他的美國海軍紀念陶瓷馬克杯做出敬酒的姿勢。「我敢說他開門一看到兩個聯邦探員，一定嚇到挫賽。」

屋嘉村試著忍住笑意，但沒成功。

「他到底怎麼說的？」肯特問。

「說他一整個禮拜都在社群媒體上追蹤這個案子。當他看見『釀酒人』po出解答，就開車到最近的T車站。」

妮娜聽過迪拉尼警探將麻薩諸塞灣交通局的捷運系統稱為「T」，當時他告訴她從其中一站出來走一小段路就是自由之路的起點。

「他在公園街站下車，」屋嘉村接著說：「前往自由之路的途中，他決定順道去附近一家糕餅店買個藍莓瑪芬。他吃完瑪芬之後，信步走到最近的垃圾桶去丟包裝紙，結果不小心掉在地上，因為他是個笨蛋，不過他彎下腰把垃圾撿起來，因為他是個有環保意識的笨蛋。就在這時候他看見信封黏在垃圾桶底下。他說因為信封垂下來，他才注意到那鮮豔的藍色字體。」

妮娜和會議室裡的每個人一樣，全神貫注。聽著這整件事有如目睹火車失事。

「他猜想那是『暗碼』的一條線索，」屋嘉村說：「所以很自然地就把它扯下來收進口袋，還小心地不讓人看見。然後他從新聞報導留意事態的發展，一聽說『暗碼』逃脫了，他就趕緊回到林恩的住處，沒有報警。」

這時可以聽到桌旁傳出幾聲長嘆。

「他打開信封，花了二十四小時的時間，試圖讓他寥寥無幾、還能運作的大腦細胞動起來。最後發現自己不可能解得開線索，便想出了B計畫。」

妮娜偷瞄巴克斯頓一眼，發現他看起來比屋嘉村更精疲力竭。他用食指按著左眼，想止住眼皮跳動。

「這傢伙判斷自己拿不到札仁懸賞的一百萬解謎獎金，」屋嘉村說道：「但他還是可以轉手賣給自認為可以解得開的人，藉此獲利。」

韋德不屑地搖搖頭。「所以他就刊登在eBay上了。」他倏地看向妮娜。「我猜妳鄰居家的養女不必擔心會在下次門薩集會上碰見他。」

「問話的時候，他神態如何？」巴克斯頓想知道。

「首先是自然反應，」屋嘉村說：「裝傻。後來發現行不通，便開始詢問發現證物的獎金。」

妮娜癟癟嘴。「他還真不是軟木板上最尖利的圖釘呢，對吧？」

屋嘉村斜眼看著她說：「他是根本沒釘到軟木板上，而是卡在石膏板牆的圖釘。」他又啜一口咖啡。「在討論過聯邦監獄裡有哪些設施以後，這傢伙決定交出信封……不拿賞金了。」

「信封裡有什麼？」肯特問道。

「裡面的訊息又再次脫離隱嫌的前一個模式。」屋嘉村指向牆上的大型螢幕，只見畫面閃爍片刻後，出現一張放大的4×6吋白色索引卡。「這一次，他想讓人解謎找出真正線索的所在。」

找出線索

底下接著四行粗體字。

她日夜默默守候

護燈使者相依靠
看著人來又人往
心事深藏無人曉

卡片最下方標明了他的時程。

下一個會在四天後死

所有人專注看著訊息之際，一股陰鬱籠罩了下來。妮娜緊握起拳頭。又一個期限。又一個危險迫近的女孩。而他們離阻止「暗碼」的目標並未更近。

巴克斯頓一反常態的嚴厲口吻反映出他的憤怒。「我們需要答案啊，該死。」

「我們已經在解了，長官。」一名女子說道，妮娜在密碼分析組見過她。

「有進展嗎？」

在他令人畏縮的瞪視下，她不自在地扭動身體。「還沒有確切的頭緒。我們認為『護燈使者』指的可能是燈塔管理員，而他最近在波士頓活動，所以我們正在查新英格蘭地區的海岸城鎮，看看詩中還有哪些因素與既有的建築相符。一有任何進展，我們會馬上向您報告。」

巴克斯頓轉身望向坐在較遠處的另一名探員。「那飛機乘客名單呢？」

「相關日期往返於這三個城市中任何兩個城市的航班，都沒有重複的名字。」他說道：「但現在我們知道他有偽造文件的管道又會變裝，因此他有可能使用不同姓名，而且以不同外貌配合各個身分。」

「或者他也可能根本沒飛。」妮娜說。

「除非有名有姓或甚至外貌特徵，否則不可能要求全國各地警力查人民的資料或是攔車臨檢。」肯特說。

坐在布芮克旁邊，一個身材矮小結實的女子舉手說道：「這個我或許能幫得上忙。」

巴克斯頓向她點點頭。「你們有人還沒見過她，我來介紹一下，這位是愛蜜琳．貝克，負責微量跡證組。」

小組組長，又是一個意想不到出席會議的人物，也再次顯示情況嚴峻，以及調查工作高度受矚目與時間緊迫的特質。

「我們知道他在波士頓假扮不同族裔的方式了。」貝克說：「仿曬噴霧，特黑色。」她朝妮娜點了點頭。「從蓋瑞拉探員指甲採集的樣本有發現殘留。」

「黑色假髮，褐色隱形眼鏡，深膚色。」韋德說：「再套上公共工程處的制服，也就認不出來了。」

貝克點點頭。「他證明了他可以在所有人都在找他的擁擠區域裡行動，這表示他可以自由走動安全無虞。」她等眾人充分認知此事實後，才接續道：「我也收到了纖維比對吻合的最新消息。誠如我們上次通話時談論的，我們將在華府和舊金山現場，還有蓋瑞拉探員遭綁架一案中採集到的樣本重新送檢，這次只和首都圈跟蹤狂連續案中發現的某一組特定纖維作比對。」

「手套上的纖維嗎？」妮娜問道。

「那是我們所擁有唯一一致的證據。」貝克說：「一旦知道要找什麼，我們便找到了幾乎在顯微鏡下才能看見的單絲纖維，還有足夠細節提供了關鍵結果，證明這三個與『暗碼』有關的犯罪現場比對全部相符。波士頓一案讓我們有了必要的突破，不但交叉汙染少得多，屍體刷洗的程度也遠遠不及前兩樁命案。」

「這麼說『暗碼』和首都圈跟蹤狂鐵定是同一個人嘍？」妮娜急著想讓貝克作出斷言。關於「暗碼」是不是首都圈跟蹤狂的共犯，在沉潛兩年後獨自犯案，他們已經討論過。「妳的意思是我們可以指控隱嫌犯下三十九樁命案和一起綁架案嗎？」

貝克舉起一隻手。「我只能說在每個現場找到了相同的纖維，來自某個獨特的來源。根據科學只能知道這麼多，根據我們目前手上的微量跡證，我無法出庭作證說每項罪行都是同一人犯下的。」

無論貝克說什麼，無論她如何精確地表達比對結果的摘要，都只是證實了妮娜已經認定的事實。第一，如今自稱為「暗碼」的人就是首都圈跟蹤狂。第二，FBI錯將兩年前死去的某人判定為首都圈跟蹤狂。第三，十一年前綁架她的也是這個人。

巴克斯頓的下顎肌肉繃了起來。「這一切都不許洩露出去，明白嗎？」

她有同感。儘管原本不肯輕易相信，巴克斯頓卻顯然作出和她相同的結論。他是BAU三組的特別探員督察，是調查首都圈跟蹤狂期間，負責監督與FBI分局探員及地方警察合作的分析師的組長。茜卓拉．布朗死後，BAU的聲譽遭到重創，而民眾很快就會知道殺她的凶手仍逍遙法外，並變本加厲地持續他的瘋狂殺人行為。強烈反彈無可避免，巴克斯頓也將首當其衝。

他的深色眼睛順著桌子移動，最後停在韋德身上。「你的302有什麼要補充的嗎？」

找索倫提諾問話後，韋德應該已經交出302報告書，也就是FBI正式記錄調查工作的表單。

「沒有，」韋德說：「你有收到俱樂部賽程表的附檔嗎？」

巴克斯頓點頭。「昨晚轉寄給布芮克了。」

所有目光一齊轉向布芮克，她似乎一直在等著被點名。「我有一張圖表。」電腦鍵盤在她手下喀嗒喀嗒響，她對面牆上隨即出現一張圖表的投影。「我們建立了一個程式，然後填入數據點，來找出拳手和被害者之間的關聯。」

一個紅色光點在圖表左側的垂直座標軸上下移動，軸上標示著拳手的名字。被害人的名字則列在下方的水平座標軸。有一些相交的格子裡用綠點標示。妮娜看得出來布芮克比對了拳手去向不明的時間與首都圈跟蹤狂案被害人的死亡時間。

「我們試著對照每起命案的人名和時間。」布芮克說：「綠色代表首都圈跟蹤狂案的被害人。」她按下另一個鍵，隨即跳出一張新圖表。「這是同一張拳手賽程表和『暗碼』的被害人失蹤的時間作比對。」這回用的是藍點。即便沒有將兩張圖表重疊，妮娜也看得出同時包含兩個顏色的數據點數以百計。

「我來把這些結合起來放到新圖表上。」布芮克遲疑了一下才補上一句。「只用藍點。」

布芮克的意思已經很清楚，若是有人覺得兩個案子應該分開來看，現在應該開口了。眾人互相交換眼神，但無人提出異議。在那一刻，調查工作拐了一個方向。妮娜知道肯特心有懷疑，但他們全都默然同意，在「首都圈跟蹤狂與暗碼是同一人」的前提下繼續調查。

妮娜凝視著圖表。年輕女孩的生命，曾經希望無窮也經歷過無比痛苦的生命，全化成了一張表上的數據點。她目睹到一個自以為能利用人類並將他們棄之如敝屣的禽獸，留下一大片毀滅的殘跡，不禁全身怒氣沸騰。

「較早期的幾宗命案中，死亡的預測時間長達數日到數星期。」布芮克說：「所以我們只能取用時間窗口比較明確的案子，以便縮小名單規模。」她將光點移到畫面最底下。「有了這些限制，我們可以確實地將十七個人從名單上剔除。這樣便剩下兩百多個可能的嫌犯。這是只考慮到拳手，不包含在俱樂部工作的其他人。」

「他是拳手。」妮娜說。她也不確定自己怎麼知道，但這感覺很強烈。「他的舉止動作，背後有一些不可小覷的經驗。」

「我贊同。」韋德說：「有些連環殺手在日常生活中屬於有性功能障礙的懦夫型。他們從被害人身上尋求力量，因為他們自覺在其他領域毫無力量。」他摩搓著下巴。「這傢伙不然。他沒有用槍，因為他更喜歡直接接觸。他這種性格類型的人很享受肉搏，尤其是當他有足夠技能制服並處罰對手的時候。血腥運動的原始力量與暴力能增長他的氣勢，群眾很可能也能激勵他，當然了，他似乎也很樂於表演。」

「但那是截然不同的行為模式。」肯特加入了討論。「之前他銷聲匿跡，不想吸引注意，也從未挑釁執法人員。」他皺起眉頭陷入思考。「我們是不是太武斷了？我們真的能確定『暗碼』就是首都圈跟蹤狂嗎？他們真的不是共犯關係嗎？」

「他變了。」韋德的態度轉為熱切，將坐著的身子往前傾。「那是他的另一個面向。看來他有很不尋常的應變能力。」

「那是什麼促使他改變？」肯特問：「一定是很強的動力。」

「我。」妮娜一說完立刻住口，思考著這樣的聲明會引發何種反應。面對全室的困惑神情，她說出華府案發生後一直藏在她心底深處的一件事。

「我們剛剛確認了我的綁架案和所有的命案之間有一個微量跡證的關聯。」她邊說邊環顧圍坐在桌邊的眾人。「『暗碼』開始和我們交手是在公園攻擊事件的影片瘋傳以後。他想必是看到影片認出了我。如果他不是首都圈跟蹤狂，那就是再次看到我，不知怎地觸動了他，讓他在按捺了十一年之後再次出手。如果他就是那個跟蹤狂，那他就是受到影片刺激而大大改變了作案手法。不管怎麼樣，共同點就是我。」

沒有人提出反駁。他們的沉默等於默認妮娜正是一切的中心。

「我們要怎麼把這一點化為優勢？」巴克斯頓對著韋德問道：「一定有什麼辦法可以擾亂他

的計畫，否則至少可以拖延他的下一個期限。」

韋德若有所思地看著妮娜之後才回答道：「他對蓋瑞拉的執著十分明顯，但他卻釋出了與她共度的時光的珍貴紀念品。」他豎起兩根手指示意他所說的物件。「神之眼項鍊和影片。也許他犯的每一起殺人案都有數位影片存證，這並不罕見。許多連續殺人犯都會留下被害人的戰利品、照片或影片以便……日後欣賞。」

他無須明說。想到「暗碼」一邊看著她痛苦掙扎一邊手淫，妮娜強自忍住一陣哆嗦。他沉溺於幻想時，也戴著她的項鍊嗎？想到這裡她不禁滿心厭惡，但她戴上超然客觀的專業面具，繼續聽韋德分析。

「蓋瑞拉說她是觸發『暗碼』的誘因，我認同她的判斷，而我的想法也依然沒變，他和首都圈跟蹤狂就是同一人，兩年前我們找到那個格鬥俱樂部步步進逼時，也是他餵給我們一隻省事的代罪羔羊。」

肯特看似想反駁，但巴克斯頓抬起手制止了他。「接著說，韋德探員。」

「一開始他透過華府命案現場的紙條和線索，將威脅對準妮娜。接著他上新聞，在傳統與社群媒體上引發軒然大波，於是他再次改變手法，直接訴諸群眾。每一次，觀眾的人數都會擴增。我們讓蓋瑞拉直接用私訊和他溝通，他卻又回到他的群眾平台。如今全世界有數百萬人在談論他，在試著解開他的艱澀謎題，在注意他。任誰碰到這種情形都會飄飄然。」他深吸一口氣。「我想把他拉回近處，把他的注意力從助長他自大心態的群眾狂熱轉移開來。」

「那要怎麼做？」布芮克說：「雖然他的個人帳號已經不在，卻還是受到無數社群媒體的關注。網路上仍然有關於他的貼文，而且我相信他都看到那些評論了。」

韋德沒有直接回答她，而是對巴克斯頓說：「只可能有一個辦法能引誘他放棄那一切，就是送上他更想要的東西。」他目光轉向妮娜。「我認為蓋瑞拉應該試著再次直接聯繫他。如果她願意的話。」

「這是個過度的要求，」巴克斯頓說：「也有過度的風險。」

「這是我應該冒的險。」妮娜說：「我知道他會說什麼樣的話，我願意去做。不管要做什麼我都願意。」

「他在社群平台上的限制必須鬆綁。」布芮克輕聲說：「所有的平台都充分配合關閉了他的帳號，他們如果知道他打算放上更多影片，恐怕不會想恢復他的帳號。」

「如果不趕快鬆綁，他會找到另一個我們根本無法控制的管道。」韋德說：「他渴望關注。他已經對自己的遊戲上癮了。」

巴克斯頓瞄一眼在平坦桌面上震動的手機。「這個選項先保留作為備案，我得接這通電話，是DNA案件小組的唐姆．范寧。」

妮娜以為自己的神經不可能再繃得更緊，不料一通來自DNA案件小組組長的電話竟辦到了。他之所以聯繫巴克斯頓，表示民營家族DNA資料庫的查詢有消息了。

「我現在開擴音，」巴克斯頓與他寒暄過後說道：「我和特別小組的各組負責人在一起。」

范寧的聲音從手機喇叭傳出來。「兩間公司都有初步結果了。好消息是我們得到一些近親比對吻合的結果，有幾個似乎是同母異父或同父異母的手足，有一個是同父同母的姊妹。」

所有人都興奮地互望，所有人，除了巴克斯頓之外。「那壞消息呢？」他問道。

「這兩間家系研究公司都有和客戶簽訂提供DNA資料的同意書，其中包括供警方調查用的聯絡資訊。沒想到卻得到一個出人意外的結果。」

公司會要求參與者同意提交他們的資料，妮娜並不訝異。當初警方透過民營DNA資料庫取得匹配的親人資料，進而確認了金州殺人案的嫌犯身分，卻引發不少爭議。此事喧騰一時之後，有些公司便選擇讓參與者簽同意書，表達他們是否願意讓警方取用自己的DNA資料。

「總共有二十七個同父異母或同母異父的兄弟姊妹遍布全國。」范寧說：「但不包括那個同父同母的姊妹，她住在馬里蘭。」他頓了一下。「而且這些只是把DNA資料交給那兩家公司的人。統計上來說，沒交出資料的人應該多得多。」

巴克斯頓顯得不知所措。「總共二十八個同父異母或同母異父的兄弟姊妹？」

「我只有在涉及捐精的案例上才見過類似結果。不過在這個案例中，有許多兄弟姊妹都是粒線體DNA相同，表示他們擁有同一個母親。」

「捐卵？」巴克斯頓說。

「要有這樣的結果，卵和精子都必須是捐贈的，也就是——」

「生殖診所。」巴克斯頓替他把話說完。

「那是我的猜測，」范寧說：「至少應該可以透過診所的植入紀錄追蹤到親生父母，獲知他們下一代的身分。我建議先從同父同母的姊妹開始。」

「我們馬上著手。」巴克斯頓說。

「我還有一件事要告訴你們。」范寧聲音透著迫切，似乎有另一個利多消息。

「什麼事？」巴克斯頓追問道，讓DNA案件小組組長洋洋得意。

「我們在等待結果的時候，利用DNA生理描繪技術畫出了隱嫌的合成影像。我會跟其他的報告一起email給你。」

情況漸漸有起色了。妮娜知道生理描繪技術無法畫出關係人的完美圖像，但她曾在幾個案子裡見過十分相近的畫像。利用特殊軟體可以分析一個人的DNA，預測出髮色、眼珠顏色、臉型、膚色、雀斑與體型等等特徵。終於可以大概知道「暗碼」真正的長相了。

巴克斯頓向他道謝後掛斷電話。這麼些天來，他頭一次露出笑容。「各位女士先生，這次的調查行動終於有所突破了。」

32

「需要我幫你拿袋子嗎，先生？」計程車司機問道。

民眾如此樂於幫助年長者總是讓「暗碼」感到詫異。這是人類一個有用的弱點。他重重倚著拐杖。「謝謝你，小夥子。」

壯碩的司機提起圓筒狀行李袋放進計程車寬敞的行李廂。「你要去哪裡？」

「市區。」「暗碼」放慢動作，不甚靈活地坐進黃色轎車後座。

司機站在開著的車門邊，等候「暗碼」摸索著繫上安全帶。「哪間飯店呢，先生？」

他琢磨著該如何利用這個機會。「市區有沒有遊民收容所？」

司機明顯露出戒備的眼神看他。「你需要找住的地方？」

「不，不，不是我要住的。」他若無其事地擺擺手駁去這個想法。「我要捐錢給遊民收容所。」

司機看似鬆了口氣。畢竟不必擔心收不到車錢了。「有幾間收容所，還有一些食物銀行和慈善廚房。」他嘆氣道：「好像隨時都有人需要幫忙。」

「尤其是婦女和兒童。」「暗碼」說道：「有專門收容無家可歸的婦女和女孩的地方嗎？」

「當然，有一家正好在市中心。」

「那請載我到離那裡最近的飯店。」

計程車司機關上車門，小跑步繞到另一邊，將矮胖的身軀塞進駕駛座。他從後照鏡覷了乘客一眼。「你就是捐錢助人之類的那種人吧？」

「慈善家，」「暗碼」故意用粗啞的聲音說：「沒錯，我就是。」

「真是了不起，你是好人。」

「暗碼」微微一笑，人們總是相信自己想相信的，看自己想看的。

計程車駛離繁忙的機場航站後，他坐在後車座，把計畫再仔細地想一遍。他還需要一項資訊，但不確定是否應該冒險問司機。他不想在任何方面給人留下深刻印象。但話說回來，此人可說是資訊泉源。「你住在這裡很久了嗎？」他決定碰碰運氣。

「在這兒出生長大的。」

好極了。他清清喉嚨，說道：「我可能會在這裡待上一段時間，城裡有哪一區還有空屋嗎？」

「靠近市中心的住宅都滿了，你要是想找房子，應該往北邊或南邊去找。」

「謝謝你，小夥子。」

他不打算入住旅館。下計程車以後，他會搭巴士到最近的五金行買必要用品，然後租一輛露營車，開到郊區去做準備。在機場下飛機的老人將化身成另一個人，而今晚他會回到城裡開始找尋獵物。

想到這裡他頓時脈搏加速。全國的人都在找他，他完美地轉移了他們的注意力，一如他打鐵籠賽時常用的招數，左拳佯攻、右拳猛擊。
誰也看不出他下一拳會從哪兒揮出。

33

一位密碼分析師匆匆經過時撞到妮娜，使她的咖啡從保麗龍杯溢出，濺到肯特的袖子。她用墊在杯底的小紙巾擦拭他的前臂，不好意思地咧嘴笑了笑。「這裡每個人都像瘋了一樣跑來跑去。」

「沒關係，」肯特很快地報以一笑，說道：「現在大家都有不一樣的事情可以做，我還是很高興。有點小混亂，這個代價我不介意。」

巴克斯頓一宣布散會，每個團隊都趕回特別小組辦公室的各個區域，追蹤剛剛收到的各種新線索。巨大寬敞的辦公空間依據專業分隔成許多區塊，探員與分析師集結在辦公桌、圖表與電腦旁，埋頭鑽研各自的調查任務。FBI投注了龐大的資源在范寧傳來的文件中列出的每一個人身上。今天傍晚，他們就會知道名單上每個人完整的身家背景，甚至包括幼稚園老師的姓名、他們的大學學測成績，和他們曾經住過或工作過的所有地點。

在設置於角落的一個工作站，密碼分析師們正在仔細研究「暗碼」的詩，決心要搶在他po上網讓史酷比們解謎之前找出答案，早他們一步取得線索。那首詩妮娜讀了好幾遍，卻仍毫無進展。最後她決定把時間花在主動搜捕「暗碼」上，而不隨他起舞。她走到對面角落，這裡有一群探員在瀏覽布芮克根據索倫提諾給的拳手名單做出的圖表。韋德和肯特也站在一旁，利用他們的側寫技巧幫忙將名單刪減到較小範圍以利後續行動。

當然了，一旦詢問過「暗碼」的手足並得知為他們做人工受孕的診所名稱，這一切工夫都可以省去。診所的資料庫裡會有所有的資料。

布芮克招手讓妮娜過去。「妳來看這個。」她指著電腦螢幕。「我用范寧給的合成影像，加上我們從監視器畫面取得的一些臉部數據點，做了一點調整。」

妮娜迫不及待地靠上前去，終於能知道她過往那個禽獸的長相了。之前布芮克堅持要妮娜等她整個弄好，希望讓她的第一印象盡可能準確。

「在我們能抓到的每個靜止畫面中，他的臉多半都被遮蓋，」布芮克說：「我好不容易在一個畫面捕捉到一點點下巴線條，在另一個畫面大概看出顴骨的高度。把這些和預測的特質全部加在一起，就是這樣。」她以誇張的手勢按一下滑鼠，立刻出現一個男人的臉部特寫。

妮娜彎身就近檢視螢幕。一個健壯的金髮男子，眼珠呈現難以描摹的藍色，臉龐稜角分明，從螢幕裡回瞪著她。她全身血液凝結。他表情的冷漠是她想像出來的，或者是電腦合成影像過程的產物？無論如何，那種感覺準確地模擬了當時透過面具眼洞凝視著她的那雙沒有靈魂的眼睛。

在宛如永無止境的片刻間，她跌入那雙殘酷無情的眼睛的深淵，耳朵裡有脈搏砰砰跳動的聲音，她拚命想掩飾自己的反應，但小心構築的心牆已經出現蜘蛛網狀的裂痕。她盯著「暗碼」，整個人無法動彈。她的禽獸。幾乎毀掉她的男人。將她撕扯到體無完膚並將她受盡折磨的過程公諸於世的殘忍傢伙。

肯特將手搭在她肩上。「妳還好嗎？」

她倏地轉身面向他。「沒事。」

她後退一步，拉開心理與肉體的距離。他鈷藍色的鋒利眼眸穿透了她。肯特在這個領域的經驗豐富，他知道如何解讀肢體語言。她無法承受他的精神分析。他一旦懷疑看到「暗碼」的臉讓她心神大亂，說不定會去告訴巴克斯頓，或者——更糟的是——會試圖安慰她。她從小到大，都在對抗施虐、漠視與排擠，這些她應付得來，溫暖與憐憫卻會使她崩潰。

她刻意背轉向肯特，對布芮克說：「我只看到他一點點，不過看起來沒錯。」

妮娜可以感覺到肯特凝視的重量，他的注意力仍放在她身上，但沒有再多說什麼。

布芮克彎低身子湊向螢幕，審視「暗碼」的影像。「從照片很難看出邪惡，不過這傢伙跟我所見過的每個惡人都差不多，光是看到他就知道他殘忍到極點。」

妮娜不想再多花一秒鐘盯著看那雙冷酷的眼睛。「我愈來愈不安，他不知道在哪裡計畫他的下一步，我們必須搶先出手。」

「我剛剛看了關於他姊妹的報告。」韋德已經晃過來加入他們。「她名叫安娜．葛萊柏，有點像個謎。她有物理學和天文學的雙博士學位，都是在巴爾的摩的約翰．霍普金斯大學拿到的。」

真沒想到。一個連續殺人犯的姊妹竟熱中於研究外太空。「安娜在哪工作？」

「那也是部分謎團所在。她已經十五年沒有工作，一直未婚也沒有小孩，獨自住在巴爾的摩郊區一片四公頃的土地上，是父母留下的遺產。」

「有找到關於父母的資訊嗎？」

「從我們能收集到的資料看來，母親從來沒有生孩子的紀錄。這個姊妹有可能是代理孕母接受體外人工授精的結果，但目前無法確定。」

妮娜感到困惑。「是合法收養？」

「目前完全無法得知。凡是在有家族DNA比對成功案例的城市，巴克斯頓準備讓當地分局的探員進行查訪，」他說道：「等他們找安娜問過話以後，一定能有更多發現。」

妮娜想到是別人去詢問「暗碼」唯一已知的同父同母姊妹，焦躁不已。要說服上司不要派當地分局探員而是由她出面，恐怕很難，但警察的直覺在在告訴她，這是通往她調查的真相的最快捷徑。「我想親自向安娜．葛萊柏問話。要是看到她，說不定會觸動某個記憶。巴爾的摩從這裡開車大概兩個小時，所以得花掉一整天，但我覺得親眼看到她是值得的。」

「我也想去，」布芮克說：「我可以從各個角度拍她的頭。既然他們是同父同母的關係，她基本的臉部結構或許有助於改善影像的合成。」

「她是我們所得到的最好線索。」妮娜的堅定眼神對準了韋德。「我要去要求巴克斯頓讓我們去問話。」她特別強調我們二字。「我會要求配給我們一輛公務廂型車和一個FBI警察擔任駕駛，好讓我們可以在途中繼續工作。你們會支持我嗎？」

設置在寬提科的FBI警察單位平時是負責機構的保護工作，但必要時也可以派發其他任務。她這是在請韋德信任她的直覺，而且是以搭檔的身分，不是他調查工作的附屬品。比起他先前說過的話，他的反應能讓她更清楚了解他們至今所建立的工作關係。

他注視了她良久，隨後轉身走向巴克斯頓的辦公室，同時回頭答覆她的問題。「公事包拿著。」

34

前往馬里蘭州陶森的兩個小時車程，妮娜的心情在焦躁期待與百無聊賴之間來回擺盪。選擇坐鎮寬提科要塞的巴克斯頓，為組員們安排了一輛賓士Sprinter廂型車，車上配備的科技裝置讓布芮克嘴角含笑。為他們開車的FBI警察妮娜在寬提科入口大門的安檢崗位見過，他前面的駕駛座艙有隔板與後座分開。他緩緩將車停在一片遼闊土地上，一棟五六〇年代的農舍平房前，然後待在車上等著，其他組員則穿過碎石車道走向前門廊。

妮娜正要抬手敲門，門便倏地打開，門口站著一個眼珠顏色淺淡、留著油膩金髮的細瘦女子。她戴了一頂扁塌的針織帽，套著一件大到長過膝蓋的棉質上衣，穿著鮮豔襪子的腳下踩著勃肯鞋。

妮娜出示證件。「我是FBI特別探員妮娜．蓋瑞拉。」接著比向站在身後的其他人。「特別探員韋德、肯特和布芮克。妳是安娜．葛萊柏嗎？」

隊友們一致同意這回由妮娜負責出面。從女子害怕的反應看來，這個決定是對的。若是看到肯特站在面前，她可能會昏倒。

她睜大焦慮的雙眼，飛快地輪流看著他們每一個人。「我是安娜，我知道你們來的目的。」

她側身以手勢請他們進屋。

彼此交換了困惑的眼神後，他們一齊走過玄關進到客廳。裡面有一張椅背覆著鉤針織蓋毯的芥末黃色沙發，和兩張不成套的扶手椅，圍在中間的樹瘤咖啡桌可謂格調品味的極致。一九六七年的時候。

妮娜坐沙發，夾在肯特和韋德中間，布芮克則坐其中一張翼背椅。

「妳說妳知道我們來的目的？」妮娜問道。假如面談對象主動提供資訊，她往往會讓他們自己說。

安娜坐到剩下那張扶手椅上。「你們不必假裝，我一直在等你們來。」她再次以目光掃視他們，只是這回慢得多。「我不得不承認你們掩飾得很好，可惜深色西裝露了餡，請容我這麼說。」

「西裝？」韋德問。

安娜心照不宣似的向他眨眨眼。「下次你們應該改穿藍色牛仔褲配扣領襯衫，也許格子花呢或渦紋圖案吧。馬上就能融入了。」

妮娜覺得他們是在雞同鴨講。「葛萊柏女士，妳到底以為我們是誰？」

「妳大可以叫我安娜就好，何必假裝你們對我不是瞭如指掌。」

「安娜，」妮娜再試一次。「妳何不直接說清楚？就當我們真的不了解妳的意思。」

安娜長嘆一口氣。「我懂了，這是一種測試，你們想知道我是不是搞清楚狀況了。」她傾身向前，字字句句說得謹慎而清晰。「你們來自昴宿星團，我們至少碰過十二次面，但這是你們第一次在我清醒的時候來訪。」她說完往椅背上一靠，對他們一一露出滿意的微笑。

妮娜瞥了韋德一眼。他和肯特才是精神科專家，她不是。

韋德會意了，便以容忍的語氣說：「安娜，我們是FBI探員。我們不是來自昴宿星團，而是地球人。我們需要問妳幾個重要的問題。」

安娜皺起眉來。「只有一個辦法可以確定。」她起身說道：「請跟我到廚房來，我可以拿一把刀消毒……」

「不，」韋德堅定地說：「妳不能割我們。我們需要妳配合調查。」

「調查，」安娜重新坐下，說道：「這是你們現在的用詞嗎？」她忿忿地嘆一口氣。「我不會相信你們，除非讓我親自做幾項實驗。讓你們嘗嘗被刺探的滋味。」

安娜或許拿了兩個博士學位，卻失去精神上的寄託，不知何時便迷失了。妮娜對「暗碼」心生好奇，這個家族是否有瘋狂的基因？

韋德再試一次。「安娜，我們需要知道妳的背景。妳是被收養的嗎？」

安娜帶著譏諷咯咯一笑。「說得好像你不知道似的。」

肯特坐得離她最近，便向她湊近說道：「拜託，安娜，這個非常重要。跟我們說說妳的父母還有妳在哪裡出生。」

她轉向他，露出一個你知我知的笑容。「你會來這裡是因為我們有相同血脈。你知道的，我是北歐人的後代。」她兩手交握規規矩矩放在腿上。「和小灰人一點關係都沒有。」

妮娜全然摸不著頭緒。「安娜，妳在說什麼？」

她指向肯特。「他可以告訴妳。」

假如安娜以為這樣就能讓情況明朗，可就大錯特錯了。能與「暗碼」唯一已知的純血親面談，妮娜原本興奮不已，以為肯定能獲得她所需的資訊追到人。不料，時間一分一秒流逝，她卻在這裡聽一個瘋女人胡說八道。她狐疑地看肯特一眼。

他似乎強忍住大翻白眼的衝動。「這種事我以前也遇過，因為……長相的關係。」他捏捏黑色粗框眼鏡底下的鼻梁。「有人相信昴宿星團上有一族類人類外星人，長得很像斯堪地那維亞人，幽浮學家稱之為『北歐外星人』。」他苦笑一下。「而『小灰人』和他們恰恰相反，身材矮小、灰色皮膚，還有大大的深色眼睛。」

若非情況無比嚴峻，妮娜可能會笑出來。該如何才能讓安娜說出有利於行動的訊息呢？她在學院受訓時學到的是不要耽溺於他人的幻想中，這也是韋德和肯特上過的課。她決定採取略微不同的方式。

她一臉正經地面向安娜。「妳的DNA裡面可能有樣東西對我們大有幫助。為了取得這項資訊，我們需要知道妳的出生資料。我們手邊的檔案全都不見了。」

「唉，怎麼不早說呢？」安娜說：「我父母——當然，不是親生的——發現他們無法生育以後便找上包爾診所，他們不想收養，但從華府的朋友那裡聽說了包爾博士的實驗室。」她瞄向天花板，試著回憶。「我不記得那些朋友的名字，但很確定他們在政府機關做事。」

沒想到真讓安娜開口了，妮娜詫異之餘繼續咬緊相關細節。「包爾博士是誰？」

「妳知道的，就是那個有名的遺傳學家。他是利用基因工程生育後代的先驅，他跟我父母說我會很特別。」她將聲音壓低成有如密謀似的低語。「不過他當然沒告訴他們孩子會有一半外星人的血統。」她目光飄向肯特。

「妳知道他的診所在哪裡嗎？」妮娜問道，努力地不讓她離題。

「大概離這裡一個小時車程，就在……」她忽然伸出食指指著布芮克。「喂，妳在搞什麼鬼？」

布芮克急忙收起手機。「沒什麼。」

「妳在拍我。我看到了。」

「我只是想，就是說，拍幾張妳的頭部和臉部五官的照片。」

妮娜暗暗叫苦。無論如何，布芮克都不能當臥底，她肯定是開天闢地以來最不會撒謊的人。

安娜立刻站起來，手臂直挺挺地指向大門。「出去，你們全部。」

儘管他們一再保證沒什麼好怕的，安娜的態度依然堅定。在她心裡，他們未經她同意就偷偷測量她的身體，這已經越線了。她告訴他們，她被綁架過太多次，也因此罹患創傷後壓力症候群，所以她絕不再容忍任何的試探、檢驗或白白損失時間。

他們在夾雜著髒話的咒罵聲砲火中，爬上那輛流線型的黑色廂型車，指示駕駛打道回寬提科。妮娜從染成墨色的側窗望出去，看見安娜站在前門廊上，兩隻中指高舉在半空中。

車駛上大路後，她瞄向坐在對面長椅的肯特。「我怎麼不知道你在昴宿星團上有親戚。」

韋德噗哧一笑。「有些事終於有解了。」

「這件事我得向故鄉星球報告，」肯特故作嚴肅地說：「而且我恐怕得抹去你們的記憶。」

「外星混血兒我不清楚，」布芮克敲著手機說：「不過包爾博士在貝塞斯達開了一間生殖診所。」

「看來我們應該知道接下來要上哪去了。」韋德說：「范寧說的正是這個。如果他們不提供病歷資料，我們應該可以申請到搜索票。」

布芮克皺著眉低頭凝視螢幕。「只可惜診所在大約三十年前燒成平地了。」

「怎麼回事？」妮娜問道。

「根據這則新聞報導說，診所的創辦人是威蘭德．包爾，他向那些想養育較優秀後代的夫妻推銷他的服務。」布芮克說到「較優秀」三個字時，手在空中畫了個引號。「他稱之為包爾計畫。」

妮娜頓時覺得背脊發涼。「較優秀的後代？」

布芮克噘起嘴唇。「他只接受白種人捐的卵和精子，而且是經過基因檢測具有最佳健康狀態和天才智商的白種人。」

「不可思議。」肯特說。

「當地的媒體針對診所作過報導，」布芮克繼續閱讀之際，車已駛上了高速公路。「把包爾計畫形容為現代優生學實驗。報導一出的隔天，整棟建築就被人放火燒了。」

「有沒有重新開幕？」妮娜問。

「根據這則新聞，事隔不久，包爾博士就自殺了，診所始終沒有重開。」

「我們需要取得他的檔案，他所作的任何紀錄。」韋德說。

「等一下。」布芮克的手指在螢幕上往下滑。「訃聞中提到有一個兒子還活著，現在很可能四十多歲。如果他繼承了家裡的產業，現在人應該在離這裡不到一小時車程的馬里蘭州波多馬克。我們回維吉尼亞途中會經過，可以順路去找他談談，看他有沒有留下父親的什麼文件。」

「我來打給巴克斯頓。」韋德對她說：「妳請駕駛開到波多馬克。」

35

妮娜在車上與韋德並肩而坐。駕駛將車開上一條環狀鵝卵石車道，慢慢停下來的時候，布芮克啪地蓋上筆電，肯特也解開安全帶。偌大豪宅的前門階梯上站著一名深色頭髮、身穿黑色高球衫與戰術長褲的男子，顯然是準備來迎接他們。

「看起來包爾先生的訪客並不多。」韋德說：「而且他也不歡迎。」

他們在大門處透過對講機溝通後才得以入內，雖然未事先通知便登門造訪遭到拒絕，對方卻證實蓋文．包爾在家。

那個以稍息姿勢站在柱廊底下，一副矬樣的壯漢，年紀太輕，不可能是包爾博士那個四十五歲的兒子，肯定是私人保全。

「為什麼包爾覺得他的宅院需要一個特攻隊員來守衛？」妮娜問道：「這裡是波多馬克，是這個大都會區最富裕的郊區之一，他覺得會出什麼事？」

肯特望向窗外，瞇起眼睛看著那個人。「他不是特攻隊員，他是冒牌貨。」

她心想肯特待過特種部隊，應該有能力分辨真偽。

「話雖如此，」她邊開門邊說：「蓋文．包爾想必是覺得受到威脅。」

他們下車後讓受雇的肌肉男查看完證件，隨他入內，駕駛依然照舊待在車上等他們。壯漢帶領妮娜與隊友們進到一個房間（她猜想是書房），他離開時順手關上了厚重的雙開木門。

一位臉色蒼白、白金色頭髮髮線頗高的男子招呼他們道：「請坐。要不要喝點什麼？」

他們婉拒的同時，很快地環視這個裝飾豪華的房間。妮娜注視著擺滿了書的高大木書架，即使在她這個外行人眼中，也看得出有些書非常古老而昂貴。另一邊角落的一個木框裡，放了一個海灘球大小的地球儀。現在還有人買地球儀嗎？世界各地戰爭頻仍，她感覺在地球儀完成之前應該就過時了，更遑論多年後還擺在某人的私人書房裡。

包爾嘶啞的聲音將出神的她拉回現實。「是什麼風把FBI給吹來了？」

他坐在一張充填得極為飽滿的扶手椅上，並未起身相迎。雖然說話的口氣隨意，但不斷舔嘴唇與放在腿上的兩手不停扭動的動作，洩露出他的焦慮。四名聯邦幹員上門來確實容易造成這樣的影響，但妮娜隱隱覺得這個人大部分時間都很緊張。他的面容蒼白得不自然，眼眶發紅加上背部微駝，整體的樣子就像實驗室的老鼠見到科學家靠近而瑟縮在籠子的一角。

「我們是來跟你談談令尊威蘭德．包爾博士，還有他的工作。」妮娜開口道：「你能跟我們說一說他的診所嗎？」

包爾的薄唇往下垂。「那間該死的診所。」他以手勢請他們坐，書房正中央有張華麗的咖啡桌，四周環繞著奢華舒適的沙發與座椅。「我好像永遠擺脫不了它。」

這個反應倒是出人意外，也令人好奇。根據布芮克在來程中發掘的事實，妮娜大膽一試。

「所以你才請私人保全嗎？」

他看著他們坐下，小眼睛的眼神忽然變得犀利。「還是有些人會喊我們納粹。真是太可惡了。我們甚至不是德國後裔。」他抬起下巴。「我的祖先來自荷蘭，包爾這個名字在北歐神話裡也很常見。包爾是獨眼神奧丁的父親，而奧丁是雷神索爾的父親。」

她得將他導回正軌，否則這場面談也會跟安娜．葛萊柏的一樣整個變調。「包爾先生，能不能請你解釋一下，為什麼令尊的診所讓你擔心自己的安危？」

「一切的開端都是因為我父親想幫助不孕的夫妻。只不過他認為不要隨便找捐贈者，而是篩選智商優越的健康男女。」包爾聳聳肩。「這麼做有何不可？」

這個問題讓妮娜想起當年在寄養機構的日子，她總是看著準備收養的父母略過她去討好其他小女孩。「捐贈者清一色都是白人，這點好像冒犯了一些人。」

「妳的說法跟那個記者一樣，」包爾說：「就是寫那則報導，引發整個醜聞風波的那個。報導一出來，不知哪個史前人類就把診所給燒了，然後我們全家人也開始收到死亡威脅。事情發生的時候我讀高中，我父親受不了壓力，就……」他眼神變冷。「都這麼多年了，我們仍然受到騷擾。我永遠不會原諒那個該死的記者。他扭曲了我父親試圖要做的一切，把他描寫成某種種族主義狂熱分子。我父親是個有遠見的人，是個科學家，他是想利用挑選具有基因優勢的後代讓人類進步。」

她覺得下巴都快掉下來了。包爾，身為他教養下的產物，認為自己說得合情合理。她不想在面談過程中這麼早就和他打壞關係，便強忍住眼看就要衝口而出的反駁，將提問重新導向。「診所燒毀以後有沒有救回任何紀錄？」

「妳不是第一個問的人。這些年來，他一些客戶的孩子長大成人後，也曾經聯繫我詢問關於他們親生父母的消息。」包爾不屑地擺擺手。「我提醒他們說這已經是三十幾年前的事了，當時可還沒有數位雲。我父親把紙本資料放在檔案盒裡，另外存在五吋磁碟片裡備份。只可惜他那些檔案和磁片都放在診所。」他往椅背上一靠。「拜那些縱火犯之賜，他的紀錄一點都不剩了。」

想到這麼大老遠跑來卻又進入另一條死胡同，她內心實在難以忍受。「你難道什麼都沒有嗎？也許他有帶零星的筆記回家過？」

「沒有。」

「那診所有沒有合夥人或是投資人？」

「我父親是個與眾不同的科學家，他有工作外的收入。當時沒人想跟他合夥，他就自己開了診所。」

「他有員工嗎？律師呢？會計師呢？」

「三者都有，但他們對我父親客戶的身分一無所知。相信我，我試過了。但我父親似乎想方設法地為捐贈者與準備收養的父母的身分保密。那個年代情況不同，要作這類保密的安排自由得多。」

妮娜試著去思考這個問題的嚴重性。「診所營業了多長時間？你是不是至少知道有多少嬰兒出生？」

「診所大概開了三年，我不確定有多少成功懷孕的案例，不過從他偶爾在飯桌上的談話聽起來，人數應該在五十到一百之間。撫養孩子的夫妻和嬰兒並沒有血緣關係。」包爾又繼續說：「胚胎是由捐贈的卵和精子結合後，植入母親體內，有些案例則是植入代理孕母體內。」

「你還能不能告訴我們什麼或許會有幫助的事？」

「我相信我已經非常幫忙了，尤其是你們還沒告訴我這到底是怎麼回事。現在輪到我發問了。」

她準備好迎接這無可避免的一刻。

包爾的淺淡眼眸露出算計的神情。「我在新聞上看過你們四個。你們在調查那個連續殺人犯，『暗碼』。」他停頓了一下，似乎在等他們反應。等候未果，便接著說：「我不是傻子，蓋瑞拉探員，從你們在追的人，還有你們沒通知一聲就直接上我家來問我父親的診所紀錄看來，我只能斷定你們已經掌握嫌犯。而且他是包爾計畫中孕育出來的人。」

妮娜還來不及回答，韋德便插嘴道：「這點我們不能證實也不能否認，包爾先生。」

包爾發出呼哧呼哧的低笑聲。「那我就當作是徹底證實了。」他嘴角的笑意瞬間消失。「我只有一個要求。別把診所捲進去。萬一我父親的實驗和這件事有關的消息傳開，我們全家人又會再次變成過街老鼠。」

「我們的調查線索不會告訴任何人。」韋德向他保證。

「俗話說得好，紙包不住火，事實遲早會曝光。」包爾伸出瘦巴巴的手指指著他們。「我要你們明白一件事。這對每一個透過診所出生的人來說都是艱困的處境。假如他們當中某個人竟然是個變態殺人犯，剩下的人都會遭到懷疑，他們的人生將會分崩離析。他們會被指控為一個瘋狂科學家所作的優生實驗的產物。這種話我已經被迫聽了一輩子。」

他說話的口氣讓妮娜不自覺地豎起觸角。「你為什麼……」

他打了個哆嗦。「我不是那個意思。」他說得稍嫌快了一點。

「你也是在診所受孕出生的孩子嗎？」

包爾滿懷怨毒地瞪著他們，她以為他可能會像安娜．葛萊柏一樣趕他們出去。她堅定立場，與他對峙，最後他似乎洩氣了。「我母親不孕，這也是我父親開始研究生育的原因之一。」

事情愈來愈有意思了。「這麼說包爾先生不是你的親生父親？」

包爾堅決地搖搖頭。「他是用自己的精子，找了一個航太總署的科學家捐卵。那個科學家不想當母親，卻願意貢獻自己的卵。」他乾嚥一口。「我是最早的原型。我父親成功地將胚胎植入我母親體內，不幸的是，她生下我不久就去世了。」

「真遺憾。」

他揮去感傷的情緒。「重點是有一些人得知了我是怎麼出生的，其中一部分人對我非常不友善。父親一直對我抱著極大的期望，以為我會當上總統、會治癒癌症，或是規劃城市。沒想到他兒子雖然智商高人一等，在許多方面卻毫不出色，而且健康狀況很差。我想他對我很失望。」

她感覺一陣電流竄遍全身，所有知覺都高度戒備起來——她有了重大發現。「他會虐待你嗎？」

她想起韋德之前在側寫中推測「暗碼」曾受到父親角色的人暴力相向。她知道包爾不是嫌犯，但她好奇的是他們除了出生的方式之外，會不會有更多共同點。

「他大部分時間都沒在關心我，」包爾說：「我告訴你們這個，只是因為我對從診所出生的其他人抱有一種親切感。他們現在都是成年人了，應該讓他們過正常生活，而不應該對他們有過高的期待，或者──假如『暗碼』果真是其中之一──懷疑他們會作惡或是有精神疾病。」

「我同意你的說法，包爾先生。基因無法決定命運。」韋德說：「也許令尊在篩選捐贈者時應該考慮到這一點。」

包爾身子變得僵硬。「我想你們也該離開了。」他的口氣寒如冰霜。「你們已經濫用我的款待夠久了。」

「我們很感謝你……」

「葛雷哥利會送你們出去。下次要再來的話，請準備好搜索令。」

他們隨著葛雷哥利穿過屋子走到前門。一身黑色戰術裝束的他挺直了身子，一言不發地帶領他們走向等候的廂型車。

他們全部坐上後座繫好安全帶後，妮娜想著他們離開這兩處住所都是不歡而散，而且還一無所獲。對FBI而言，不是順利的一天。

駕駛慢慢將車駛出華麗的大門，回到車流中。

「結果不太好。」妮娜說道，沒有特別針對某個人。

「我們盡力了。」韋德說：「我很仔細留意他，他並沒有對我們隱瞞什麼。」

「我也觀察他了，」肯特說：「我確信他絕對和他父親有同樣的歧視。不管他再怎麼欺騙自己，當你只挑選自己的族類參與計畫，肯定就是歧視。」他不屑地嗤之以鼻。「什麼具有基因優勢的後代，放屁。」

妮娜向肯特偷渡一個微笑。他完全是包爾博士會選擇的類型，但他絕不會和那個人或是他所謂的計畫扯上關係。

肯特也咧嘴報以一笑，示意與她有志一同。她發現韋德在一旁看著他們無言的交流，明顯帶著評價的表情。

「我給巴克斯頓傳了簡訊，」布芮克說道，全然沒注意到這段插曲。「他現在要跟我們通話。」

她遞出手機讓眾人都能聽見。

「你們方便說話嗎？」巴克斯頓問。

「很安全，」韋德說：「請說。」

「告訴我你們有什麼收穫。」巴克斯頓一如往常，沒有浪費時間多說廢話。

韋德是小組的負責人，便由他大致說明他們向包爾博士的兒子問話的結果。聽到診所的紀錄已付之一炬，使得他們唯一可能指認「暗碼」的線索落空，巴克斯頓勃然大怒。

這一回，他沒花半點力氣就逃出警網了。

「其他在范寧名單上的人，有誰被問話了嗎？」布芮克問道：「他們長什麼樣子？」

巴克斯頓回答前先傳來翻動紙張的窸窣聲。「地方分局的探員親自聯繫到他們每一個人，有些知道包爾計畫，有些不知道。撫養他們的父母似乎是自行決定要告訴他們多少。」

妮娜皺起臉來。「我敢說對那些不知情的人，和家人應該會有一些尷尬的討論。」

「毫無疑問，」巴克斯頓說：「妳來電以後，我們搜尋了包爾博士和他的診所。依包爾博士之見，這些孩子理應象徵著人類的一大躍進，但根據我們現場訪談和背景調查顯示，透過他的計畫出生的人並無特殊之處。的確有少數人聰明絕頂成就非凡，但其他人就只是過著平凡生活，而且看起來……很普通。」

這個暗示讓妮娜感到十分有趣。「這麼說包爾博士的計畫根本不能保證什麼。事實上，他自己的兒子也承認他不符父親的期望。」

「根據平均法則，智商落在平均數一百以上和以下的人有一定的比例。」巴克斯頓說：「在接受面談的人當中，有一個藝術家、一個牙醫、幾個全職母親、兩個教授、一個真正的火箭科學家和一個管理員。」

座車疾馳於愈來愈繁忙的車流中之際，妮娜將頭枕著頭靠，暗自整理訊息。「所以說現在這個殺人犯可能智商很高，而且相信自己比其他人優秀嘍？」

韋德回答她。「如果他父母跟他說過診所的事，那麼就是了。」

「這也讓他更加危險。」巴克斯頓將她腦海中迴旋的念頭說了出來。「明天早上第一件事先到簡報室開會。」

「其他團隊有些什麼進展，長官？」妮娜問道，很希望他們不在的這段時間，特別小組在其他方面有所斬獲。

「密碼組還在研究那首詩，」巴克斯頓說：「還沒有突破。這不是數學公式、字謎或密碼，所以實在不是他們擅長的範圍。你們回程的路上應該集思廣益一下，或許會想到什麼。」

在通過寬提科的崗哨前，她會以解讀那首蠢詩為己任。

「布芮克探員，妳有沒有拍到安娜．葛萊柏的照片？」巴克斯頓問道。

「被她逮到以前拍了六張，」布芮克說：「我會把它們加入我們已有的電腦影像，再利用預測演算法加以改善。我們到的時候，就會有比較好的影像結果了。」

「要不要拿給索倫提諾看？」妮娜急著想要有進展，便問道。

韋德立刻回答：「這不是好主意。我不相信他不會說出去。他如果認出影像中的人可不會客氣，要不是去勒索對方，就是收受賄賂把我們引向錯的路。我也不建議拿給俱樂部的人看。上次我們去那裡問東問西，結果如何我們都知道。」

他無須指名道姓說出茜卓拉．布朗，大夥兒都聽懂了。

布芮克點頭表示理解。「這影像應該足以讓組員們重新檢視格鬥俱樂部的線索，剔除其中一些人。我一完成就馬上傳給他們。我想這是我們所能得到最好的成果了。」

妮娜滿心愧疚。她毅然決然地要追查這些線索，結果卻浪費一整天，她必須有所彌補。「長官，我想再次跟他私訊。」

想到他可能會對她說的話，她內心感到畏縮。他最後的那些訊息赤裸裸又充滿挑釁。既然他已經播放出一分鐘的影片，接下來將會毫不留情地羞辱她。但她已下定決心，不管他丟出什麼都照單全收，只要能往「讓他在牢裡度過悲慘的下半生」的目標更近一步就好。

出乎她意外的是，巴克斯頓一口就答應了。「我會讓網路組讓他重新上線。」他說：「自從那支影片播出後，他就毫無音訊，這很傷腦筋，因為這表示他可能在忙著做其他事，要不就是建立了我們還不知道的新帳號。」

「不太可能，」布芮克說：「假如他建立了新帳號，不會有觀眾。除非他清楚告知他已轉移過去，否則追蹤者找不到他，而這麼一來我們也同樣能找到他。」

肯特也加入討論。「我想他是在網路外活動，對我們來說這不是好事。依我看就讓蓋瑞拉出手吧，不過今晚就要讓他重新上線，也許他會做出什麼事給我們一點頭緒。」

「但願會有所突破，」巴克斯頓說：「他的期限就像貨物列車朝我們衝來。在它正面撞上來之前，我們需要有個東西讓他脫軌。」

36

妮娜陷坐在廂型車的軟墊椅上，暗自感謝巴克斯頓的慷慨，為他們安排一位駕駛和一輛局裡的頂級公務廂型車，提供了必要的空間與隱密性，讓他們得以在路途中繼續推展調查工作。

「我們來充實一下側寫的細節吧，」肯特對韋德說：「可以讓組員們在調查MMA拳手時有更多資料依據。」

「現在可以更確定他的年紀了。」韋德說：「根據診所開業的年份，他應該介於三十二歲到三十四歲之間。」

換句話說，十一年前「暗碼」攻擊她時，約莫是二十一到二十三歲。她真的是他的第一個受害者嗎？她沒把心裡的想法說出來，只是靜靜聽著兩位側寫師互相交換意見。

肯特覷了坐在身旁的布芮克一眼。「根據他的基因圖譜得出的電腦合成影像和蓋瑞拉的記憶，也同時告訴我們他是白人男性，身高約一米八，白皮膚藍眼睛，色調和他的姊妹相符。」

「要縮減索倫提諾的名單，最快的方法是什麼？」妮娜插嘴問道，迫不及待想將討論內容從純理論推進到可付諸行動的資訊。「有什麼牛肉可以端給特別小組的嗎？」

韋德很快地說：「他們一旦剔除掉所有不符合年齡範圍、外貌特徵，而且案發期間有上場比賽的人，要找的應該是一個沒有穩定的男女關係、習慣獨來獨往的人，而儘管智商很高，從事的工作卻遠低於他的能力。」

肯特點頭。「他的脾氣會阻礙他在職場的升遷。」

「他對俱樂部其他人會很粗暴，」韋德接著說：「即使在更衣室也一樣。他很自大，會讓每個人都知道他比他們優秀。此外，群眾的反應也會讓他亢奮，他們應該查一查粉絲最多的拳手。」

「他還是首都圈跟蹤狂的時候得要低調行事，」肯特說：「所以很可能會在比賽場上透過觀眾獲得成就感，但如今他改變了作案手法，再也無須隱藏了。不過需要別人吹捧，這一直都是他個性的一部分。」

「他需要別人吹捧？」關於對手的這一面，妮娜感到好奇。在她眼中，他似乎一直都是自信滿滿。

「雖然他自大又有優越感，卻極度缺乏自信。」韋德說：「所以他才想主宰身邊所有人。鐵籠賽的暴力是他掌控其他男性的管道，但卻沒有社會所能接受的方式讓他能以肢體主宰女性。」

他揚起眉頭說：「而且他對女性充滿怒氣。」

「為什麼？」她感到納悶，會是什麼原因逼得他如此憤怒。

「也許是年紀輕輕的時候被女孩拒絕過，或是目睹父親對母親施暴，進而認為那是女人該有的待遇，又或是他被母親虐待過。」肯特聳起一邊肩膀。「無論他與家人的互動模式為何，假設他與養父母其中一人或是兩人的關係失常，應該錯不了。」

她沒辦法也不願意再深入探究，去和一個虐待狂殺人犯產生共鳴，便留下兩位側寫師繼續去挖掘頭顱，她自己則側身坐到布芮克旁邊。布芮克已經將最新的電腦合成圖像傳給特別小組，此時正拿著一包綜合堅果嚼得起勁。

她想起自己曾發誓要在抵達前找出詩句線索的真相。「妳能不能調出那首詩來？我想看看我們今天的發現有沒有讓什麼東西鬆動一點。」

「沒問題。」讓筆電開機運作似乎是布芮克最開心的事。她打開筆電讓妮娜也能看見，然後點進桌面上一個圖示。

妮娜將詩句重讀一遍。

她日夜默默守候
護燈使者相依靠
看著人來又人往
心事深藏無人曉

「沒有特別工整的對仗和押韻。」布芮克說。

「密碼組說他們覺得第二句指的可能是看守燈塔的人。」妮娜回憶先前的會議，說道：「妳何不google一下美國有名的燈塔？」

她二人一起瀏覽了從華盛頓的普吉特海灣到佛羅里達的西礁島的燈塔清單，長長一大串，數目之多令人氣餒。

「我們先從東岸開始吧。」妮娜提議。

按了幾個鍵後，仍然還有數十個燈塔要考慮。

布芮克搖頭說：「我覺得自己好像得了鼻竇炎的獵犬要來追蹤這條嗅跡。」

妮娜心裡也同意，但仍決定不放棄。「能不能給我一點堅果？我餓死了。」

布芮克整包拿給她。「胡桃都被我吃光了。在我看來，那包裡頭只有胡桃值得吃。」

「我不挑。從小就學會眼前有什麼就吃什麼。」居無定所，有時候還吃不飽的她，早已改掉挑食的毛病。

「我不行。我寧可餓肚子。」

妮娜心想，只有從未真正體驗過飢餓的人才會說這種話。

「比方說這個吧，」布芮克拿起一粒花生。「因為我是喬治亞人，大家就以為我愛吃花生。只因為有個種花生的農夫當選總統，我們州裡每個州民就忽然非得愛死這玩意不可。」她不屑地哼一聲。「道地的南方人都知道，只有帶殼用鹽水煮沸的花生才會好吃。要不然還是先吃胡桃。」

「我嚐過一次胡桃派，」妮娜說：「說不上喜歡。」

「哎呀呀，」布芮克說：「妳肯定是吃到雜貨店冷凍區的東西了。」她打了個哆嗦。「除非是現烤的，還加了波本酒，不然不可能是道地的胡桃派。」

「波本酒？」

「在薩凡納，我的故鄉，都是這麼做的。老實說，妳要是想品嘗最棒的波本酒胡桃派，一定要去薩凡納河畔的海盜屋餐廳，那裡——」布芮克忽然沒了聲音，張著嘴瞪大眼睛。「我、的、天哪。」

妮娜抓住她的手臂。「怎麼了？」

「等一下。」她瘋狂敲了一陣鍵盤，接著將電腦推向妮娜，同時紅潤的臉頰悄悄咧出一個大大的微笑。

只見一張雕像的圖片填滿螢幕。妮娜端詳著年輕女子與狗的紀念銅像，女子雙臂高舉過頭，手裡拿著看似隨風飄揚的旗幟。

「一定是這個。」布芮克低聲說：「要命，我要是沒想到這個，我媽永遠不會原諒我。」

「想到什麼？」韋德問。他和肯特無疑聽見了她的興奮語氣，急著想知道怎麼回事。

布芮克抬頭看著他們，綠色眼眸閃閃發亮。「這是芙蘿倫斯．馬圖斯的雕像，叫『揮舞的女孩』。」

肯特抱起雙手。「就當我們從沒聽過芙蘿倫斯．馬圖斯，分享一下吧。」

布芮克指著第一行詩解釋道：「芙蘿倫斯在薩凡納迎接每一艘進港的船長達四十多年，白天裡她會揮舞布巾，晚上則用燈籠。」

妮娜重讀詩的開頭。

她日夜默默守候

布芮克的手指移向第二行。「她一生未嫁，和哥哥同住，而她哥哥是厄爾巴島的燈塔看守人。」

護燈使者相依靠

布芮克跳到下一行時，妮娜看出了她的熱切。

看著人來又人往

「不管船是進港還是出海，芙蘿倫斯都會朝他們揮舞。」布芮克接續道：「『看』的see和『海』的sea又是同音字。」

「那最後一行呢？」妮娜邊讀邊問。

心事深藏無人曉

布芮克的嘴角咧得更開了。「傳聞說芙蘿倫斯終生未嫁是因為她愛上一個水手，那個水手承諾有一天會回來找她，但始終沒有。不過這到底是真是假，誰也不知道。」

「心事深藏無人曉，」妮娜說：「全都對上了。」

「來聯繫特別小組吧，」韋德說：「需要馬上從薩凡納分局派人到雕像那邊去。」他從口袋抽出手機遞給布芮克，讓她領功。

「我現在就打到薩凡納。」巴克斯頓聽她劈哩啪啦說明完後，透過手機的喇叭說道：「很快就會有答案了。一有消息我馬上告訴你們。」

等候時，他們你一言我一語地抒發己見，試圖推斷「暗碼」如何能這麼快速地從波士頓趕到薩凡納。最後認定他一定是搭飛機。他們正在討論該怎麼做才能最有效地追蹤到可能的班機與機場時，電話響了。

「我是韋德。」

巴克斯頓的聲音難掩興奮。「中了。」

簡單的兩個字給了妮娜連日來未曾有過的希望。「他們找到什麼？」

「我傳了一個JPEG檔到布芮克探員的電子信箱，」巴克斯頓說：「他用的是一張A4紙，裝在信封裡封起來黏在雕像底座下面。我們說話這會兒，當地的證據應變小組正在進行證據鑑識。同時他們也給了我們一個副本作參考。」

布芮克點進FBI的專用伺服器，打開她電子信箱裡的檔案。「有了。」她放大畫面。

妮娜看見了放大的圖片。只見一個四方形填滿卡片上半部，裡面有角度尖銳的鋸齒狀線條構成破碎的馬賽克圖案，每個分隔出來的空間裡都印著一個數字。

「密碼分析組的人認為這裡面隱含一幅畫。」巴克斯頓說：「他們正在解，但也歡迎你們在回程中試試運氣。」

「這個和詩不一樣，看起來牽涉到數學，所以他們應該會較快解開。」布芮克的口氣明顯帶著失望。「線條內的每個形狀都有一個不同的數字。」

「總共有數百個數字。」巴克斯頓說。

「我們到達以前會努力想想，大概再一個小時吧。」妮娜說。

「布芮克探員說得沒錯，這看起來比較像是密碼分析組要處理的問題。」巴克斯頓的口氣不容辯解。「你們這一整天做得夠多了。我們明天早上的簡報會上見。我要你們每個人都好好休息，養精蓄銳。」他略一停頓。「還有一件事。進辦公室以前重新打包應急的行李，只要新密碼一破解，你們就得再次起飛或上路了。」

37

妮娜爬上最後一段階梯時，發現碧安卡在等她。又來了。這個小妮子想必在她的指定停車位裝了監視器。不管碧安卡做了什麼，她都不會驚訝。

她依照例行程序開門鎖、解除警報，然後把公事包丟進迷你玄關靠在牆邊。碧安卡尾隨而入。

「『暗碼』的社群網站又全部上線了。」碧安卡劈頭就說：「要問我的話，不聰明。」

妮娜揚起一邊眉毛。「我知道妳不喜歡，小碧，但我們需要讓『暗碼』重新上網。有必要的話，網路犯罪組可以重新關掉他的帳號。」

回住處的路上，她查看過「暗碼」的網站，他還沒有po上導向薩凡納那尊『揮舞的女孩』雕像的線索。至少到目前為止，他們仍超前眾家史酷比。

「那妳就別怪我，」碧安卡將打開的筆電推過餐桌，面向妮娜。「他臉書排行榜的瀏覽次數創新高了。」

「等等，」妮娜往前傾身，注意到一個之前沒發現的東西。「名單上怎麼會有FBI？」

布芮克一開始便讓她看過隱嫌的排行榜，她還記得參與他那個「遊戲」的前五名的人與團體。目前朱利安·札仁依然高居第一，其次是FBI團隊，第三是「釀酒人」。「粉紅浪潮」已被原先墊底的隊伍所取代。

「我猜他是想把蠢蛋納進去，所以就替你們取名以後放到榜上。」碧安卡說。

「那第四名是誰？一群來自喬治·華盛頓大學的學生，自稱是『呆瓜派』。」

碧安卡轉移目光。「不知道。」

「聽起來像是妳和妳那群朋友會取的名號。」妮娜瞇起眼睛。「而且我沒記錯的話，妳上的就是喬治·華盛頓大學。」

「好啦，好啦。」碧安卡兩手往上一揮。「就是我們。」

「你們怎麼會進他的排行榜？」

「『釀酒人』是因為解開一條線索，札仁是因為懸賞獎金，」碧安卡說：「名單上的其他人基本上都在他的推文串裡留了言，而且還轉推留言說他們要怎麼逮到他。」

碧安卡的智商或許不輸愛因斯坦，但她不是變態狂的對手。「別招惹他，」妮娜說：「他——」

她還沒來得及進入咆哮模式，就被敲門聲打斷。妮娜咒了一聲，起身開門。

葛梅茲太太遞出一只裝滿香酥餃的玻璃烤盤。「給妳的。」她說著便從妮娜身旁大步走進屋內。

「葛太太，真的不必這樣，我沒那麼餓。」她瞄一眼葛梅茲太太此時放到餐桌中央的餐點。浸漬在墨西哥辣椒醬中的肉香太迷人了。「而且就算我餓了，那些量也夠一家十口人吃了。」

「她心煩的時候就做菜。」碧安卡說：「那支影片出來以後，她就沒離開過廚房。」

葛梅茲太太瞪碧安卡一眼，卻沒作聲。

「妳還是收下吧。」碧安卡說：「整棟樓的人她都送了。」

「妳需要吃點東西，」葛梅茲太太說：「要保持體力。」

葛梅茲太太指著堆滿半月形點心、還冒著熱氣的烤盤時，妮娜發現她眼眶發紅、眼皮浮腫還有黑眼圈。

妮娜伸手摸一下她的手臂。「別擔心我，葛太太。」

「*Ay, mi'ja*（親愛的呀），」葛梅茲太太顫抖著聲音說：「看到那個*cabrón*（混蛋）這樣對妳，我實在沒法忍受。」

「妳過來跟我們坐一會兒吧。」妮娜說。

葛太太從圍裙口袋掏出一張面紙擤鼻涕。「我還在烤東西。」她往大門走去，忽然又止步，轉身面向妮娜。「如果香酥餃沒能讓妳好過些——」她從圍裙另一個口袋拿出一品脫瓶裝的龍舌蘭，重重將酒瓶放到烤盤旁邊。「就試試這個。」她忽然哭了出來，然後就離開了。

妮娜轉向碧安卡。「搞什麼呀？」

「自從影片出來以後，我就一直在處理這種事。」碧安卡對她露出苦笑。「她也把妳當成寄養的女兒了，妳知道吧。」

妮娜連忙切斷在體內擴散開來的一股暖意，轉換到嫌犯訊問模式，比起慈母的關懷，這種感覺她熟悉多了。

她將她最擅長的「少胡扯」的凶惡目光射向碧安卡。「我們剛才在討論妳和妳的隊友要怎麼退出這次的調查。」

「呃……不對，」碧安卡說：「我們是在說我已經幫了多少忙。說真的，FBI應該付我薪水。要不然你們怎麼會知道『暗碼王國』的最新消息？」

妮娜翻了個白眼。好極了，這下又多了一個網路新名詞。「又怎麼了？」

「妳知道波士頓那個傻蛋吧？就是發現黏在垃圾桶的信封以後，放到eBay上去拍賣那個。」

她點點頭。「妳讓我看過刊登的物件。」

「『暗碼』剛剛在他的動態牆發布那個線索了。」碧安卡說：「還貼文說FBI不能壓著不公布，說這樣不公平。」

妮娜呻吟一聲。花費那麼多時間精力去追蹤到eBay的賣家、找到信封，卻只爭取到二十四小時的先機。他們利用這段時間找到「暗碼」放在薩凡納的圖像拼圖，但他還會等多久就把這個也一起放上網呢？

38

妮娜坐在擁擠的特別小組辦公室一角，網路組旁邊的電腦螢幕前，早上的第一杯咖啡就放在桌上的滑鼠墊旁。她皺眉怒視螢幕，一面讀著上面的訊息。

暗碼：妳以為你們可以作弊，隱瞞我的粉絲嗎？要發布什麼、何時發布，由我決定。不是妳，少女戰士。

四小時前，天快亮的時候，有一支史酷比隊伍推測出「暗碼」的詩指的是「揮舞的女孩」雕像，並立刻上網抱怨那裡並沒有放置額外線索。不到幾分鐘，「暗碼」就把圖像拼圖po到臉書、IG、推特和Pinterest上了。

「每次我們搶先一步，那個王八蛋就會再扳回一城。」肯特說。

「因為他想要混亂。」韋德說：「他在做的事需要掩護，也就是需要群眾。如果民眾當中沒有人很快地解答出來，他也會在他再度出手之前或之後發布圖像拼圖的答案，以便製造最大程度的紛擾。」

「也就是說我們必須先解出那個該死的謎題，才能搶在他前面行動。」肯特說。

「密碼組已經想了一整夜，」她瞥向對面角落。「希望就快了。」

肯特順著她的目光看去。「在此同時，我們需要讓他有得忙。」

妮娜開始打字。「這個怎麼樣？」

FBI：我們有一整支特別小組在追蹤你，我們會抓到你的。

暗碼：除非是我先抓到妳，少女戰士。

「他企圖想動搖妳，」肯特說：「繼續傳訊息。」

FBI：你可以帶著律師來投案。禍患不會臨到你。

暗碼：妳以為我怕妳嗎？我怕FBI嗎？傑佛瑞．韋德博士完全沒有從錯誤中學到教訓。

韋德皺起眉頭，靠近一步。「一字不差地照著我說的打。」

妮娜照做了。

FBI：我是韋德博士，你指的錯誤是什麼？

暗碼：五個字：茜卓拉．布朗。

韋德咒罵一聲。「現在他改譏諷我了。」

肯特撞撞她的肩膀。「妳問他關於茜卓拉的事。」

對著兩位側寫師長長看了一眼之後，她的下一則訊息簡短扼要。

FBI：是你殺了她嗎？

暗碼：我還有事情要安排，沒時間聊天了。

他不再回答任何訊息。

妮娜從鍵盤前退開。「他在玩弄我們，浪費我們的時間。他說下一個會在四天後死亡，已經過三天了。」

「這不由得讓我好奇，」肯特說：「為什麼模式會有這樣的新轉變？之前他的線索總是直接導向屍體。」

「為了分散注意力，」韋德說：「他肯定是需要多一點時間準備下一個被害者。」

妮娜想像著「暗碼」在街上尋獵。他在跟蹤另一個女孩之際，故意把他們耍得團團轉。挫折感啃噬著她。

「線索漸漸變得愈來愈難。」韋德說：「一開始是最基本的取代加密，接下來原則大致不變，只是多加一層算計，翻轉了部分密碼。再後來，是一首四句詩，完全背離原先的做法。這次他給我們的，似乎結合了藝術和數學。」

「他在炫耀。」肯特說。

「我同意。」巴克斯頓說。他已經來到他們背後。「我看過私訊了，他故意在找我們麻煩，同時趁機布置他的下一個殺人計畫。我們所需要的人力都有，少的只是時間。現在既然已更進一步掌握到對手的身分，我想來腦力激盪一下，看看該如何進行調查。」他朝著偌大空間與守在工作站前的數十名人員大手一揮，說道：「我們有的是資源，好好利用吧。」

「我們能不能再試著找找『暗碼』的親生父母？」妮娜問道：「包爾計畫中預期的捐贈者是來自世界各地、全美各地，或者只是華府地區？」

「這我們不知道，」肯特說：「沒有辦法繼續找。」

「如果把包爾計畫的關聯告訴民眾，也許能得到一些新線索。」布芮克加入討論說道：「可是現階段要公開多少資訊呢，如果有打算公開的話？」

巴克斯頓一副胃酸過多的模樣。「除非有絕對的必要，否則我不想釋放關於包爾計畫的資訊。」他抬眼看著天花板。「想想看那些部落客、推特使用者和陰謀論者會有什麼反應。有關超級罪犯跟蹤年輕女孩的謠言會滿天飛。」他搖搖頭。「還有計畫中其他那些已經成年、如今過著正常生活的孩子，會受到不公平的後座力。」

這番話和包爾博士的兒子跟他們說的差不多，她也同意，只是私下覺得資訊外洩是遲早的事，尤其現在全國各地分局的探員已經找包爾計畫的孩子們問過話。

她正準備與組員們談論此事，密碼分析組的負責人奧圖．戈德斯坦忽然衝過來，激動得幾乎全身顫抖。

「關於那個圖像拼圖，給我一點好消息吧。」巴克斯頓的口氣略帶迫切。

戈德斯坦露出燦爛笑容，那副金屬粗框眼鏡在日光燈下熠熠生輝。「我們解開了。」

39

聯邦調查局灣流噴射機
中西部某處上空

妮娜與韋德並排坐在小桌邊，肯特與巴克斯頓坐對面。布芮克則坐在走道另一邊，筆電放在從扶手伸展開來的小桌板上。

巴克斯頓在按著機上電視的遙控器。「國內新聞。」他邊嘟囔著邊選台，直到找到他想看的頻道。

妮娜認出了資深主播陳艾美。畫面下方的跑馬燈寫著：**新聞快報，科學家領取百萬獎金**。

「接下來，我們要聽聽破解密碼的科學家怎麼說，」陳對著鏡頭說：「現在和我一起在攝影棚的是退休的FBI執行助理局長肖娜．傑克森，她將以內部人士的身分跟我們談談這項高風險調查工作的進展。稍後將會有更多的後續報導，廣告後馬上回來。」

「肖娜接受邀請前都跟我說清楚了。」巴克斯頓在嘈雜的洗碗精廣告聲中說道：「看在她為我們做了這麼多的份上，我實在無法要求她別說話。」

電視台是在一個小時前聯絡肖娜請她發表意見，因為加州有一位科學家答應在直播專訪中，提出他對薩凡納拼圖謎題的解答。肖娜與對方談定條件，她同意上節目談論一些調查細節，但報導時間必須延後一小時，好讓巴克斯頓與寬提科團隊能早一步前往下一個目的地。巴克斯頓原本請肖娜協商讓消息暫緩二十四小時曝光，但新聞台很猶豫。

陳重回畫面。肖娜坐在她旁邊。

「在訪問前執行助理局長之前，」陳說道：「我們先請查爾斯·方茲華斯博士說一說，方茲華博士在加州有自己的研究實驗室，專門研究光譜學。」畫面一分為二，出現了一個髮線很高、鬍鬚濃密的壯碩男子。「方茲華博士，請跟我們說說你是怎麼發現線索背後的意義，答案又是什麼。」

方茲華愣愣地盯著鏡頭，臉頰開始發紅。

「方茲華博士？」

妮娜看出了怯場的跡象。這個男人明顯是乍然體會到短暫爆紅的壓力，而他根本沒有一點心理準備。

陳抛了救生索給他。「也許你可以先跟我們聊聊你的工作？」

陳能在職場上登峰造極不是沒有原因，她自然是學會了如何安撫緊張的受訪者。

方茲華似乎鬆了口氣。「我在研究物質與電磁輻射間的相互作用。」他說。

陳一副想翻個大白眼卻極力忍住的模樣。「能不能請你用大白話說說呢，博士？」

「我在研究光譜。」

「好的，這對你解開線索有什麼幫助？」

方茲華既已開口，對話題也就熱中了起來。「在那些線條裡面的三位數字象徵著電磁波的兆赫數，而且都是人眼可見的色彩的頻率區間。」

陳眨了眨眼，然後帶著誇張的耐心說道：「博士，大多數觀眾都沒有研究過光。你能不能說得淺白一點？」

方茲華沉思片刻。「每個數字都象徵著一個色調。」

「謝謝你，博士。」陳微微一笑，科學家詰屈聱牙的技術教學似乎已告一段落，她準備向等候的觀眾丟出爆炸性的新聞。分割畫面暫時變黑後，她重新面對觀眾說道：「我們將方茲華博士的發現填入圖表中的空白處，顯現出來的圖像就是這樣。」

妮娜與隊友們一齊湊向前，只見一個風格化的影像填滿整個螢幕，藍與綠的背景襯著一隻鮮豔的橘紅色鳥，而鳥的翅膀與尾巴冒出黃色火焰。

「我覺得很像鳳凰。」陳說著轉向肖娜。「已退休的執行助理局長肖娜・傑克森與妮娜・蓋瑞拉十分親近，也一直和寬提科的團隊保持聯繫。他們對這幅畫有什麼看法？」

「他們推測這是鳳凰，並以此採取行動。」肖娜說。

「他們現在會怎麼做？」

「首先，得確定這個指涉的地點。在亞利桑那、伊利諾、路易斯安那、馬里蘭、密西根、紐約和奧勒岡這幾州，都有名叫鳳凰的城市。而且還只是在美國。」

「他指的肯定是亞利桑那吧。」陳皺眉道：「和其他州比起來，這是唯一的大城市。」

「有可能。」肖娜說：「但我們不會放過任何一個地方。」

妮娜強行將視線從電腦螢幕轉向韋德，他也認為亞利桑那是最可能的地點。之前他研究了「暗碼」過去的模式，並（和陳一樣）斷定他較偏好易於融入的大都市。妮娜見韋德專注地看著肖娜，臉上似乎掠過一抹感傷的微笑。

「我還發現這個線索並未提供凶手下一次出手的地點的細節。」陳說。

「過去，他會指出陳屍的確切地點。」肖娜說：「這次卻是整個城市，如果最後果真是亞利桑那州的鳳凰城，就代表著超過一千三百平方公里的都市與沙漠地帶。」

「他好像變得比較虛幻了。要監視那麼大範圍的面積根本不可能。」陳朝著鏡頭比了個手勢。「民眾可以做些什麼協助FBI呢？」

「一看見行為可疑的人立刻通報，」肖娜說：「我們已經啟動免費報案電話。」

「那可不，」肯特說：「兩萬通來電，有怪人、有陰謀論者，還有能和死者通靈的靈媒……也許——只是也許——在這眾多線索當中有一條是有用的。」

陳碰一下耳朵，頓時睜大眼睛。「本台的社群媒體團隊正在報導『暗碼』臉書網頁上的一則新貼文。」陳很快地點一個頭，隨即重新面向鏡頭。「我們現在要開始播放，以下的畫面或許會讓一些人覺得不舒服，建議觀眾自行斟酌。」

妮娜看著那張瞬間填滿螢幕畫面的照片。那是一個年輕女孩抓著一塊大型海報板，照片中拍的是她頸子以下到腰的部分，因此只能看到她裸露的雙手和細細一截上腹。在白色的板面上，用黑色麥克筆塗寫了幾個粗體字傳達訊息。

來救我吧，少女戰士。

我還有六個小時可活。

妮娜感覺到機艙內眾人的目光壓在她身上的重量。誠如韋德與肯特所說，對她的執著是驅動「暗碼」的力量。他從她開始，也會一直繼續到和她作個了斷。他想要的不只是殺死她——他還想佔有她、控制她，最後徹底毀滅她。

就是她，妮娜．蓋瑞拉，少女戰士。

她抬眼瞄見肯特正瞇著眼睛看她，無疑是看到她表情中的堅決，也作了正確解讀。他用嘴型說「不要」，同時緩緩搖頭。

但她心意已決。華府、舊金山和波士頓都有女孩遇害，而這回，被害人還活著，是有得救的人。無論要付出什麼代價，她都不會讓鳳凰城成為「暗碼」的另一個殺戮場。

40

三小時後

亞利桑那州鳳凰城災害應變中心

妮娜環視高科技的災害應變中心。這個新組織與消防局的訓練學院同在一處，配有尖端科技設備。現場除了鳳凰城分局的FBI探員，還有許多警探與巡邏隊長以及鳳凰城警局高層。此外更有大批穿著便衣的技術與支援人員在廣闊的空間裡到處走動——這典型的戰情室景象她愈來愈熟悉了。

和在波士頓一樣，她被分配與當地一名警探搭檔。這次的新搭檔是鳳凰城警局兇案組的哈維爾·裴瑞茲，他身穿灰色西裝褲和海藍色polo衫，運動員的健美身材展露無遺。他的一頭濃密黑髮與焦糖膚色，正好跟她很搭，他和波士頓那個魁梧的愛爾蘭裔警察迪拉尼完全是天壤之別。

拜報案專線之賜，新聞一播出後，便有數百通電話湧進中心。負責接聽專線的人員將可能性較高的線索匯集到應變中心後，再派出數十名警探、特別探員與巡警進行追蹤。

妮娜和裴瑞茲也和其他小組一樣，拿到了一疊線索表單。臨出發前，她被巴克斯頓攔下。她很快瞄一眼他遞過來的單子。來電者自稱是住在收容所的十六歲少女，符合了「暗碼」的被害者的兩項標準。接著她表示她的朋友上了一個陌生人的露營車以後就失蹤了。最後，她說那個舉牌少女腳踝處的圖騰刺青，她好像認得，她失蹤的朋友也有同樣的紋身。妮娜看完，頸背的寒毛都豎起來了。

「我的車在停車場，」裴瑞茲說：「出發前妳有需要什麼東西嗎？」

她從桌上拿起一個皮革文件夾。「不用。」

她隨他走向大門時，肯特忽然跨到她跟前，放低聲音說：「別這麼做。」

「做什麼？」

「妳在飛機上想做的事。我看見妳臉上的表情了。」

「我不知道你在說什麼。」

「隱嫌希望妳魯莽行事，希望妳犯錯。」

「我和裴瑞茲要去追查我們的線索。你和你的搭檔也是。」

他銳利的目光射向裴瑞茲。「我不喜歡他的樣子。」

「那還好你沒跟他分配到同一組。」

裴瑞茲加入他們。「有什麼問題嗎？」

兩個男人打量著彼此。

她翻白眼說：「你們兩個就繼續較量吧，我先去停車場。」

裴瑞茲在走廊追上她。她發現他帶著猜測的目光打量她，但未發一語，一路走到第一排停車格的一輛黑色Tahoe旁。

「收容所離這裡不遠。」他繞到駕駛座側的車門時說道。

繫好安全帶後，她打開文件夾抽出巴克斯頓給她的報案單。「面談對象是艾瑪．費雪，十六歲，目前和母親住在市區的婦女收容所。」

裴瑞茲轉上街道。「艾瑪的母親知道她打電話舉報嗎？」

妮娜往下瀏覽。「應該不知道。上面說艾瑪看到新聞報導，就借用服務櫃檯的電話。」她瞥向裴瑞茲。「我敢說她是不想讓母親知道她昨晚出去過。」

裴瑞茲點點頭。「妳想怎麼問話？」

「由我出面。和女生談，她可能會覺得自在一點。」

「明白。」他咧嘴一笑說道：「我就當個沉默的壯漢。」

不到十分鐘，他們便來到一棟布道院風格的土坯平房建築，位在一條較小的巷弄內。將車停在警用停車格後，他們推開前廳的玻璃門走到服務台。

「你們是警察嗎？」一個上了年紀、留著灰色短髮、身形有如小鳥般的女人問道。

妮娜啪地打開證件。「我是特別探員蓋瑞拉，這位是裴瑞茲警探。」

女人瞪大了方框眼鏡內的雙眼。「蓋瑞拉……妳是妮娜．蓋瑞拉？」她細瘦的手顫巍巍地移到胸口。「我的天哪。」

妮娜頓時全身發熱。就跟其他無數人一樣，這個女人也看了報導，這表示她可能看過影片。

她的目光切向裴瑞茲，當她發覺他也是一樣，不禁燥熱得更厲害。這是她要面對的新現實。於是她身子一挺。「我們可以在哪裡和艾瑪．費雪私下談談？」

婦人恢復了鎮定。「我們有幾間會面室，我會請一位工作人員陪她到其中一間。」她從桌上拿起手持無線電。

妮娜默默站在一旁，不願與裴瑞茲對上眼。

「請到三號房。」婦人說著指向左側。「艾瑪馬上就來。」

他們走過一條寬敞走廊，來到沿著內牆的一排小房間。三號房沒上鎖，裴瑞茲隨她進入。房裡的陳設很簡單，一邊有一張破舊的雙人座沙發，另一邊是兩張襯著薄薄軟墊的椅子。

「你們好。」敞開的門口傳來怯怯的女聲。

妮娜回頭看見一個女孩，畫了眼線的眼睛為那張稚嫩的臉增添幾許強硬感。「艾瑪？」

女孩點點頭，妮娜便朝雙人沙發比了一下。「我是——」

「我知道妳是誰。」艾瑪說。

妮娜再次壓下捲土重來的燥熱，指向身旁說：「這位是裴瑞茲警探。關於妳的來電，我們想問妳幾個問題。妳母親在嗎？」

艾瑪坐下來。「媽在床上不省人事。」

「好，」妮娜說：「妳介不介意我們錄音？」

艾瑪聳聳肩。

「要請妳說出來，」妮娜說道，裴瑞茲則將一台數位錄音機放到他們之間那張傷痕累累的橡木茶几上。「以便留下紀錄。」

「好啊，你們可以錄音。」

「是不是先請妳告訴我們昨晚發生了什麼事？」

「崔娜和她媽媽大吵一架。」

「誰是崔娜？」

「崔娜．戴維森。我一個禮拜前才認識她，然後我們就常常混在一起，因為在這裡，可以說只有我們兩個沒包尿布。」

妮娜點頭。「她們昨晚是幾點吵架的？」

「大概九點左右。鬧翻以後，崔娜和我決定到外面去……呃……晃晃。」

妮娜朝艾瑪參差斷裂、被尼古丁染黃的指甲瞟了一眼。「妳們想抽菸。」

「隨便啦。」她揮揮手不置可否。「總之，我們走到轉角去，但崔娜只剩一根菸，所以我就到對街的OK超商再買一包。我排隊等付錢的時候，從窗口看見那個人走向崔娜。」

「他長什麼樣子？」

「像個飛車黨。」艾瑪兩手在手臂上下滑動。「全都是刺青，從肩膀到手腕。他剃光頭，留著黑色山羊鬍。」

妮娜偷偷看向裴瑞茲。這和先前描述的特徵毫無相似處。但話說回來……

「他有多高？」妮娜問。

「很高又很壯。」艾瑪朝裴瑞茲努努下巴。「跟他一樣。」

「他接近崔娜以後做了什麼？」

「給了她一根菸。跟她說話。崔娜一直笑，我想她有點看上他了。」

「後來呢？」

「我就買個菸，櫃檯那個笨女人卻弄老半天，找不到我要的牌子，我只好買其他牌。」

妮娜忍住呻吟，說道：「我是說崔娜。」

「對喔。她跟那個人走到隔壁空空的停車場，那裡停了一輛很像大型活動房屋的車。」

「活動房屋，」她問道：「妳是說露營車嗎？」

「對，就是有人會開著跑來跑去還住在裡面的那種。整輛車都是黑的，連窗子也是。我覺得很恐怖，也不知道為什麼。」

因為妳的求生直覺啟動了，妮娜暗想。

「然後呢？」她說。

「崔娜跟他上了車，我就回收容所了。」她眼睛濕潤起來。「那是我最後一次看到她。」

「昨晚妳有跟誰說這件事嗎？」

「沒有，我以為崔娜真的很喜歡那個人。我不知道。」

「那麼妳是什麼時候決定應該要說出來？」

「今天早上。」淚水開始湧現後，兩道化開的眼線流下艾瑪的臉頰。「我在用餐區看電視，看到那個什麼科學家的說線索是一隻鳳凰。我知道是這個城市，我就是知道。」她抽搭了一聲。「然後我看到照片裡那個女孩舉著牌子，我認出她的刺青。我是說，雖然很多人腳踝都有圖騰刺青，但電視上那個和崔娜的一模一樣。為了確認一下，我到處找她，她沒來吃早餐，我就去問她媽媽。」

「她媽媽怎麼說？」

「崔娜昨晚沒回來，她媽媽覺得這是她第N次逃跑了。我沒跟她提這件事，就直接到櫃檯借電話。他們要我說出原因，我說我要打免費電話舉報。」

「昨晚妳有沒有看到那輛露營車開走？」妮娜問。

「沒有。今天早上我去看過停車場，車不見了。」

妮娜從茶几上一個盒子抽出面紙遞給她。「很快就會有幾位警探來問妳後續的問題。我很慶幸妳打了電話，艾瑪，妳做得對。」

「不，我沒有。」艾瑪抓過面紙。「要說做得對，我應該早一點打電話，比方說昨天晚上。現在她說不定已經死了，都是我的錯。」

「不要怪自己。妳打電話了，眼下這才是重要的事。」她想到一件事。「說到打電話，崔娜有手機嗎？」

運氣好的話，他們可以利用訊號定位找到她所在的位置。

「這裡沒有人買得起手機。所以我才要用櫃檯的電話打給你們。」

「關於那個飛車黨，妳能再多說點什麼嗎？妳能不能畫出他身上任何一個刺青圖案，或是詳細地描述？妳記不記得任何具體的文字或圖像？」

「當時很暗，我又離得很遠。沒有看到什麼具體的東西。」

「那車牌或是露營車身的圖案呢？」

「我說了，當時很暗。」她噘起嘴來。「真的，我知道的都告訴你們了。你們是不是應該出發去找她了？」

妮娜起身。「我知道妳擔心崔娜，我們也一樣。我們必須更進一步詢問妳所說的內容，會有其他警探來找妳、妳媽媽和崔娜的媽媽問話。」

「崔娜的媽媽會殺了我。」艾瑪抱起手臂。「她很凶。」

「沒有人會殺了妳。我相信她會理解的。」

艾瑪面露懷疑。「你們要是找到崔娜，會告訴我嗎？」

「我們會向妳轉達。」

他們倆一再向艾瑪保證說受理的警察會阻止崔娜的母親掐死她之後，才雙雙離開。裴瑞茲向應變中心回報最新消息，並要求對艾瑪與崔娜的母親進行後續的面談與援助服務，妮娜則站在一旁等候。

妮娜聽見他要求查核是否有警員接觸過一輛黑色露營車。「好主意。幸運的話，將露營車違規停在公有停車場的人，也可能停在其他不該停的地方。」

「或者他有可能被開罰單。」裴瑞茲說：「值得一試。」

妮娜佩服地向他點點頭。「『暗碼』絕對想不到我們會尋找一輛露營車。他不知道艾瑪看見他和崔娜說話，更不知道她看見他帶崔娜上露營車。」

「如果這真是我們在找的人喬裝成另一個樣子的話。」裴瑞茲說：「但他也可能是另一個變態 *cochino*（豬玀）。」

任何一個誘拐少女的人都是齷齪又噁心，這她同意，她也知道許多女孩都有腳踝紋身，但她感覺得到這是「暗碼」。本能的感覺。「這附近有露營車停車場嗎？」

「市區附近沒有。」

「如果你有一輛露營車而且想把某人囚禁在車上，你會上哪去？哪裡有寬闊的空間又能避人耳目？」

「城市附近的露營車停車場都很擁擠，車子和車子之間靠得很近。」

「那公園呢？」

「不能過夜，」他說：「天黑以後園區就關閉了。」

「如果這是隱嫌所為，他應該已經想出解決之道。他把線索放到薩凡納去，讓我們全神貫注在國土另一邊，他就趁機在這裡辦他的正事。」

裴瑞茲從口袋掏出響起的手機。「是應變中心。」他一邊聽一邊用腳尖輕碰鬆散沙地上的一顆小石子。「馬上。我和蓋瑞拉探員會去看看。」他掛斷電話，咧嘴衝著她笑。「中了。」

駛離市區的途中，裴瑞茲告知她詳情。

「昨天晚上，瑪莉維－埃斯翠拉轄區的巡警獲報說有一輛露營車違規停車。」裴瑞茲邊說邊隨著車流前進。「瑪莉維因為經濟不景氣受到重創，很多開發業者直接丟下空地就離開了。」

「那個巡警看到什麼了？」

「他開車經過時發現有輛車停在圍起的區域內。他問夜間管理員，管理員說地主答應讓那輛露營車停放兩天。於是警員記下警衛的姓名就離開了。」

「他們在查證他的說詞嗎？」

「那名警員沒有記下保全公司的名稱。現在應變中心有人在追查地主，過程並不簡單。這段時間裡，我們可以去瞧瞧。」

裴瑞茲過彎時速度稍快了些，妮娜連忙抓住門把。「你說隱嫌會不會被巡警嚇到轉移陣地了？」

「恰好相反，」裴瑞茲說：「他八成覺得警察不會再去騷擾他，因為他們以為他得到許可了。那是私人土地，所以與其擔心警察他更需要擔心地政局。」他聳聳肩。「他打算在地政局終於找上他之前早早走人，所以他會趁現在爭取一點時間，不會急著走。」

妮娜希望裴瑞茲說得對。前往瑪莉維途中，他跟她聊起鳳凰城與這座城市的歷史怪談。這是她頭一次造訪這個「太陽谷」，很喜歡城裡散發的西南部氛圍。

裴瑞茲開著Tahoe來到一條偏僻死巷的盡頭，將車停在鐵絲網圍籬前。他說不景氣並非玩笑話，這個地區看起來就好像房子蓋到一半，建商就開著挖土機和水泥攪拌機跑了。這些年來，牧豆樹與鐵絲叢般的灌木已回收了滿是塵土的空地。

圍籬內約莫二十米處停了一輛巨大的黑色露營車，被土褐色沙漠地形的背景襯托得分外醒目。

妮娜四下張望。「有看到哪裡有警衛嗎？」

「沒有。說不定只有晚上值班。」

「這輛露營車和艾瑪的描述吻合。」妮娜說：「你覺得如何？」

裴瑞茲一手扠腰。「要不是找到一個逃跑的十六歲女孩，就是發現那個殺人犯的另一個被害者。」

她想起自己曾暗暗發誓會不計代價行事。於是她咬緊牙根，奔向圍籬，手到處摸索圍籬網眼。「你有沒有看到哪裡有開口？」

「有扇大門，不過用掛鎖鎖住了。」

她搖晃圍籬。「挺堅固的。」她一腳踩上去開始往上爬。

「看來FBI不太注重搜索令之類的枝微末節。」裴瑞茲說。

「只是查看一下，」她回頭說：「不會進入車輛。」

他也跟著爬過去，重重跳落在她身邊時，晶亮的鞋子蒙上一片塵土。

她悄悄靠近車子。「就像艾瑪說的，窗子都遮蔽了。不只是拉起窗簾，好像還用什麼東西從裡面塗黑。」她搖著頭說：「不喜歡這種感覺。」她伸手去拉車門。

「妳在搞什麼？」

「我好像聽到什麼聲音。」她抬高嗓門說：「崔娜？」

車內傳出隱晦的喊叫聲，接著是一陣有節奏的碰撞聲。

「一定是她。」妮娜說：「我想她是在踢什麼東西。」

裴瑞茲抓起電話。「我來通報。」

她拔出手槍。「省省吧。」她認為她聽到的是模糊的尖銳呼叫；是一個嘴巴裡被塞了東西的女孩會發出的聲音。她不想等支援。

裴瑞茲遲疑地喊了一聲：「蓋瑞拉探員？」

「現在情況緊急，」她大步邁向龐大的車子。「我要進去。」

「他如果也在車上，就會變成挾持人質的狀況。我們需要戰術……」

「你去掩護後窗。」她回頭高喊，同時跨上露營車門的階梯。當她將手伸向門閂，猛然想到這正是肯特警告她要小心的那種魯莽行為。

41

妮娜拉動已經褪色的門閂，聽到裴瑞茲在身後咒了一聲。門上鎖了。「FBI，開門。」

「嗯嗯嗯！」

回應聲後緊接著一陣狂亂踢踏。

妮娜抬起腳踢金屬門，踢是踢凹了，門卻依然閉鎖著。「崔娜，他跟妳在裡面嗎？」她想到一個溝通的方式。「如果妳是一個人就踢兩下。」

裡面很快地連續踢兩下作為回應。

她轉向裴瑞茲。「我叫你去掩護後窗。」

「我不會讓妳一個人進去。」他說：「支援已經上路。」

「我不等。」她瞄準門再踢一次。接著又一次。

「讓我來吧。」

她不予理會，又踢一腳。門開了。妮娜一把扯開車門，急奔上兩層車內階梯進入主艙。她聽見後方臥室空間傳出哀號聲。

「身子放低。」裴瑞茲低聲說。

她從眼角瞥見他的克拉克槍管就在她頭的正上方，她於是蹲下緩緩前進，讓他採取較高的姿勢以避免火線交叉。

與後艙之間的隔板門開著，妮娜看見一張加大雙人床佔據了大半的狹窄空間，並有一雙裸露的腿張開銬在床上。腳鐐用粗大的鋼製單眼鉤固定在牆上。妮娜向前接近，眼睛飛快地往四面八方掃視，最後定在女孩的臉上。

一條黑色頭巾折起來蒙住她的眼睛，在她的後腦勺打結綁住，頭巾底下淚水撲簌簌地掉落。鼻涕從她發紅的鼻子流出來，滑落在貼住她嘴巴的兩截銀色大力膠帶。她的手腕同樣也被銬鎖在單眼鉤上。妮娜可以看到她的一條腿離嵌入式床邊桌夠近，所以踢得到。

女孩猛搖頭。「嗯嗯嗯！」

「掩護我。」妮娜回頭說道，同時收起手槍。「妳現在安全了。」她慢慢走向床邊一面安撫道。「我是特別探員妮娜·蓋瑞拉，FBI。我不會讓他再傷害妳。」她解開頭巾，然後抓著膠帶用力扯開，發出巨大的撕裂聲。

女孩的眼神驚懼狂亂。「救救我！」

妮娜把焦點放在最重要的問題上。「他人呢？」

「他說他馬上回來。」女孩說：「妳得讓我離開這裡。」

警車的鳴笛聲傳來了。

「叫他們關掉警笛。」妮娜對裴瑞茲說：「我想先讓女孩離開，等他回來的時候再抓他。」

「行不通，」裴瑞茲說：「所有能出動的單位都在路上了，而且我看到這條街另一個社區的人正在往這邊走來，不到二十分鐘就會開始擺攤賣墨西哥粽。」

「暗碼」會看見群眾然後悄悄溜走。她閉上眼睛低咒一聲，隨後轉向女孩。「鐐銬的鑰匙在哪？」

「他帶走了。」

妮娜聽到外面空隆匡啷的金屬碰撞聲，是出勤的警員在攀爬鐵絲網。

「去問問看有沒有人帶了破壞剪。」她對裴瑞茲說。

他離開後，她輕撫女孩的臉頰。她與艾瑪的描述相符，但妮娜必須確定。「妳是崔娜・戴維森嗎？」

她點頭。「我媽媽呢？」

「她在收容所。我們離開以後，警察會帶她來找我們。」

「妳要帶我去哪裡？」

「醫院。妳得接受檢查。」

崔娜開始微微發抖。「妳能不能拿個什麼給我披上？」

「當然。」她脫下勤務夾克披到崔娜身上時，裴瑞茲從門口探頭進來。

「救援到了，他們有破壞剪。」

他消失後，兩名緊急救護員踩著沉重腳步踏上階梯，他們的裝備將擁擠的空間塞得滿滿的。

「借過一下。」其中一人拿著一把巨剪從她旁邊擠身而過。當他朝崔娜的腳彎下身子，崔娜忽然放聲尖叫。

妮娜將手搭在救護員的前臂上。「等一下。」

她擠過他身旁，爬上床墊跪在崔娜旁邊。「看著我，親愛的。」

崔娜與她四目相交。

「他們是來幫妳的。我們沒法打開腳鐐手銬，所以只能剪斷把它們固定在牆上的金屬。」

崔娜再次瞟救護員一眼，嗚嗚啜泣起來。

「怎麼了，崔娜？」

「妳能留下來陪我嗎？」她小聲地說。

「我就在這裡，妳只要看著我就好，別去管他們做什麼。我知道現在時機不對，但我想問妳幾個問題，可以嗎？」

這麼做是一舉兩得，既可以轉移崔娜的注意力，又可以盡快蒐集情資，以便對「暗碼」發出全面通緝。

見崔娜點頭，妮娜便以安撫的語氣說：「他長什麼樣子？」

「跟那些飛車黨一樣，很高大，又很壯。兩條手臂上都是紋身，理光頭，留著黑色山羊鬍。」

一個巨大的匡啷聲嚇了崔娜一大跳。單眼鉤應聲斷成兩半，崔娜的一隻腳恢復自由了。

妮娜趁救護員去弄另一隻腳踝時，詢問更多細節。「他的眼睛呢？」

「看不到。」崔娜說：「他戴了墨鏡。」

又一聲金屬斷裂的巨響後，崔娜已經可以將雙腿聚攏。救護員接著轉向她的手腕。

「他說話的方式呢？」妮娜問道：「他都說了什麼？」

崔娜激動地搖頭。「我不想重複他跟我說的那些話。」

第三個鉤也在巨大斷裂聲中掉落。崔娜將手移到胸前，緊抓住妮娜的防風夾克。

「抱歉，」救護員說：「但我得過去弄她的另一隻手腕。」

他朝著崔娜俯身，崔娜整個身子蜷縮在夾克底下，妮娜伸出一隻手，崔娜緊緊握住，握到指節都發白了。

「該死。」救護員嘟噥著說：「這個角度很刁鑽。對不起，但實在沒有其他辦法。」他說著跨出一條腿，打開雙腳穩住重心，崔娜則夾在他兩膝之間。

崔娜開始歇斯底里地劇烈扭動。

妮娜立刻抓住救護員的手臂，把他從女孩身上拉開。「你這是在幹嘛？」

他氣憤地嘆一口氣。「試著替她鬆綁啊。」

她繼續抓著他的手臂。「你得用不同的姿勢。」

妮娜心裡閃過一個記憶片段。沉重的男性雙腿壓得她動彈不得，困住了她。十一年前，那個禽獸就是這樣跨在她身上，讓她不能動，逼她就範。他給崔娜上銬時很可能也是這麼做。

「我跟妳一樣不喜歡這樣，」救護員說：「但我想不出還有什麼辦法可以把那玩意剪斷。」

他將剪子交給她。「妳來的話，也許她會放心點。」

她接過剪刀，低頭看著崔娜。女孩睜大眼睛，整個人都嚇瘋了。她必須像救護員那樣，跨過崔娜才能構得著最後一個銬鏈。妮娜準備叉開雙腿時，從崔娜和「暗碼」的角度重新經歷自己受攻擊的那一刻，她極力壓下這個扭曲的似曾相識感。

「妳聽著，我想讓妳恢復自由，但除非妳配合，否則我辦不到。妳可以幫個忙，乖乖躺著別動嗎？」

崔娜只是呆呆看著她，不知是不願意開口或是說不出話。

她緊握破壞剪的手把，俯身越過女孩，將尖銳刀刃對準金屬邊緣，使勁地壓。費了偌大力氣，妮娜終於聽到響亮的啪一聲。崔娜立刻猛然起身，推開妮娜，掙扎著要爬下簡易型的床。救護員抓住她，反而讓她更加歇斯底里，開始胡亂揮動雙手想用指甲抓他。

「住手！」他抓住女孩兩隻手腕。「我們是想幫妳。」

妮娜內心深處有個東西繃斷了。她將手臂往後拉，手肘撞向救護員的肩膀。狠狠地。

他隨即鬆手，轉身面向妮娜。「搞什麼啊？」

她已經越線，但她不在乎。看到他抓住崔娜的手腕，她便反射性地出手。女孩受到了創傷，而他的舉動毫無幫助，反而讓情況惡化到無以復加。

崔娜一把抱住妮娜的脖子哭了起來。妮娜心想她暫時已無法再回答問題了。

「你可以在救護車上替她治療嗎？」妮娜越過崔娜的肩膀問救護員，無視他氣憤的表情，繼續讓他專注於他的任務。「我希望在她休克以前把她送到醫院。」

妮娜催促那兩個男人退開，好讓她扶崔娜起身。妮娜一手攬住她的腰，接過另一位救護員遞上的毯子後，小心地蓋在崔娜頭上，像兜帽似的，只露出她一小部分的臉。

「誰也看不出妳是誰。」她對崔娜說，崔娜點點頭。

她們下車後，外面有一大群好奇的圍觀者，站在黃色封鎖線後面高舉著手機。

妮娜聽見他們一看到她便喊她的名字。她匆匆讓崔娜爬上一輛等候的救護車，並告訴裴瑞茲她要一起搭救護車去醫院。裴瑞茲答應會帶崔娜的母親到急診室與她們會合。

車門關上後，第二位救護員與妮娜並肩坐在後面。他替崔娜檢測生命跡象時面帶微笑，試著讓她保持平靜。

對他的照護感到滿意的妮娜開始思考目前的情況。今天是抓不到「暗碼」了，但至少沒有讓他再多害一個人。隨著救護車顛顛簸簸駛過市區街道之際，她心中又生出另一個念頭：他一定會為了崔娜的逃跑報仇雪恨。

而當他看見妮娜護送女孩走下露營車的影片，也會知道該上哪兒發洩怒氣。

42

烤牛肉混合著炒洋蔥與墨西哥辣椒的辛辣香味瀰漫整個緊急應變中心。妮娜一邊咬下美味多汁的捲餅，一邊對咧著嘴笑的裴瑞茲報以一笑。是他向一家名為「克魯茲之家廚房」的餐廳叫了外送，並向她保證這家位於鳳凰城南區的餐廳有全市最棒的墨西哥餐點。

「還要紅醬嗎？」肯特問，將她的注意力從那個英俊的凶案組警探身上移開。

「不用了。」

在中心的另一頭，巴克斯頓正與鳳凰城警局局長史蒂芬．托比亞斯熱烈交談。墨西哥餐的外送袋全部擺在方形會議桌中間，眾人各自拿起自己想吃的放到紙盤上。

巴克斯頓轉向在場的人，提高嗓門讓聲音壓過吵雜的談話聲。「我們來把手邊有的資料跑一遍。就先從被害者的供詞開始吧。」他比向妮娜。「在醫院裡的面談是蓋瑞拉特別探員負責的。」

緊急救護員將崔娜的輪床推進急診室並將她移到病床上後，便由護士接手了。進行醫檢時，醫護們又戳又刺，一面針對崔娜身上各處傷勢提問並記錄答案，在這波猛烈的攻勢中妮娜始終陪在一旁。當一位特別護理檢驗師為她進行性侵驗傷取證時，妮娜也盡力讓她保持平靜。到頭來最大的挑戰反而是崔娜的母親，她有如報喪女妖似的衝進房間，一下在女兒床邊呼天搶地，一下又對所有聽得見的人高聲尖叫。幸運的是，妮娜在將訊問工作交棒給一名鳳凰城警探之前，得以和崔娜獨處幾分鐘多問了幾個問題。

妮娜意識到所有人都在等著聽她報告，連忙嚥下口中食物，用紙巾擦擦嘴。「被害者是崔娜．戴維森，十七歲，目前暫時與母親住在市區的婦女收容所。昨晚之前，她從未見過隱嫌，也未曾在任何社群媒體平台與他接觸過。」

「她有沒有說隱嫌為什麼將她獨自留在露營車上？」巴克斯頓問。

「她跟我說隱嫌把她銬在床上的時候她試圖逃跑。她向隱嫌揮拳，被隱嫌擋下，結果她的拳頭往後飛，撞到夾在床上方架子的網路攝影機。隱嫌看到攝影機壞了，大發雷霆。崔娜覺得他是打算直播殺害她的過程。」

她注意到韋德在平板上做筆記。

「隱嫌把她綁在床上以後，就離開去找替換的攝影機——崔娜是這麼想，但不確定。」妮娜說道：「她聽到摩托車駛離的聲音，但之前沒看他騎過。」

巴克斯頓環顧桌旁眾人。「有關於摩托車的資訊嗎？」

每個人都搖頭。

妮娜接續道：「露營車有個內建的迷你車庫，可以放一輛自行車或偉士牌機車，但放不下車子。車庫是空的，不過鑑識人員發現裡面的地板上有滴落的油漬。」

「肯定是騎哈雷吧。」一位鳳凰城警員低聲說。坐在他旁邊的警探噗哧一笑。

「我和裴瑞茲警探趕到時，他大概離開了半個小時，也就是說他很有可能是在警示燈閃爍、警笛聲大作的時候回來的。我猜他根本還沒接近現場，就掉頭溜之大吉了。」

巴克斯頓點頭。「關於嫌犯，被害人還跟妳說了什麼？」

「她說他從頭到尾都戴著黑色皮手套。現在是十月，不過鳳凰城這裡的室外溫度有二十九、三十度，他不會是因為禦寒而戴的。」

「他一定知道我們有他的DNA。」布芮克首次發言。「可是為什麼戴手套？」

「企圖隱藏指紋嗎？」裴瑞茲推測。

妮娜考慮了一下。「也許在犯罪資料庫裡可以找到。」

「有很多職業也會需要留下指紋。」韋德說。

「我在海軍的時候，就有留指紋。」肯特說：「說不定他是軍人。」

「他用了醫療膠帶。」妮娜想起另一項細節。「他在女孩大腿的傷口上貼了膠帶。大概是不希望他回來以前，女孩就失血過多死了。他會不會是戰鬥醫務員或是軍醫？」

「我們會聯繫軍中的窗口，看他們能不能幫忙。」巴克斯頓說：「不過我不抱太大希望。我們還是接著討論隱嫌的側寫吧。除了目前所知道的，還能增加什麼嗎？」

這個問題的對象是韋德。

「我認為這次的被害者並不像其他人一樣是事先策畫的。」韋德說：「他以飛車黨的裝扮去到露營車租車處，騎著摩托車到停車場……可能是哈雷機車。」他朝方才拿機車開玩笑的警察露出揶揄的笑容。「想確認能停得進車上的迷你車庫。現在還沒找到機車，所以不知道他是從哪弄到的，但我猜也是租來的。他那麼聰明，不會冒著騎贓車被攔下的風險，而且我不太相信他是從華府或薩凡納一路騎過來。」

「你為什麼覺得他不是特別針對崔娜？」巴克斯頓問。

「我猜想最有可能的情況是他打算監視收容所，而崔娜剛好自投羅網。」韋德說：「她符合他設定的年齡範圍和族群，而且就這麼翩然來到他面前。當另一個女孩去買香菸，留下她一人，隱嫌不可能讓機會白白溜走。」

「一個自戀的人很可能會認為這是他應得的。」肯特說：「他是那麼優秀，不會被逮到。他比我們這些凡夫俗子都更聰明。」

妮娜轉向肯特。「你覺得這種想法從何而來？」

「他可能從很小的時候就被灌輸說他很特別，」肯特說：「說他比別人傑出，他開始覺得自己有特權。當事情的結果不如他預期，他會自然而然找人怪罪。不可能是他能力不足，一定是別人的錯，而那個人必須受到處罰。」

「那麼攝影機呢？」巴克斯頓從桌子另一頭問道。

韋德的灰白濃眉蹙了起來。「他覺得他的觀眾還在增加，所以需要更大場面的表演。他說按讚數超過一千就會播放前一支影片接下來的六十秒片段，但沒有達標，所以他要拍攝新影片，無論如何都會播出。只不過沒能如他的意。」

妮娜很感謝韋德說到影片時沒有提及她的名字。在場的每個人無疑都看過了，但在他們面前討論而導致分心，這她不需要。然而，她仍端起面前的紙杯啜一口冷咖啡，掩飾發熱泛紅的臉。

「肯特探員說他會需要怪罪他人，你也認同嗎？」巴克斯頓問韋德。

「怪罪加處罰。」韋德說：「這是他反覆出現的主題。我相信他小時候被嚴厲處罰過，很可能是被某個扮演父親角色的人。他把怒氣發洩在年輕女孩身上，可見在他青少年時期可能發生過重大事件。或許和那個年齡的女孩有關，也或許和處罰他的家長有關。他一直卡在那個成長階段，並以某些特定方式固著在那裡。」

巴克斯頓正要開口問另一個問題，卻被坐在他旁邊的探員轉移了注意力。「長官，隱嫌的臉書網頁有動靜了。」

托比亞斯局長對他手下的一名電腦技術員高喊：「連上大螢幕。」

技術員飛快地敲幾下鍵盤後，牆上的一個螢幕立刻從單一的寶藍色一閃成為「暗碼」的網頁。

「調高音量。」托比亞斯說。

一支現場直播的影片開始了，一面純白牆壁前面出現一個披著斗篷的男性身影。

「她自稱是少女戰士。」那人說。

一聽到他的聲音，妮娜彷彿全身凝結成冰。

「他們說她是英雄，但我知道真相。」

整個中心變得鴉雀無聲，每隻眼睛都牢牢盯著螢幕畫面。

「現在也該將真相公諸於世了。」

妮娜心跳砰然。他說的會是什麼呢？

「沒有人要她。連她的父母也一樣。他們把她丟在垃圾桶，把她跟垃圾一起丟掉。」他往前傾身。「因為妮娜．蓋瑞拉就是垃圾，而他們知道。」

他低沉的笑聲撕裂她的神經。

「你們現在是怎麼看你們這個英雄的？等你們跟我一樣看到她那一面就會知道了。沒有什麼比痛苦更能讓人展現本性，而你們即將看到，她顯現的也只有軟弱而已。」

她極力克制臉部表情，頭皮卻已經冒汗。她意識到在場有幾雙眼睛偷偷瞄向她，便將背脊挺得筆直，兩眼直視前方。

「我要讓你們看看剩下的影片，」不見五官的陰暗形體對著鏡頭說：「你們將會知道你們希望女兒效法的模範到底是個什麼樣的人。你們會看到她哀求饒命，為了她的賤命像狗一樣搖尾乞憐。她不是英雄。她是個害怕的小女孩。」他的聲音壓低成呢喃。「是個一文不值的垃圾。」

影片結束了，取而代之的是十六歲的妮娜的定格畫面。新影片隨之開始，正好就是前一次影片結束的地方。那個禽獸從女孩裸露的肌膚上移開香菸，任由她在鐵檯上喘息哭泣。

妮娜的胃液翻騰抗議。應變中心瞬間退去，她眼前看到的只有那令人作嘔的景象。她的呼吸漸漸加速，配合著年輕的自己，兩人既有所區隔卻也因痛苦而融為一體。

「這才剛開始而已，」他對女孩說：「我替妳準備的還多著呢。」他俯身將菸頭按進她另一側的肩胛骨。她痛得高聲哀號，拚命扯動手腳的束縛，而他則以無比的耐心等著。然後他又燙了第三次，在她下背部正中央，皮肉燒焦的圓圈印形成一個三角形。他將香菸丟到地上往後站，冷酷客觀地打量自己的傑作，她則苦苦哀求他住手。無視於她的懇求，他移身向前，將兩隻戴手套的手放到女孩的脖子上，然後一面為影片作旁白一面使力掐。

「呼吸。一種原始的本能。」他冷靜地說道，有如解剖學教授在談論身體的功能。「所以水刑才會這麼有效。身體缺氧以後會拚命想吸進更多，可是卻吸不到。過一段時間，妳就會開始昏迷。」

他鬆開手，她隨即扭曲身體，大口大口喘息吸氣，努力地想讓肺吸飽。

「然後妳吸到一點點空氣，」他說：「剛好足夠讓妳保持清醒……那麼下一次妳才能有充分的體驗。」他的手再次使勁。「我要是繼續這樣下去，妳會開始不自主地抽搐，最後妳就會死。」他放手退後，看著她劇烈扭動。「但我不想那樣。還不想。」

妮娜無意識地抓住會議桌邊緣穩住自己。她感覺到那個禽獸的大手包覆住她的頸子，聽見他的聲音在腦中回響，感受到他邪惡的存在充斥於四周。

令她窒息。

妮娜踉蹌著起身，搖搖晃晃退離會議桌。她意識到身旁有動靜，看見肯特正準備站起來。韋德抓住他的手臂，拉他重新坐下。

「讓她去吧。」韋德對肯特說：「讓她冷靜一下。」

螢幕上還在繼續播放影片。她背轉過身，千斤重的腳開始加速移動，帶著她離開那個讓人毛骨悚然的秀場。

她推開門進到走廊，重重靠在牆上後往下滑，直到屁股碰到光滑的磁磚地板。她雙手抱住頭，淚水不斷湧出宛如暴風雨驟臨。

她曾經暗自發誓絕不會再為了他哭。十一年前她從他手中逃出來了，但他依舊能折磨她，就好像她又再次一絲不掛地攤開在他面前。無助的感覺回來了，隨之而來的還有焦慮感，知道有個禽獸在控制著她的焦慮感。她能不能吸到下一口氣，由他決定。

她開始發抖。經過了好一會兒，她才察覺自己全身打顫不再是因為害怕，而是因為憤怒。她不會再把自己的力量交給他，絕對不會。他狠狠出擊，想要收回一度失去的東西。那個損失他怪罪妮娜，並打算施以處罰。

她覺得自己身處於交叉路口。假如她根據從俱樂部收集的資料所作的推測沒錯，「暗碼」是個拳手，他會繼續不停地打她，從四面八方揮拳。正如她在電視上看到的綜合格鬥選手，他會一再改變戰略，利用各種技巧讓她失去平衡。

她練過柔道，學會要借助對手本身的衝力來對抗。她得嘗試這個方法才能有望打敗「暗碼」，也就是要讓自己門戶洞開，故意露出破綻，以便找到他的弱點。這是今天第二次，她想起自己暗中發的誓。

無論付出什麼代價。

就這麼決定。她會打敗他。至死方休。

43

「暗碼」起身脫去連帽雨衣，任由它皺成一團掉落在地毯上。妮娜・蓋瑞拉秀結束了，也激發了他的性慾。他瞄一眼舊式的壁爐鐘，強迫自己專心於手邊的工作。沒有時間沉溺了。他走向通往樓上的樓梯，跨過趴伏在餐廳桌旁的老人的屍體。

半個小時前，這個老傢伙來替他開門。老頭的眼力出乎意料的好，因為他只看了門口的男人一眼就要關門。客廳裡電視開得很大聲，螢幕上有個相當準確的合成畫像，是裝扮成布滿刺青的飛車黨的「暗碼」。兩記重拳落在頭上便終結了老人的擔憂。永遠終結。

他對自己的選擇很滿意。在這一帶看過幾間住家後，他找到一個老頭的家。本來以為要應付一對夫妻，不料這人似乎是鰥夫。再好不過。他還在的時候，不會有人回來。

他慢慢步上階梯來到主臥室，然後走進浴室打開水龍頭。等水熱的時候，他脫下黑色皮手套，露出底下的藍色丁睛手套。他熟練而迅速地脫掉衣服，跨到可調式的蓮蓬頭下面，熱水滑落他滿是傷疤的背。他弄濕毛巾後擰乾，開始搓手臂。當所有臨時的刺青變成一股彩色渦流旋下他腳邊的排水口，他的皮膚也摩擦得發疼了。

為什麼老人總是喜歡毛巾勝過絲瓜布？也許他們皺巴巴的皮膚用毛巾的材質會比較舒服，也或者只是缺乏適應力。他們從小就用毛巾，所以媽的，後來也都用這個。

他拿起一塊綠白相間的「愛爾蘭之春」香皂抹在濕毛巾上，又繼續搓身子。熱水沒能安撫他，如今只有一件事能緩和他的情緒。

報復。

他捏著下巴，撕去原本黏在上面殘餘的山羊鬍。滿意之後，他關了水跨出淋浴間，用浴室裡寬大的鏡子檢視成果。他繃緊肌肉，欣賞著多年來努力鍛鍊與格鬥所打造的成果。一串串水珠流過他的健美肌肉（結實健壯又沒有不必要的團塊），白皙的皮膚閃閃發光。他的身體，如今從頭到腳清理得乾乾淨淨，便有如一面空白畫布，可以隨他畫上任何角色。

他擦乾身體，大步走向主臥衣櫥。那老頭有點駝背，但很高大。褐色的燈芯絨長褲讓他露出一截腳踝，因為他更高大，這樣也好，可以秀出包住他粗壯小腿的壓力襪。醫療矯正鞋小了一點，但可以確保他記得要微跛。比起在喬治城假扮跛腳的送貨員時，在鞋裡放的石頭，這個要舒服多了。

想起華府便不由得讓他咬牙切齒。他在爆紅影片中看到她的那一刻，就計畫了這整件事。他選擇那個逃跑的拉丁裔女孩，就是為了將妮娜引進他的遊戲，在這裡頭規矩由他訂，結果也由他決定。這麼多年來他都想著他心目中那個叫妮娜．艾斯培蘭札的女孩，逃掉的那一個。

如今，多虧了妮娜，變成兩個了。她挑戰他兩次，所以得付出兩倍代價。首先，他會帶走一個與她親近的人。接著，他會帶走她。

她的確看到了他是怎麼對待其他女孩，但她們是陌生人，沒有一個與她親近。接下來會不一樣了。但有誰呢？她沒有家人，沒有結婚。

他不禁陷入長考。在他以後她就沒有過其他男人了嗎？是因為他嗎？是他深深改變了她，讓她無法忍受男人的碰觸嗎？第一次私訊時，他問過這個問題，但她拒絕回答。他有把握他是唯一與她有過親密接觸的男人。想到這裡幾乎又要撩起他的慾望，他強壓了下去。

他扣好襯衫的釦子後，伸手去拿放在斗櫃上的扁帽。為什麼每個老傢伙都會有一頂這種鬼帽子？是退休人協會寄會員卡來的時候隨卡附贈的嗎？他把帽子戴到光頭上，在濃密的金髮重新長出來以前，能蓋住頭皮倒也不錯。

接下來，他將老人那副超大型抗藍光眼鏡架到鼻梁上，讓他眼珠的顏色失真。要是運安局那些揮棒子的人要求他摘掉眼鏡，他就咆哮抱怨自己的青光眼並威脅要告他們。他最喜歡當脾氣暴躁的老人了。

他先前的偽裝道具躺在浴室地板上，一層蛻去的蛇皮。他不能再使用飛車黨的角色，也不能用他從亞特蘭大飛來鳳凰城的身分飛到華府，他把證件留在露營車上了。今天的喬裝可以維持一兩天，不過飛到杜勒斯機場只需要五個小時，然後他就會銷聲匿跡。

他在斗櫃上找到老人的皮夾和車鑰匙。太好了。只要脾氣夠大，他就能以威廉·溫徹先生的身分，氣焰囂張地在機場闖關成功，這個八十六歲的乖戾老人可由不得自作聰明、自以為了不起的年輕人滿嘴胡說八道。他甚至可以揮舞拳頭嚇嚇他們。

他將皮夾連同鑰匙一起放進口袋，便下樓拿他的手機和網路攝影機。電視依然大聲地開著，他決定先很快地聽聽最新消息之後，才開著溫徹先生的別克前往機場。

那個女FBI又上電視了，就是說她和妮娜．蓋瑞拉很親近的那個。她頗有魅力，但年紀顯然大妮娜一大截。他看了螢幕下方的名字。**退休FBI執行助理局長肖娜．傑克森**。是局裡相當高層的人。也許妮娜很敬仰她，欽佩她，想向她看齊。這時一個念頭逐漸成形。他用手機google她，找到她的IG個人檔案，點了進去。肖娜住在華府郊區，和妮娜一樣，有意思。他瀏覽她的貼文。

短短不到一分鐘，他的計畫便倏地改了新方向。有一張照片是肖娜和妮娜在某個典禮上的合影，妮娜因為指導一位名叫碧安卡．巴貝治的高風險寄養女孩，而獲頒社區行動獎。那個嬌小的青少女也在照片中，年輕的臉龐被一頭藍色挑染的深色長髮框起來。

他兩隻拇指快速地打著碧安卡的名字，快到差點把手機給掉了。他先找到她的IG帳號，往上滑到一個月前，發現當時她正準備進喬治．華盛頓大學念秋季班。在一棟公寓大樓前面，妮娜站在她身旁，笑容滿面。這個女孩對妮娜顯然非常重要，是她深深在意的人。他將手機收進口袋的同時，掠食本能隨即展開。他嗅到一個氣味。

目標鎖定。

44

灣流噴射機爬升到巡航高度時，妮娜沒有依照慣例和韋德、肯特與巴克斯頓一起坐在小桌旁，而是選了布芮克旁邊的座位。她出於本能想透過布芮克這個女性的存在尋求慰藉，在這個充滿罣酮素的機艙環境中為她提供一個避風港。鳳凰城已離得遠遠的，但「暗碼」所作所為的落塵卻宛如毒霧般懸浮在飛機上。

妮娜清清楚楚地知道已有數百萬人看過影片。他們看到那個禽獸慢慢地、有條不紊地、徹底地摧毀她所擁有的每一絲尊嚴的同時，也打擊她的鬥志、壓垮她的意志並摧殘她的靈魂。此時有了一點私人空間，妮娜這才鼓起勇氣問布芮克她最重視的一件事。

「有全部播完嗎？」

幸好無須多作解釋，布芮克便聽懂了。「巴克斯頓下了命令，只播了十一分鐘我們就設法切斷了。然後也重新關閉『暗碼』所有的社群帳號。」

再來一有機會，她要請布芮克喝杯薄荷朱利普雞尾酒，或者看他們在喬治亞都喝什麼。她清清喉嚨，準備好聽取最糟的答案。「有播到強暴的部分嗎？」

布芮克的白皙皮膚先是微微泛紅，隨即轉為深紅。「有。」

明知要布芮克詳述是難為她，她仍然必須確切知道世人看到了什麼，以及接下來會發生什麼，因為她有百分之百的把握「暗碼」這場秀還沒完。

「告訴我。」

布芮克湊上前來，兩人的頭幾乎碰在一起。「妳離開以後，影片又繼續了一會兒，他一下把妳掐得半死，一下又搧妳耳光直到妳完全清醒。然後他……」布芮克用手摀住嘴巴。「天哪，妮娜，妳真的想聽嗎？」

「想。」她的心狂跳不已，但她強迫自己去聽。

布芮克一副寧可不在這裡的樣子。停頓大半晌之後，她挺挺肩膀，直視著妮娜。

「他開始打妳，」布芮克因為情緒激動而聲音緊繃。「很用力地，全身地打。他還一直逼妳說話，要妳求他饒恕。」她淚水湧現。「然後他背對鏡頭站著，打開斗篷前襟。深色的布料把他全身都遮住了，連帽子也還戴在頭上。除了他的手腳，其他什麼也看不到。然後他爬上檯子趴在妳背上……一面繼續從背後掐妳還在妳耳邊說話，一面強暴妳。」她最後幾個字幾乎只剩低低的氣音。「我們就是在這時候把那個王八蛋給斷線。」

她的髮際線冒汗，手心汗濕。她強壓下腦海中不斷重新湧出那些畫面的噁心感，聚焦於布芮克提到的一件事。「暗碼」有跟她說話。這個細節她忘了。「妳能聽到他在跟我說什麼嗎？」

布芮克搖頭。「聲音太低，麥克風收不到。妳記得他說了什麼嗎？那重要嗎？」

「我不確定。視訊鑑識人員能提升音效嗎？」

「當然。」布芮克似乎鬆了口氣，因為終於能做點有建設性的事，她取出筆電，放在與座位連接的扶手桌上打開來。等候開機時，她轉向妮娜，一手輕輕放在她的手臂上。「妳要不要到後面去瞇一下？飛到杜勒斯的航程可不近。」

布芮克替她找了個藉口。一個再好不過的退避理由。這麼多趟的長途飛行加上影片播出後的精疲力乏，說她因為時差感到疲累誰也不會責怪。她大可以說她需要休息，前往機尾的休息室，躲開這個世界幾個小時自己舔傷口。

那可能正是她想要做的，卻與她需要做的恰恰相反。外頭還有更多和崔娜一樣的女孩，她要是想救她們，最好就把皮繃緊一點。

她按著布芮克的手，捏了一下之後放開。「說實話，我寧可工作。」

她站起來走到另一桌，一一端詳那幾個男人。當時她離開鳳凰城的會議室後，肯特便急忙來到走廊上找到她，然後一直陪在她身邊。她去洗手間時，他就在門外站崗。無論她走到哪裡，他始終緊跟在後，猶如一個保護過頭、徘徊不去的影子。現在，他則坐在椅子上靜靜地看著她。

韋德曾與她短暫交談，自告奮勇當她的參謀，但碰到她不肯多談的話題也不強迫。她被毫無心理學背景的布芮克吸引過去，他似乎並不訝異也不覺得受冒犯。

巴克斯頓出奇地安靜，把話都放在心裡。她有十足把握這位長官已經和他的上司說了這個新發展。對於崔娜獲救的興奮之情只是曇花一現，對整個團隊而言，「暗碼」施加的懲罰迅速且具毀滅性。對局裡來說也是一樣。

她才起身，他們便住口不語，目視她走過來。「我準備好了。」她開門見山地說。

韋德盯著她看。「準備好什麼了？」

妮娜花費了許多年撐起自己的心牆。她正式改名便反映出一個事實：她不再相信希望。她整個童年時期，沒有人為她抗爭過。當一個破碎的體制令她徹底失望，她決定自己起身抗爭。如今長大成人的她，則是為他人抗爭。她的經驗告訴她只能信賴自己。如今也該是作點不同嘗試的時候了。

「準備好不計一切代價也要逮到這個王八蛋。」她說：「很明顯，『暗碼』抓走我以前就很了解我。還有一點也很明顯，有些細節我忘了，而這些細節或許能為我們指引正確方向。」她朝韋德與肯特打個手勢，準備做一件她從未做過的事。「我要請你們幫忙。我需要想起來。」

兩位側寫師交換了一個眼神。

「妳想從哪裡開始？」韋德問她。

她思考片刻，他們沒有問她真的要這麼做嗎或是要不要再等等，讓她鬆了一口氣。也許他們也感覺到時間緊迫。「我也不知道。綁架前的某個時間點吧。」

「他對妳背上的疤痕很著迷。」肯特說：「何不就從那裡開始？」

她一屁股坐到韋德旁邊，與肯特及始終未發一語的巴克斯頓面對面。她對肯特說：「你想知道疤痕是怎麼來的？」

韋德不自在地動一動身體，他已經從她的檔案得知這些細節。她很確定這便是她申請入局時，他質疑她的適任性的原因之一。那不是個美好的故事，也不能讓她的人生變得一目了然。

肯特點頭。「有鑑於『暗碼』跟妳談起疤痕時說的話，我認為這是最好的出發點。」

她沒有更好的提議。她開始回顧，帶出深埋已久的傷痛，準備講述她這一生中最慘痛的事故之一。「那年我十六歲，」她開口說道：「兒少保護局幫我安排了寄養家庭，和一對沒有兒女的夫妻同住。他們年紀比較大一點，四十好幾，所以相關單位就讓他們照顧高中生。那時候我真覺得他們老得要命。」

「妳受傷那天發生了什麼事？」肯特問道，避免她離題。

「我放學回家時，家裡有個陌生男人。我從來沒見過他。他臭得好像整個禮拜沒洗澡，頭髮又長又油膩，而且他人高馬大還全身長毛，活像一隻灰熊。他對丹尼，我的寄養父親，大吼大叫，看樣子好像已經揍過丹尼幾拳。我的寄養母親不在家，不知道去哪了。」

隨著她的敘述，記憶愈來愈清晰。

「灰熊看了我一眼，說他知道丹尼可以怎麼還債了。」

肯特的眼神頓時冷成藍色碎冰。

「丹尼叫我和灰熊進臥室。我不肯。我試圖逃跑，但被他們捉住。灰熊說他會教我認分，他叫丹尼抓住我讓我別動，然後拿出一把刀割破我的T恤和胸罩。」

她留意到巴克斯頓將雙手藏到桌子下面之前握起了拳頭。

「丹尼牢牢抓著我讓我裸背對著灰熊，灰熊解開他的腰帶，是那種編織的皮帶。他放狠話說我要是不順從他，就把我打到昏死過去，但不管怎麼樣我都得進臥室。他開始動手動腳，但我不肯屈服，他就把皮帶倒過來拿，先揮出帶扣。所以才會劃出那麼多傷口。」

肯特好像很想出拳揍個什麼東西，不過沒有打斷她。

「到最後，我跟他說我會照他的話做。」她又接著說，對於自己的冷靜口氣頗為訝異。「在灰熊把我拖走以前，我把手伸進丹尼的口袋，我知道他總會放一把折疊刀在裡面。我打算一和那個王八蛋獨處，就割斷他的喉嚨。只可惜我掏錯口袋，結果拿到丹尼的打火機。

「灰熊抓住我的手腕，拖著我從走廊進臥室。我告訴他我月經來，他不管，我告訴他我要小便，他也不管。我告訴他我想吐並開始乾嘔，他才讓我去廁所。」

儘管年紀輕輕，她已經抵擋過許多塊頭比她大得多的人，早已學會隨機應變。

「我進到浴室以後到處找能充當武器的東西。沒有剪刀，沒有尖銳的東西。這時候我看到寄養母親的一罐頭髮定型噴霧，於是我就定位，把噴嘴對著門口，點燃丹尼的打火機後將火焰放在噴嘴底下。當灰熊打開門，我按下噴嘴，讓燃燒的噴霧直接噴到他那張毛茸茸又噁心的臉上。他的鬍子著了火。趁他一邊尖叫著團團轉一邊拍打臉滅火的空檔，我就溜走了。」

想到那一刻，她半露出微笑。

「丹尼正要從走廊過來看是怎麼回事，我從他旁邊跑過去，一直跑到街上的行人穿越道。小學在我回家後放學，所以我知道那裡會有交通導護員。」

「那個導護員做了什麼？」肯特問。

「她給我披上她的背心，然後報警。那時我身上還是沒穿衣服。不到五分鐘警察就來了，還有救護車，原來導護員告訴緊急電話的接線生說我流好多血。」

「警察做了什麼？」

「警察問了一堆問題。我在告訴他們事情經過的時候，有一個緊急救護員不知在我背上塗了什麼，燙得要命，八成是消毒藥。我沒有多想，純粹是反射反應，很快地轉過身去，用盡全力揮拳打那個人。他很壯，所以好像沒傷到他，可是他抓住我的手腕。我相信他只是想阻止我再次揮拳，可是當我感覺到他的大手抓著我的手腕，整個人就失控了，開始踢他並用另一隻手打他。」

「他怎麼做？」

「他壯得跟牛一樣，反應也很快。他抓住我的兩隻前臂，把我拉進他懷裡，以免我踢到他的下體，我的確是瞄準那裡。另一個救護員和兩個警察隨即加入，四個大男人才壓制住我。最後他們總算稍微鬆手，那個在我背上抹藥的救護員叫我冷靜一點。他這麼說的時候，我真的嚇壞了。他把我的手臂抓得那麼緊，都足以留下瘀青了，接著他就直接杵在我面前叫我……」

她猛然挺直身子，轉向韋德，張嘴欲言但沒有出聲。

他皺起眉頭。「怎麼了？」

「崔娜。」她好不容易說出這兩個字。

「崔娜怎麼了？」肯特滿臉困惑。

腦中的記憶如大雨般滂沱而下，沖散了迷霧，使一切變得清晰。「那個來鳳凰城現場的救護員。他必須剪斷崔娜的鐐銬讓她恢復自由，但崔娜一直很害怕，結果他只好抓住她的手腕。」妮娜瞥向一旁，為自己的反應過度覺得難為情。「看到他那樣我有點失控了。」

她沒有提到自己用手肘去撞救護員。巴克斯頓很快就會在她的302報告裡看到，她也會面對局裡給予她的懲戒。

「那個救護員怎麼了嗎？」肯特說。

「他說的話。」她從內心角落將碎片一一拉出，縫合成形。「他很大聲地吼崔娜，跟她說我們只是想幫她。」

「我不明白這有什麼重要。」肯特說。

「所以我才會對他有那樣的反應。」她興奮到幾乎全身抖動。「費爾法克斯那個救護員站在我面前的時候，也跟我說他們是想幫我。他說我應該學會征服自己。」

「征服自己？」肯特第一個注意到。「用詞還真奇怪。」

見他們漸漸聽出端倪，她這才鬆了口氣。「一點都沒錯。」

韋德的額頭皺了起來，面露惑色。「重點是什麼？」

她全想起來了。他身體的重量壓在她背上，將她釘在桌檯上動彈不得。他濃烈刺鼻的汗水味。他附在她耳邊說話時口吐熱氣的感覺。

「那正是『暗碼』在我耳邊不斷低聲說的話。」

45

妮娜匆匆跑過灣流的寬敞走道。顯然一直埋首於電腦的布芮克，詫異地抬起頭來。

妮娜難掩興奮，砰一聲坐到布芮克身旁的空位上。「找到一條線索了。」當布芮克仍只是呆呆地看著她，她一掌重重地打在桌上。「這是條道道地地、貨真價實、如假包換的線索。」

她感覺到韋德來到她身後。

「十一年前，替她治療背部傷口的救護員。」他如此解釋道。

她和韋德花了十分鐘為布芮克說明她方才頓悟的事，其他人則靜靜聽著，若有人提出問題，她也一一回答。她理當是筋疲力盡了，卻反而覺得精神奕奕，而且事實證明她的興奮具有感染力。半小時前還昏沉乏力的隊友們此時也朝氣蓬勃。

巴克斯頓取出皮革文件夾，拿起機上的衛星電話。「我來打給特別小組。」

他們的主管得心應手地為各組的探員與分析師分配任務。這個美國最大的執法機構彷彿始終屏息以待，等候這一刻的到來。這是他們第二度有可靠的線索可追，而巴克斯頓照舊分秒必爭地運用他手邊的每一項資源。

妮娜聽到他吩咐一組人去追查當年的警方紀錄，並追蹤那位導護員報警後，出動到現場的救護人員。這是她最急於想知道的結果。

「拼圖一塊一塊湊起來了。」肯特說：「像是醫療膠帶的殘留，還有工作時間有彈性，值勤之間的空檔時間很長。」

「我會命人交叉比對那些班表和綁架殺人的日期。」巴克斯頓說完將手指移開話筒，繼續先前的對話。

布芮克重新朝著筆電傾身。「緊急救護員會有犯罪現場的知識，也會知道怎麼掩蓋蹤跡逃過鑑識分析。」她的十指在鍵盤上斷斷續續地彈跳著。「他說不定也取得了市府電腦的使用權，從系統裡找到下手的目標。」

韋德滑坐進走道另一邊的座椅。「我仍然不確定他如何挑選被害者，不過繼續往下查就會漸漸清楚了。他也許會改變手法，他犯的那些案子在其他方面很明顯並無一致性，所以改變手法的推測說得通。」

不到十五分鐘，巴克斯頓便打斷他們的討論，告知最新消息。「調閱警方紀錄的人發現報告裡面沒有緊急救護員的名字，但由於那起案件涉及傷害一個由州政府監護的未成年人，費爾法克斯郡消防局有留下紀錄。」

「有名字嗎？」妮娜問。

「當時獲報出勤的兩個救護員是海爾博．法克和布萊恩．戴格，兩人目前都還在職。法克調到法蘭科尼亞的一個消防隊，戴格則仍然在春田市的消防隊工作。」

兩個可能的名字。比起當天早上，FBI團隊離目標已接近許多。

巴克斯頓對布芮克點點頭。「他們把這兩名救護員的員工照上傳到特別小組的資料庫了。妳要不要打開檔案，讓我們瞧瞧？」

布芮克打開FBI專屬伺服器的連結，將滑鼠移到特別小組建立的諸多檔案夾圖示之一。等候第一個圖片下載時，妮娜心臟狂跳到幾乎像要爆裂。

當那個男人的面容出現，她吐出了一口自己都沒發現憋住的氣。

戴格是金髮藍眼的白人。照片與DNA預測圖像大致相符，是他嗎？她無法確定。

布芮克用手滑動觸控螢幕，跳出了下一張照片。這將是真相大白的時刻。假如法克與預測的相貌完全不符，就知道人是戴格了。

一個男人的影像出現在螢幕上，當妮娜看見又是一個金髮藍眼的人，不禁倒抽了好大一口氣。法克和戴格有可能是表親。她靠上前去，鼻子幾乎貼在螢幕上，特別專注地盯著眼睛周圍看。那是她所見過「暗碼」唯一毫無改扮過的部位。

「怎麼樣？」眾人默默看著她的反應之際，肯特問道。

她原以為會和當初看到以DNA生理描繪技術合成的影像時，有相同的直覺反應，結果並沒有。因為兩人太像了嗎？

「可惡。我沒法確定。」忽然一個念頭浮現。她立刻轉向布芮克。「妳有索倫提諾給我們的名單嗎？」

布芮克咧出笑容。「準備著呢。」

所有人又回到等待狀態，看著布芮克的滑鼠在桌面上到處移動，打開一個個檔案。

「有了。」她說著將螢幕微微轉向，讓妮娜能看見。「我把所有名字都輸入到一個Excel的表單，所以現在只需要按字母順序排列就行了。」

韋德越過妮娜的肩膀看去。「我發誓，如果這兩個人都在俱樂部參加格鬥，我們還是把他們抓起來，以後再來釐清。」

「目前，我不會排除這個可能性。」巴克斯頓說。

點了幾下滑鼠後，表單動了起來，欄目重新排列。只有一個名字相符。只有一個嫌疑人。妮娜大大吐一口氣。

海爾博．法克是他們要找的人。

原本抓著衛星電話並再次摀住話筒的巴克斯頓，此時重新將電話放到耳邊，開始連珠炮似的發出新指令。

忽然一隻溫暖的大手搭到她肩上，她斜眼往上瞄，發現肯特正直勾勾地看著她。

「妳還好嗎？」

她竟然不覺得有必要縮開身子躲避他的碰觸，連她自己都感到訝異。「我沒事，謝謝。」

她確實沒事。她面對了自己心中的惡魔，找到了他們需要的那塊缺片。她轉頭對韋德說：「也謝謝你。」

她覺得與他成了真正的搭檔。這個她一度認為鐵石心腸的男人。這個一度試圖阻止她進入調查局的男人。如今她將他視為盟友兼朋友。

「苦活都是妳做的。」韋德微微臉紅，隨即又補上一句：「我那樣對妳，妳還願意信任我，謝謝妳。」

肯特看看這個又看看那個，試圖解讀他們的言下之意。「你對她怎麼了，韋德？」

妮娜替韋德回答。「他做了他認為該做的事……那時候。」她看肯特一眼，試著藉由眼神傳達：對她而言，事情已經過去了。

布芮克興奮地尖叫一聲。「你們絕對不會相信。」她往上覷著他們。「猜猜看他的格鬥外號叫什麼？」

韋德發出呻吟。「妳要是跟我說叫『暗碼』，我就——」

「奧丁。」布芮克說：「就是北歐神話的那個神。」

這個連結讓妮娜大吃一驚。「包爾博士的兒子提過奧丁。」

「包爾是奧丁的父親，」韋德說：「這樣一來就全說得通了。法克應該會把包爾博士當成真正的父親，從某方面來說，是這個男人創造了他。誰知道呢，說不定他決定再次用自己的DNA，那他就是法克的親生父親了。」

妮娜的思緒轉得飛快，想著可能會有的後果。「包爾博士的優生哲學，法克很可能也全部買單。雖然包爾博士去世的時候，法克還太小，沒能認識他，但可能讀過關於他的文章。」

「包爾的兒子不是說奧丁是獨眼神嗎？」肯特沒有特別針對誰問道。

「他是啊。」韋德說道，似乎對北歐神話頗為熟悉。「據說他是為了能看到一切、知道一切，才犧牲了一隻眼睛。」

妮娜頓時全身發涼。「我的神之眼項鍊。」她吸了口氣，手不由自主地伸向頸子，以前掛項鍊的地方。「還有我們私訊時，他說過他一直都在監視。」

「這傢伙可以讓我寫一篇論文了。」韋德喃喃地說。

接下來二十分鐘，他們圍在一起以新的視角再次檢視前幾個案子。

「漸漸有報告送來了，」巴克斯頓大喊，打斷他們。「目前只是初步階段，一旦完成後，我們連這傢伙幼稚園女老師的婚前姓名都會知道。」

調查局竟有那樣的資源，能在一小時內蒐集到這麼多資料，實在可怕。

「他是以非常優異的成績考上緊急救護員的資格。」巴克斯頓說道：「聽說他也是個很出色的格鬥選手。」他的食指順著筆記紙頁往下滑。「他總是獨來獨往，獨居在費爾法克斯郡西區的一間獨棟住宅。現在正在申請他住處的搜索票，應該今晚就能執行。」

「他今天當班嗎？」肯特問。

「他目前請假，」巴克斯頓說：「他跟主管說要去愛達荷州的波伊西照顧生病的姑媽。」

「讓我猜猜，」妮娜翻白眼說：「沒有姑媽？」

「答對了。」

「他的班表怎麼排的？」布芮克問。

「他的小隊是值班兩天、休息兩天、值班兩天、休息四天。」巴克斯頓難得露齒微笑。「他們比對過日期了。所有的綁架都發生在兩天假或四天假的一開始。」

「他們往回追查多遠？」韋德問：「蓋瑞拉被綁架那段時間有查到嗎？」

「當時他剛剛結束停職處分回到崗位，」巴克斯頓說：「原因是在消防隊的更衣室和一名消防員扭打起來，把對方的鼻子打斷了。」

韋德點點頭。「那可以當作是一個誘發的壓力源。他的工作岌岌可危，可能讓他感受到壓力。」

「我敢打賭他就是在那時候開始參加鐵籠格鬥的。」肯特說：「不管是不是有意識，總之他是想為自己的暴力情緒找出口。」

又準確地拼湊出一塊拼圖了，妮娜感到一陣激動。「這也就能解釋我的案子裡發現的微量跡證了。如果他是在停職期間開始上俱樂部，就會需要買MMA手套。我敢說索倫提諾一定賣了一雙給他。」

她可以體會到那股勢頭。證據愈來愈齊全了。

「有更多關於他私生活的資訊嗎？」韋德問道。

巴克斯頓看著筆記說：「沒有結過婚，就我們所知沒有小孩。父母雙亡，母親在他五歲的時候死於動脈瘤，父親在他二十一歲的時候摔落家中樓梯死亡。」巴克斯頓挑了一下眉毛。「事發時家裡只有他們兩人。判定是意外。」

韋德帶著十足的把握說：「他老爸一定有虐待他，毫無疑問。是法克把他推下樓梯的。」

「他繼承了房子，」巴克斯頓說：「但自己又買了一間，離上班地點比較近。」

妮娜豎起食指。「等一下。」關於時間序讓她心生一念。「如果法克現在三十二歲，那麼十一年前就是二十一歲。」

「照年份來說是這樣，」巴克斯頓說：「妳想說什麼，蓋瑞拉探員？」

「他爸爸的確切死亡日期是什麼時候？」

巴克斯頓又往下瞄一眼。「九月二十八日。」

「法克是在那六天後替我治療皮帶的傷口。」她心跳得厲害。「很可能是他參加葬禮後第一天回去上班。」她瞥向韋德。「而他受到停職處分，想必是他和父親一同在家的原因。一切都是在那時候發生的。」

「又一個誘發的壓力源。」韋德說道，隨著情緒變得熱烈，聲音也高了一階。「如果法克第一個殺的人是他父親，他應該很緊張不安，擔心會被人發現他做了什麼。」

「一個罪犯一旦開始將幻想化為行動，情況就全變了。」肯特接著韋德的話尾說下去。「他搔了癢處，後來卻停不下來，因為癢的感覺不斷地回來。我猜他已經幻想殺害父親多年，最後才終於動手。」

韋德的灰色眼眸緊盯著妮娜。「他遇到妳的時候，工作和私生活都面臨極大壓力。他看到妳受虐，就把妳塞進被害者之列。後來當他想治療妳的傷勢，妳卻反抗他，他的某根神經就繃斷了。他無法忍受一個他認為更卑微的人不尊重他。」

她試著站在法克的立場想。「後來我逃走了，他受不了。他在各方面都更優秀，我應該無法違抗他才對。」

韋德點頭。「這是在挑戰他整個信念。為了將事情導正，他必須讓妳回到妳的位置，掌控妳人生的每個面向，包括妳的死亡。」

她內心得到一個令人憤慨的結論。「也就是說其他那些女孩都是……」

「替代品。」韋德替她把話說完。「直到他再次找到妳。」

她想大聲尖叫，想憤怒抗議這種不公。那天她逃離某種地獄後又落入另一個地獄，結果啟動這一連串的不幸，她根本無法預知，但靈魂仍能感受到那沉甸甸的壓力。那麼多人枉送性命。那麼多的痛苦與磨難。

「我們非找到這個王八蛋不可。」她說：「我們非阻止他不可。」在這麼短時間內蒐集到如此深入而重要的資料，她覺得憂心。「我們派出那麼多人去探問，消息可能會傳到他耳裡。我不希望驚動他。」

「他們的提問都很低調，」巴克斯頓說：「他應該沒有理由知道我們盯上他了。」

「現在有足夠證據可以逮捕他嗎？」布芮克問。

巴克斯頓搖搖頭。「聯邦檢察官要求比對DNA。」

「意思是我們需要有搜索票去做口腔採樣嘍。」妮娜說。

「特別小組的探員已經在寫具結書，」巴克斯頓說：「就算再快，也需要兩三個小時才能完成作業。然後還需要聯邦法官簽發搜索票。實際上，搜索票到手要等三四個小時。」

「那是運氣好的話，」妮娜哀嘆道：「否則就得等到明天早上了。」

「我不會讓這種事發生。」巴克斯頓說：「在等待的這段時間，我已經聯繫HRT，他們會布署一組人馬執行搜索。」

她很意外。HRT，人質救援隊，與他們同位於寬提科學院，向來負責執行高風險逮捕與監視行動，以及其他許多戰術性的職務與任務。在此關鍵時刻將他們納入，顯見局裡高層勢必要逮捕「暗碼」的決心。巴克斯頓顯然不願冒任何風險，畢竟這個案子對他的職涯有莫大影響，對此她頭一次感到慶幸。從局長以降，每個人都睜大了眼睛在看著。難怪他臉上顯露出緊張與疲憊。

「希望今晚執行搜索時能在家裡逮到他。」巴克斯頓接著說：「那麼就能把他帶進局裡訊問，順便做口腔採樣驗DNA了。」

「要不要警告民眾？」韋德說：「不能讓他再綁架另一個女孩。」

「一旦確定他的位置，HRT會持續監視他直到我們準備好行動。」巴克斯頓聳聳一邊肩膀。「我也不喜歡這樣，但在拿到搜索票以前，我們也只能做到這個地步。」

「不知道他現在在哪嗎？」肯特問。

巴克斯頓搖頭。「還有兩天才收假。人不在格鬥場館。也沒有姑媽住波伊西。」他摘下老花眼鏡捏捏鼻梁。「他是個幽靈。」

妮娜默默生著悶氣。好不容易終於知道宿敵的名字，卻無法動手抓他。他在哪呢？更重要的是，他在做什麼呢？

「再不到一小時就要降落了，」巴克斯頓開口道，喚醒出神的她。「我要你們各自都回家去，整裝備戰。等搜索令一發下來，我會傳簡訊告訴你們指揮所的地點，你們就到那裡報到，跟HRT開個行前簡報會議。各位，這次是全場緊迫盯人，今晚就要抓到這個王八蛋。」

儘管長官這麼說，妮娜心中卻有種揮之不去的不祥預感。法克現在還在外頭遊蕩，滿心的怒火與執著邪念。她毫不懷疑他正在尋獵。他們能趕在他發現下一個目標前找到他嗎？

46

妮娜一回到公寓便進臥室將所需裝備全拿出來，隨後很快地沖了個澡。她熟練而快速地拿出黑色戰術襯衫、長褲、靴子與她的FBI勤務夾克放到床上，旁邊還放了克拉克手槍與兩個備用彈匣。一切準備就緒，只要一收到巴克斯頓的簡訊，兩分鐘內就能出門。

她坐在廚房餐桌旁等頭髮乾，面前擺著筆電，一面啜飲咖啡，忽然被碧安卡的標準敲門聲給打斷。她繫上緞面短浴袍的腰帶後，走去開門，發現她的年輕鄰居就站在門口。她叉起手來。

「妳怎麼這麼久？」

碧安卡也同樣抱起雙臂，然後加碼翹起一邊屁股。「我需要知道調查的最新消息。」

「調查是我的問題，不是妳的。」妮娜說。

「這是每個人的問題。」碧安卡大步從她身邊走過，拉出一張餐椅，一屁股坐下。「只要那個瘋子還在外面遊蕩，就沒有人是安全的，而在我看來，你們離抓到他的目標並沒有比一個禮拜前更近。」她用食指劃著厚重馬克陶杯上的FBI印章。「妳還有咖啡嗎？」

「小碧，現在不是時候。我在等老闆的簡訊，一收到就得出門了。」

「沒問題，我會跟妳一起出去。在這之前，妳可以替我倒一杯。」

妮娜讓步了。「只能喝黑咖啡，我沒牛奶了。」

「隨便啦，」碧安卡不在意地揮揮手。「我只是需要咖啡因。」

妮娜轉向流理台，從咖啡機拿出咖啡壺，再打開廚櫃找杯子。

「妳什麼時候開始看MMA鐵籠賽了？」碧安卡問道。

她倏地轉身，看見碧安卡正盯著她打開的筆電。妮娜衝到桌前，手放到螢幕背面往下一按，闔上筆電。

碧安卡高高揚起一邊眉毛。「海爾博．法克是誰？」

妮娜用力地閉起眼睛。這丫頭太愛打探又太聰明，對她不是件好事。「誰也不是，小碧。就當妳從沒見過他，把他忘了吧。」

事後會真相大白，碧安卡很快就會知道他是誰，但不會是從她口中得知。

碧安卡瞇起眼睛。「他跟這個案子有關，對不對？」

碧安卡的超級大腦正像魔術方塊一樣，將諸多事實兜來轉去，而且一如既往，方塊很快就會整整齊齊就定位。

「別管這個，小碧。」

碧安卡上身挺直起來，兩眼發亮。「我的天哪，海爾博．法克就是『暗碼』。」她兩手摀住嘴巴。「你們要出發去抓他了，對不對？所以妳才得出門。這就是妳在等妳老闆傳的簡訊。」

妮娜呻吟一聲。「我不能證實也不能否認……」

「好啦，好啦。」碧安卡做出揮趕的動作。「去穿衣服。反正我想看這個影片。」她又把筆電打開。「我發誓我誰都不會說，連屁也不會放。」碧安卡交叉手指做出發誓的手勢。

她可以搶過電腦帶進臥室，但碧安卡還是會google法克，然後用自己的手機看。妮娜嘆了一口氣，邁開大步走進浴室開始擦頭髮。

「不會吧，妮娜。」碧安卡從廚房裡喊她。「妳一定要看看這個。」

妮娜任由濕頭髮掉落在額頭上，將毛巾披上桿子後，赤腳穿過客廳，看見碧安卡在電腦前睜大了雙眼。

「怎麼了？」

「這場比賽妳看了多少？」

「只看了前面兩秒鐘，還沒能再看下去妳就敲門了。」

碧安卡驚愕地壓低聲音。「妳看他的背。」

她坐到另一張椅子上伸手去拿筆電。「我看看。」

影片顯然是坐在鐵籠側面的某個觀眾偷拍的。碧安卡按下暫停的地方，正好是兩名原本面向觀眾的選手轉身後準備開打。此時法克寬闊的背正對著鏡頭。

他大面積的上半身展現了獨特的紋身，圖案從上背一直延伸到腰際，是一大片精巧的幾何圖形。

「三個連鎖三角形。」妮娜說。

「不只這樣，」碧安卡顫抖著聲音說：「妳看我這麼做以後會怎樣。」她用拇指和食指在觸控螢幕上將圖片放大，出現肩胛骨刺青的特寫。

由於影像有點失焦，妮娜瞇起眼睛看。

碧安卡敲了幾個鍵。「現在再看看。」

畫面變清晰後，妮娜下巴差點掉下來。在整個圖案複雜的黑色標記間，她看出有圓形疤痕。

「香菸燙傷。」她吸一口氣，無法徹底理解眼前的景象。「有三個。」她試著將這個嵌入她對那個禽獸的印象。這不是他自己做的。刺青掩飾了早已癒合的虐待痕跡。

「燙傷在他背上形成一個三角形。」碧安卡說：「不過被紋身掩蓋了。」

「那個符號象徵什麼？」妮娜喃喃地問。

「在找了。」碧安卡拿著自己的手機，拇指敲打著小鍵盤。「那是奧丁的標記。他是北歐的神。」

「可不是。」妮娜說道，同時心思飛轉。「所以他才在我背上弄一個三角形，因為他把自己當成奧丁，包爾的兒子。」

「因為他是個神經病。」碧安卡將畫面恢復為正常的顯示比例。「妳看他再來做了什麼。」

她敲一下畫面中央的箭頭圖示，再次啟動影片。

法克的對手發動了殘暴的攻勢，以組合攻擊將他打倒在地。法克站起來挺直身子，準備迎接下一個猛烈攻勢。

「他根本連閃都沒閃。」妮娜皺眉說：「他想挨打。」

「看起來他好像在釣對手。」碧安卡說：「他就站在那裡，讓對手打倒他兩次。完全沒有想退縮或是閃開的樣子。他就這樣……接拳了。」

「像處罰一樣。」妮娜說，一個理論逐漸成形。「這場比賽是什麼時候？」

「四天前。」

「就在波士頓命案過後，」妮娜說：「他是因為讓我佔了上風在處罰自己。因為他暴露了弱點。」

碧安卡仍看著比賽。「現在他爬起來了，不到二十秒就幹掉對手。」她搖了搖頭。「這老兄真是瘋到家了，不過他是個冷酷到極點的壞蛋。」

法克先讓一個技巧較差的對手弄傷自己以後才回擊。從這點她能了解「暗碼」什麼呢？韋德猜想他年輕時，曾經被某個權威角色——很可能是父親的角色——嚴厲處罰過。多年前，肯定有人虐待過他。那些燙傷痕跡就是證據。他想認同包爾博士的欲望也是，那是一個他可以當成偶像崇拜並視為代理父親的人。

她覺得已能漸漸摸清他的心態，但離真正的理解還差得遠。側寫師會怎麼詮釋呢？

「我得換衣服了。」她忽然急著想在搜索令下達前的準備作業之前趕到寬提科。「妳要是想的話，可以待到我出門的時候。」

「好啊。我要再來多看幾場他的比賽。這個人不是普通的恐怖。」

「妳才知道。」她低聲說。

她走回浴室，打開吹風機把頭髮吹乾。這頭短髮不需要刻意造型就能吹出她最喜歡的亂亂的樣子。她關掉吹風機放下梳子，照著鏡子審視結果。

廚房裡傳來的說話聲引起她注意。她聽得出較細的聲音是碧安卡，卻聽不出與她交談那個聲音低沉的男性是誰。聽起來不像哈米。

「妳在跟誰說話，小碧？」她喊道。

「泰勒探員。」碧安卡說：「說是妳老闆派他來的。」

妮娜走到客廳，將薄浴袍緊緊拉攏。只見廚房裡站了一個身材高大、穿著FBI藍色夾克的男子。他的深色頭髮修得整整齊齊，臉上鬍子刮得乾乾淨淨，加上那副黑框眼鏡，是典型的聯邦探員模樣。他整個人的神態外表，甚至連漿得筆挺的白色衣領，都在在流露出政府人員的況味。

「誰派你來的？」她問他。

「特別探員督察巴克斯頓。」他說著拿出證件翻開來。他說話有口音，但她說不上來是哪裡。

她趨前瞄一眼聯邦探員證。他隸屬華盛頓分局，但她不認得他。這不太值得驚訝，因為華盛頓分局大約有一千七百名員工。

然而她就是有點不安。「巴克斯頓怎麼不直接傳簡訊就好？」她問他：「我一直在留意手機的訊息。」

「他也一直試著要聯絡妳。」泰勒說：「想必是妳的手機出了問題。他就派我來接妳。『暗碼』的案子有了重大進展。」他覷碧安卡一眼（她想隱藏興趣高昂的表情，只是做得太不高明），隨即補上一句：「我路上再向妳報告。」

「小碧，我們以後再聊。」她說完轉身向泰勒伸出手，手心向上。「能借用你的電話嗎？我想跟巴克斯頓說個話。」

「我留在車上了。」泰勒說：「妳可以在路上打給他。」

那不安的感覺揮之不去。她試著讓所有的事實都成立。如果巴克斯頓無法以簡訊或電話聯絡到她，又需要她參與重大行動，他會怎麼做？她沒有室內電話，所以他有可能從最近的分局派探員來找她並帶話給她。但怎麼會要探員載她去集合地點呢？這說不通。她得找個細膩的方法試探一下泰勒。

「那我還是趕快去準備一下。」她口氣平穩地說：「可不能讓特別探員督察等人。你也知道他們都怎麼說的，別讓誰蒙羞啊……？」她故意拉長尾音，意味深長地看著泰勒。

「老闆。」他遲疑了片刻後才回答。

「說對了。」她露出燦爛笑容來掩飾椎心刺骨的恐懼。每個FBI探員都知道正確的說法：不得令本局蒙羞。

泰勒是個冒牌貨。

她的注意力轉到碧安卡身上，她還沒走。妮娜看穿泰勒的事不能讓他起疑，因此她繼續演下去，爭取時間。

「我去換衣服，你稍等一下。」

首要目標，讓碧安卡離開。第二目標，進臥室拿槍。她轉身對碧安卡說：「回家去吧，小碧。」

「可是我——」

「不行。」妮娜的口氣比預期的嚴厲了些。

她是否應該設法向碧安卡傳遞個求救訊號？這丫頭是個天才，而且熱愛密碼暗號。她能不能聽懂暗示，回家後立刻求援？

這個主意在心裡完全成形那一刻，妮娜便立刻摒棄了。假如站在面前這個男人真是她所想的那個人，碧安卡除了立即離開之外別無機會。他一旦懷疑這個女孩受到暗示，就不會放她走了。妮娜不理會碧安卡的懇求神情，堅定地手指向大門。

碧安卡於是嘟著嘴離開，隨手關門時力道稍嫌大了點。

「這是什麼？」泰勒在廚房問道。

他彎身面向放在餐桌上打開的筆電，眼睛盯著螢幕。

「沒什麼。」她心跳砰砰，連忙離開玄關。她必須穿過廚房和客廳才能到臥室，泰勒正好擋住她的去路。

他站直後全身緊繃。「妳是MMA的粉絲？」

「不算是。」她跨出三大步拉近兩人的距離，然後啪地關上電腦。「只是在查資料。」

他摘下黑框眼鏡，低頭用冷冷的藍色眼睛凝視著她。這回，當他開口，已不再用假口音掩飾那個她畏懼的聲音。「騙人。」

47

格鬥的悸動讓法克的反射神經變得敏銳，那個賤人還來不及反應，他的手便射了出去，手指直掐她纖細的脖子。對打鬥的渴望讓他全身震顫。她驀地赤腳踢出，瞄準他的股四頭肌外側，他輕易便預測到這一步，飛腳踢到之前已轉換姿勢。

「妳別想再來一次。」他手下使勁，同時注視著她美麗的褐色眼睛因驚慌而圓睜。她手腳猛烈揮舞之際，他看出了她身體每次的抽動與痙攣中所帶的恐懼。

她不是他的對手，無論是肉體或心理上。她會極盡所能地對抗他，但他們這支雙人舞只可能有一個結果。他們倆都心知肚明。

十分鐘前，他是來找碧安卡的，但命運使然，改變了他的計畫。一如多年來的做法，他透過後門進入費爾法克斯郡的公家伺服器，這個漏洞讓他得以從消防局系統長驅直入。回家後用自己的電腦一查，不到四分鐘就找到碧安卡的地址了。

從碧安卡的貼文可以明顯看出她很崇拜妮娜．蓋瑞拉。扮成FBI探員應該能輕易博得這個女孩信任，她應該會願意跟他走，尤其如果告訴她是妮娜叫他來接她。他原本還打算提起肖娜．傑克森，提高他說詞的可信度。要騙過一個十七歲少女能有多難？他已經成功無數次。

當他假扮成特別探員去敲碧安卡家的門，葛梅茲太太告訴他碧安卡在隔壁鄰居家，而那個鄰居正是妮娜．蓋瑞拉。

命運。宿命。怎麼說都好。那一刻改變了一切。FBI很小心地隱藏了局裡探員的住家地址，沒想到妮娜就這麼從天而降。

他原想先離開，等到半夜再來偷偷帶走妮娜，但他不能冒險，因為碧安卡可能會從葛梅茲太太那兒聽說有個探員在找她，而她可能會問妮娜，事跡也就敗露了。他若不馬上行動就會錯失良機。

他的新計畫是把兩人一起帶走。這兩個女生加起來的體重還比他輕，他輕易就能制服。他也學乖了，不會讓少女戰士靠近他的下體。他會攻其不備先發制人，剩下那個小碧安卡自然手到擒來。

不料，命運改變了他的路徑。一進到廚房，他就看到那台該死的電腦。妮娜會看他的格鬥賽只有一個理由。

FBI已經查出他是誰。

訊息尚未公開——這一點他可以確定。也就是說他必須在發布全國通緝之前，採取某個應變計畫。現在，也該進入最後階段了。也就是該輪到妮娜．蓋瑞拉了。

他不再管碧安卡。等FBI發現他們最出名的探員失蹤時，碧安卡是否說出有個泰勒探員來接她已不重要。到時法克早已消失無蹤，而他得到的獎品誰也搶不走。

但首先，他得終結這場打鬥。儘管如此玩弄她是種享受，卻也在浪費寶貴的時間。

妮娜被他掐得身子癱軟，他稍稍鬆手，讓空氣到達她缺氧的大腦。現在就殺了她可不行。他湊上前去將耳朵貼近，渴望著聽到並感覺到她的氣息。

她冷不防地一掌打向他的喉結，他出於本能往後退開，以降低原本可能是毀滅性一擊的衝擊。妮娜充分利用他一時的分心，另一手掌根往他的胸骨重重一送，使得他掐住她的手鬆了開來，她也趁勢往旁邊跨，迅速奔離他能掌握的範圍。

他踉蹌著隨後追去，但她已來到流理台邊。他看見她從刀架抽出一把剁肉刀，就在她迴旋轉身，刀刃在空中畫出一道弧線之際，他及時停下。

「那個幫不了妳，小丫頭。」他說道：「妳只是在做垂死的掙扎。」

「操你的。」

「說得真露骨。完全是我預期一個棄兒會說的話。」

她兩眼眯成一條縫，他知道他的挑釁達到預期的效果了。他要她暴怒到失去理性。鐵籠賽讓他學到一件事，當對手充滿獸性的怒氣，便無法進行更高層的思考，諸如策略、反制手段、正確的技巧等等。粗暴的力量能讓你持久，但冷靜的邏輯思考與冷酷的控制力才能讓你贏得比賽。

「還記得我們在一起的時候嗎，少女戰士？」他邊說邊低頭，驚險地躲過她揮來的刀。「我每天晚上都在想，有時候還會看影片。」他任由微笑將嘴角拉開。「光是聽妳哀求，我甚至不必碰自己的身體就高潮了。」

奏效了。她衝上前，金光閃動，肉刀朝他的頭劈來。他等到最後一刻，才抬起右手抓住她的前臂，左手則抓到一把緞袍。

他將她的手腕用力一擰，刀子匡啷落地。她猛然掙脫他的抓握，纖細的身體轉了一小圈，快速地側身脫離，讓他只抓著一件空袍，她則赤身裸體地奔向臥室。

他確信她是去拿槍，極可能就放在床頭櫃。他急追過去，全身腎上腺素爆發。

她進臥室後門砰地關上，他直接撞開，腳下一步也沒停。眼看就快到床頭櫃了，他飛身撲了過來。衝撞的勢頭讓他們倆抱成一團滾到床邊的地毯上。他用他壯碩的身軀將她壓在地上，困在他身子底下。她犯了個戰術上的錯誤。他憑著身材優勢在各種形式的地面格鬥中都能佔盡便宜。

雖然失敗迫在眉睫，她仍像著魔似的奮戰。她當然知道失敗後等著她的下場，她拒絕投降。

他移動身子直到整個人趴在她身上，兩人的臉相距僅有一吋，兩人都粗粗地喘著氣。

「我從來沒有過這麼棒的前戲。」他悄聲說道：「謝謝妳了，少女戰士。」

自從他們開戰以來，他頭一次在她眼中看見原始的恐懼。她不再只專注於對抗他，還張嘴企圖呼救。他可不能容許。

他手往後揚，使盡力氣賞她一個耳光。她的頭猛地轉到一側，接著不再動彈。

他從外套的胸前口袋掏出一支裝滿調配藥劑的針筒，原本是為碧安卡準備的。幸好她二人都很嬌小。給妮娜注射普通身材的女性的劑量，可能會要了她的命。

這時她又開始掙扎，那不協調的動作告訴他，她還沒從那記耳光恢復過來。要是動作快一點，應該不用冒險再打暈她一次。K他命混合藥必須注射到肌肉裡。他將針頭插進她的大腿，將推桿往下壓。

她雙眼倏地睜開一剎那，然後手腳停止揮舞扭動，眼皮抖動著閉闔起來。她微張的嘴唇深深吐出一口氣，他身子底下也同時不再有動靜。

他將嘴貼到她的唇上，嚐到帶有金屬味的血。想必是她挨耳光時，牙齒咬破了臉頰內側。他吻得更深了，陶醉在歡愉與期盼中不禁發出呻吟聲。她比他記憶中更甜美。

他強迫自己打住，慢慢站起來，然後細細端詳仰臥在他腳邊的她，那焦糖色的肌膚上汗水閃爍。他此時此地就想要她，但他會耐住性子。首先，得先把她帶走，一旦到了安全的藏身處，他有的是時間好好享受她。

而世人也會有一場新秀可看。

48

韋德環顧 Suburban 陰暗的車內。「有人聯絡上蓋瑞拉嗎？」

還是跟先前一樣沒有得到肯定的答案。

「我很高興她沒參加這次行動。」巴克斯頓說，一面踩下油門，跟上正在前往法克住處的 FBI 車隊。「否則我很可能也會拉下她。」

四十五分鐘前，蓋瑞拉傳簡訊告訴巴克斯頓說她食物中毒，在另行告知前不會出現。從那之後就再也沒人有她的消息。

韋德不喜歡這種感覺。妮娜．蓋瑞拉是局裡唯一比他更想抓到法克的人。假如是他食物中毒，就算得帶上嘔吐袋，他也會現身執行搜索令。他很確定她也是同樣想法。

「不能派個人去她家看看嗎？」

巴克斯頓搖頭。「這次行動是全員出動，沒有多餘人手。」

肯特和他一起坐在後座。「那地方警察呢？」他說道：「可以請求那一帶巡邏的警車去探視一下。直到兩年前，她都還是費爾法克斯郡的警員，我想他們會願意的。」

巴克斯頓的深色眼睛從後照鏡瞄他們一眼。「我們不會要求警察去探視一個胃不舒服的探員。」

「你們兩個有沒有仔細想過也許是她不想來？」坐在副駕駛座的布芮克說道：「也許『食物中毒』——」她在空中畫個引號。「是她擺脫的藉口。」

「擺脫什麼？」韋德說。

「你有跟我們一起看那支影片嗎？」布芮克說：「她很可能這輩子都不想再跟那個王八蛋待在同一個房間裡。」她打了個哆嗦。「而且我不怪她。」

「所以妳認為這是她想避開法克又想保全面子的做法？」肯特說：「我不相信。」

「快到法克家了。」巴克斯頓說：「要是這邊的行動結束還沒有她的消息，我會叫地方警察順道去她家瞧瞧。」他回頭狠瞪了韋德和肯特一眼。「滿意了嗎？」

不算是，但勉強過得去。

巴克斯頓碰一下耳機，說道：「什麼時候？我會告知組員。」他打了方向盤，在公路的一處彎道超越一輛較慢的車。「不，行動不會喊停。」

他敲一下耳機，結束通話，轉向布芮克說：「打開妳的 iPad。法克現在有網站了，正準備要直播一個訊息。」

布芮克打開平板背蓋。「網址是？」

「他的推特帳號有個連結。」巴克斯頓說：「又重新正常運作了。」

「他在家嗎？」韋德問：「能不能追蹤到位置？」

「他們正在試。」巴克斯頓說。

布芮克將iPad放在面前，點下圖示轉為全螢幕。「你們看得到嗎？」這問題是衝著韋德和肯特問的。巴克斯頓繼續專注開車。這次執行搜索令的行動無論如何都不會停止。

韋德點頭回應，並看見一個身穿黑色斗篷的男性步入鏡頭前。

「我就是你們口中的『暗碼』。」他說：「歡迎來到我的聖殿。」

「真的希望他在家。」肯特說：「我好想他能和HRT來個近身接觸。」他那渴望的神情透露出他有多希望自己是今晚任務中去敲門的人。

韋德全神貫注看著法克。此人冷靜、自信的態度令人不安。一個反社會人格者只要顯得放鬆愉悅，就表示有人在受苦。韋德很確定，法克若非有撼動人心的事要公諸世人，不會大費周章架設網站，因此不由自主地屏息以待。

「我帶你們四處看看。」法克說著拿起原本放在某個穩定平台上的攝影機。他人消失在鏡頭外，一條壯實的手臂從寬袖中露出來比向遠端牆壁。「這是我自己蓋的，」他說：「裡面有我需要的一切。」

牆面是淺綠色，泡棉材質。「有隔音效果。」法克將攝影機拉近，可以看到更多細節。「隔板牆後面也有隔音棉。今晚不會受打擾了。」

日光燈光從上方灑下，拍攝現場籠罩在怪異的光線中。韋德想像是一座長形的工業風方框燈具。那個空間看起來像是預製的建築組件，約莫是雙車庫的大小。

法克轉著圓圈，展示四道素面牆，繼續他的真實電影秀。「現在主角登場。」他將攝影機放回固定架，首度將鏡頭往下拉。

「不會吧！」

韋德聽見肯特粗嘎的喊聲之後，才徹底意識到眼前的景象。

妮娜．蓋瑞拉四肢大開躺在室內中央的一張木檯上。與上一支影片不同的是，這回她臉朝上。而且同樣是昏迷或死去了。

「怎麼回事？」巴克斯頓超越一輛聯結車，一面問道。

「法克抓了蓋瑞拉。」韋德好不容易才從緊縮發疼的喉嚨擠出這幾個字。在上司的咒罵聲中，韋德緊緊握起拳頭，都可以感覺到指甲嵌入掌心。

法克走向蓋瑞拉，嘴裡仍繼續對隱形的觀眾說：「今晚我有個貴客。」他的聲音沙啞。「等她醒來，世人將會目睹少女戰士的下場。」

「快一點，」韋德對巴克斯頓說：「我們得在他對她下手以前趕到。」

「不過首先呢，要來個大揭密。」法克抬起手拉下兜帽，露出已長了一天的金色髮茬。他繼續往下拉，露出一張稜角分明的臉，臉上一雙水晶藍眼凝視著他的觀眾。「不再喬裝了。」他任由厚重的斗篷掉落地上。「我叫海爾博．法克。」他臉上綻出一抹凶殘的微笑。「我是人類的未來。」

法克腰際以上裸露，下半身穿著藍色牛仔褲，肌肉發達的上半身有許多新近扭打的傷痕。蓋瑞拉激烈反抗過。

「不必再擔心DNA。」法克說著向她靠近一步，彎下身，伸出舌頭緩緩地舔她的臉頰。

韋德很慶幸她仍無知覺，他傾身向前，認出了展現在法克那肌肉起伏的背闊肌上的連鎖三角形。執行搜索令的簡報會議上，眾人都拿到法克在格鬥賽場上的照片。韋德去查過圖案，更加斷定他們猜測法克有上帝情結是對的。他的紋身象徵他是個有強大力量的神祇，遠遠凌駕於微不足道的凡人正義之上。

「也不必再戴丁腈手套了。」法克接著說：「這次是袒裎相見。」他慢慢繞到檯子另一邊，以免龐大身軀遮住鏡頭，然後伸手去觸摸蓋瑞拉的鎖骨部位。他的指尖悠然地順著她文風不動的身體中央往下劃，來到她的細腰處停下，張開指掌覆蓋住她髖骨間的整個腹部。「好小啊。」他吐著氣音說完，大手隨即毫不留情地移向她張開的雙腿的交會處。

「把你的髒手拿開。」肯特的話語充滿冷冰冰的威脅。他強行將目光從螢幕上轉開，看著韋德說：「這個烏龜王八蛋，我追到天涯海角也要找到他。」他聲音壓得很低，只說給韋德聽。「然後我要殺了他。慢慢地。」

他完全明白肯特的感受。茜卓拉・布朗案的記憶瞬間湧上心頭。茜卓拉最後的幾個小時想必就像這樣。當初他若是肯傾聽，就能讓她免於一死。如今，蓋瑞拉會遭遇相同命運也是因為他未能認清情勢。又再一次。他是受過訓練的側寫師。他以為他們還有時間，以為他們終於佔了上風，但他理應料想到法克會在今晚找上蓋瑞拉，他理應堅持去看看她。他永遠不會原諒自己。

他小聲地對肯特說出他自己的誓願。「我會幫你處理屍體。」

49

妮娜眨眨眼，不明白自己為何四肢沉重發麻，為何嘴裡好像有棉花。

「少女戰士終於醒了嗎？」

那個聲音。一連串影像浮現，驚恐也隨之洶湧而來。在她公寓裡的打鬥。被搧了一個耳光之後牙齒動搖、眼冒金星。針頭刺入大腿。

這個禽獸抓走了她。

腎上腺素注入血液後，迷霧散去，她眼睛整個睜開來，試圖起身。大腦的理性區塊終於連上線，身體各個部位開始回報。她意識到腳踝與手腕疼痛，斜斜抬起頭後，看見自己被黑色塑膠束線帶綁在鋼製單眼鉤上，鉤釘則鑽釘在一張未加工的木面工作檯上。她試著彎曲手臂，但他綁得很牢，她幾乎完全動彈不得。

「這次妳跑不掉了。」法克順著她的目光看去，說道：「妳的FBI夥伴們現在肯定正要闖進我家大門。可是我們不在那裡。沒人知道我們在哪裡。」他抱起雙臂，用那雙不帶任何情感的冰冷眼眸俯視著她，低聲說：「沒人會來救妳。」

他聳立在她眼前，遮掩了上方的日光燈光。「妳這個小棄嬰，挑戰了我兩次，妳受苦的時間也會是其他人的兩倍。」他將手心蓋在她的左側胸口。「妳心跳得好快。」他閉上眼睛發出呻吟，彷彿在細細品嘗這感覺。「妳真的是嚇壞了。」他彎身，嘴唇輕碰她的唇。「這是應該的。」

這個接觸比她遭受過的任何毆打都更具攻擊性。他溫熱的氣息吐在她的肌膚上，微帶薄荷味。清新的香皂味附著在他身上，他顯然沖過澡，洗去了FBI探員的喬裝殘留，包括黑色假髮。

法克挺直起來將手拿開。「為了再次擁有妳我等了那麼久，」他揚起一邊眉毛說：「沒有什麼話要跟我說嗎？」

她狠狠地瞪他，不打算遂他的意。

「那妳的粉絲呢？」他往右邊比了一下。「沒有什麼話要跟他們說嗎？」

她轉頭看見角落裡有一台小攝影機安裝在三腳架上，鏡頭角度對著桌檯，而且亮著小紅燈。她吸了一口氣。這個禽獸正在錄接下來的每分每秒，不管他想縱情於什麼樣的變態幻想。

「我在直播。」他說：「全世界的人都會看到妳哭著求我饒命，而我絲毫不會心軟。過一段時間，妳就會求著想死了。不過在我滿意之前，要死也沒那麼容易。」

恐懼悄悄在她內心蔓延，偷走了她最後殘存的希望。巴克斯頓和特別小組的其他人會去法克家，但他太聰明了，他把她帶到了其他地方。她徹底孤單無助，而且落在一個瘋子手裡。

「一切由我作主，妳明白嗎？」他握起拳頭敲打袒露的胸膛。「妳什麼時候死由我決定，妳怎麼死由我決定，我是妳的神。」

妮娜凝視著他。他巨大、強壯並決心要毀掉她。他天生就有優於一般人的基因設計。

反觀她呢，她沒有遺傳到任何特殊的特質，沒有純正血統，僅僅憑靠意志力與打破成規的意願，度過重重難關。一旦接受了自己的真實處境，她不知不覺地產生堅毅的決心。她活不過今晚，甚或活不過一個小時。如今她唯一的選擇就是自己決定怎麼死。

「暗碼」想要她屈服，想以各種方式貶低她，她不會讓他如願。當他玩弄她到最後一刻，也許可以奪走她的一切，包括她的性命，但奪不走她的人性。

她暗自發誓後，情況就變得簡單了。她的焦點，也變得清晰。她要盡一切力量逃走，要睜大眼睛，絕不放過絲毫機會。否則她也會拚死對抗他，絕不求饒。

法克彎腰從地上拿起一個黑色工具箱，放到她旁邊的檯面上。她只能轉頭看著他的一舉一動。

他打開工具箱兩側的鎖扣。「讓妳瞧瞧我為接下來幾個小時準備了什麼。」他掀開蓋子，往裡頭東翻西找，接著把東西一樣一樣拿出來，整齊地擺在她旁邊。有一把鉗子、一把錐子、一支鱷魚夾、一柄鑿子和一把虎頭鉗。

他每在檯面擺上一樣，便召喚出一個可怕情景，腦中影像累積到最後讓她胃液翻攪。他給她注射的東西，加上她內心洶湧澎湃的極度恐懼，使得一股膽汁湧上喉底。

她的視線略微模糊，旋即又變得清晰。「我快吐了。」

她噁心欲嘔，連忙側轉頭。他把她綁得太緊，讓她無法抬高身子。真要命，她會被自己的嘔吐物嗆死。

但至少不會死在他手上。命運之神插手給了她一條出路。第一波酸液上湧時，她沒有抗拒。

法克丟下鉗子。「妳敢吐就試試。」

她噁的一聲，嘴裡滿是酸水。

他瞇起眼睛。「夠了。」

隨著更多液體湧上來，她的身體開始扭動。

他一邊咒罵一邊翻找工具箱，最後取出一把鐵皮剪，接著彎低身子剪斷她右手腕的束線帶後，用手扶著她的後頸將她往前拉，試著把她的頭抬高並轉到一邊。

由於左臂仍然綁著，她的身子只能抬高幾公分。有少許液體噴到她身邊的檯面上，但多數仍留在她嘴裡。

「別再這樣，不然妳會吸入異物。」

她的回應只是再一次的抽搐反胃。

「該死。」他俯身越過她剪斷另一邊的束帶。她雙臂一鬆開，他立刻拉起她呈坐姿，用他的大手猛拍她滿是疤痕的背。

她又咳又噴，把胃裡的殘餘物吐了出來。她的頭腦還夠清醒，知道法克是反射性地作出急救訓練的反應。她由著他照顧她的身體，敞開心思考慮眼下的處境。她兩隻手都自由了，給了她新的選擇。

她只有幾秒鐘的時間可以謀劃，而且行動的機會只有一次。她故意多咳了幾聲，趁機環視四周環境。她不願躺在這個檯子上，讓這個禽獸對她為所欲為。

她佯裝劇烈地乾嘔，彎折身體捧著肚子。他一手在她腿上一手在她背上。她再度假裝嗆到，他也不出所料地重拍她的背。她順著力道讓上半身往下壓，伸手作勢要抱住肚子卻是趁機抓了錐子，在他還沒發現之前，她便將鋒利的錐尖插入他的腹部中央。

他搖搖晃晃地後退，低頭瞥見被刺流血的傷口不禁咒罵起來，接著一手以迅雷不及掩耳的速度蛇行而出，扣住她的手腕。

她試圖抽手，力氣卻敵不過他。

「該死的賤人。」他咬牙切齒地說。他彎起強壯的前臂，扭轉她的手腕，硬是讓她鬆開手上的工具。

她必須轉移他的注意力，否則他會將她抱摔在桌檯上，重新綁起來。她想起他們得知「暗碼」的身分前，韋德對他做的側寫。她把韋德說的話加入她在格鬥影片中看見的情景。

「你爸爸有多常打你，法克？」

他忽然停住，手仍抓著她的手腕，但沒有回答。

「所以你才虐待女孩嗎？你因為被爸爸打得太厲害所以舉不起來，除非——」

「閉嘴。」他一手按住她，另一手握拳往後拉，準備揍她的臉。

她將割斷的束線帶拿在手中，轉到它參差不齊的邊緣朝外，有如美工刀刀刃。就在他的指節碰到她的鼻子前，她將束線帶利刃深深刺入那雙怒瞪著她的冰藍眼睛之一。

他慘叫一聲放開了她，兩手摀住受傷的眼睛。她抓起鐵皮剪，很快地彎身剪斷兩邊腳踝的束縛。當她翻身滾下檯子另一側，他踉踉蹌蹌地走來走去，宛如受傷公牛似的嚎叫著。

她一手握著銳利的塑膠片，另一手拿著鐵皮剪，始終與他隔著工作檯。他伸手去抓她，她便後退躲開。

「我要用一整晚的時間活剝妳的皮。」他說道：「然後把妳肏到死。」

她環顧室內，發現他身後有扇門。其他既無窗子也無逃生路徑。他比她更壯、更魁梧也更聰明。但她會大加善用她不合格的基因，盡她一切的力量繼續纏鬥。

她向左移動，引他往這邊來，讓他一步步靠近。他一手緊緊摀著眼睛，鮮血從指縫間汩汩流出。他幾乎就像受傷的野獸一樣危險。

她等到他幾乎近在咫尺，朝她撲來時，又趕緊衝向右側。要命，他真是快。格鬥賽將他的反射神經磨得像剃刀一樣鋒利。她錯估他了。若非一眼看不見，損及他的深度知覺，他已經抓到她的手臂了。只不過他抓向她原來所在處，撲了個空。

他憤怒咆哮，對她辱罵連連。她不去理會他的話語，只專注於他的肢體動作。他結實肌肉的每個細微起伏都傳達出他的下一個動作，讓她得以在生死關頭佔到一剎那的先機。她繼續慢慢遊走在工作檯的一側，當他伸手抓她，才匆匆繞到另一側。漸漸地，她終於來到門的前方。

「上鎖了。」他說：「想都別想要試。」

她的心往下一沉。她費盡心機來到這個位置，卻是白忙一場。這支雙人舞她還能跳多久？她飛快地瞄了工作檯一眼。此時她的距離已近到可以取得更多工具。她注視著她認為對她最有利的那一件。

「紋身遮不住你背上那些香菸燙傷的疤痕，法克。是你爸爸弄的嗎？他這個用基因工程製造出來的兒子讓他失望了嗎？」

法克發出一聲喊殺怒吼，整個人衝上桌檯。她一把抓起鑿子豎直對準他，他的身體止不住衝力往下壓，胸口就這麼刺進了鑿子的銳利尖端。

他們一起摔到地上，他的龐大身軀重重往她身上壓，空氣從體內逸出的同時，他嘴裡發出一聲低沉呻吟。

她緊握在手裡的鑿子，塑膠手柄撞擊在她身上，剩餘部分整個刺入他上半身肋骨連接處的正下方。法克的巨大身軀壓在身上讓她呼吸困難，她吸不到空氣。

她鬆開手柄，試圖推開他。他動也不動。搞什麼呀，她好不容易活下來，卻被死後的他壓到窒息而亡。

門－都－沒－有。

她又推一次。沒有動靜。從他胸膛流出的血在他們倆身體中間形成一面滑膜，也許她可以滑出去。她扭動身子讓血沾染得更廣，然後開始慢慢側移。移動了幾吋之後，她用雙腿支撐再推一次。慢慢地，才從他身子底下滑了出來。

她躺在地上，大口大口地吸氣。

驀地，他粗壯的臂膀打落在她胸口，將她拉了過去。

「妳……是……我的。」這幾個字聽起來有如喉嚨深處的摩擦聲。

她屈起雙腿，腳底抵住他的臀部。「別想。」她將自己推開。

他翻過身朝她匍匐爬行。她急忙往後爬，手腳卻因為滿地的鮮血而滑開。他伸手抓向她，她彎起膝蓋，小心瞄準，腳跟正對著他的鼻子，然後用盡剩下的每一分力氣，朝目標踢去。踢中後一個清脆的斷裂聲劃破空氣，他的鼻中隔就這麼被踢進大腦去了。

這踢腳的力道使得他頭往後仰，身體也跟著重重摔倒在地。他抽搐了一下，然後便不再動。

她啪的一聲仰躺下去，氣喘吁吁。

這時門倏地打開，一隊身穿黑衣的HRT隊員高喊著口令蜂擁而入。如雷的靴子聲夾雜著轟隆的說話聲，一片喧嚷吵雜劃破了僅僅片刻前的寂靜。戰術小隊的人員四下散開，幾秒鐘便確保了這個空間的安全。

其中一人用步槍瞄準法克的頭，另一人蹲跪下來確認他的生命徵象。妮娜知道他們不會發現任何生命跡象。假如法克還有一口氣在，一定會在斷氣前先殺了她。

一名救援隊員來到她身邊蹲下。「妳哪裡受傷了，蓋瑞拉探員？」

她這才想到自己看起來會是什麼模樣。「是法克的血。」

她回答時，又有一名男子跪到她另一側。「妮娜。」他開口喊道，聲音充滿激動情緒。

她轉頭看見肯特正端詳著她，一種無以名狀的表情將他粗獷臉上的堅毅紋路拉扯得更加緊繃。

「我沒事，真的。」這是謊言，但此時的痛苦令她陶醉。

因為這代表她還活著。

50

兩天後

華盛頓特區埃德加・胡佛大樓

在FBI局長的寬敞辦公室裡，妮娜坐在遠端角落那張亮晶晶的圓桌旁，十指交叉放在腿上以免扭起手來。她只見過湯瑪斯・法蘭克林局長一次，就是從寬提科學院畢業的時候。

他神情嚴肅，不過話說回來，大家都知道他本來就不常笑。局裡面傳說他這個人一板一眼，連睡衣都燙得筆挺。

他背靠著黑色皮椅，眼皮略顯疲憊沉重。「我從來沒開過那麼長的記者會。」他搖著滿頭白髮。「有來自世界各地的記者，看來全地球的人都在關注這則新聞。」

她不知道該說什麼，只好閉口不語。局長顯然為她犧牲了許多睡眠與不少的資源。

「他們最感興趣的是我們如何追蹤到『暗碼』。」他接著說：「我很慶幸我們的團隊一發現他家空無一人，便能作出那麼快速的反應。」

她身體檢查完後，隊友們便來找她告知情況。到法克家撲空後，他們決定去查看他從小長大的家。根據衛星照片顯示，那片樹林圍繞的土地偏遠處有一間小屋。

「首先，最令我敬佩的是妳在這次調查過程中的表現。妳必須面對誰都不應該面對的情形，而且還是在全世界人即時的注目下。」

聽到他如此提醒，她不自在地動了動身體。當別人以為她沒發現而盯著她看，或是當她進到一個房間眾人立刻停止交談，這些她都還無法適應。

「面對海爾博・法克妳展現了足為表率的英勇，尤其是他曾經對妳做過那種事。」法蘭克林接續道。

「謝謝局長。」

「妳的勇氣值得特別嘉獎。」法蘭克林說：「我將會在下週舉行正式儀式，頒發英勇盾牌動章給妳。」

她驚愕不已。法蘭克林局長給了她FBI最高的榮譽之一。獲頒英勇盾牌動章的都是在執行任務時有勇敢表現的人，而這些任務包括與局裡最優先案件有關的特別小組、臥底行動、重大情況與危機處理。此案或許符合了每項要件。

然而，她仍不覺得自己配獲得此殊榮。「局長，我是為了求活命而不得不。換作是其他探員也都會這麼做。」

「妳不只是求活命。」他說：「妳在極度的脅迫下克服了個人的重大創傷，利用妳所受的訓練與機智，阻止一個有可能繼續取人性命的殺人凶手。」他蹙起眉頭面露關懷。「不，蓋瑞拉探員，沒有其他探員能破這個案子。只有妳做得到。」

她的頸子在不知不覺間發燙起來，她用手撫順褲子的皺褶，讓自己有藉口在局長尖銳的注視下轉移目光。

「我找妳談話還有一個原因。」幸虧他轉移了話題。「特別探員督察巴克斯頓請求延長行為分析小組對妳的借調。」

她重新抬頭。「我能怎麼協助BAU呢，局長？」

「這幾個月來，大華府地區發生了一連串的綁架案。案子由華盛頓分局主導。我相信妳對其中細節十分熟悉吧？」

她熟得不能再熟了。「我們組員正在負責調查。」

「沒有太大進展。」法蘭克林說：「特別探員督察巴克斯頓認為你們四人可以從新的角度切入，運用你們辦法克案時的技巧。」

「我們四人？」

「妳、肯特、韋德和布芮克。」他將兩手的指尖搭在一起。「如果順利的話，這個小組說不定還能變成常設單位。」

這個可能性讓她很感興趣。特別探員督察康納——她目前在華盛頓分局的上司——並不欣賞她不正規的辦案方式。反觀巴克斯頓，似乎能將她昔日的執法與生活經驗納入考量，而不只是將她視為組上最資淺的一員。

法蘭克林打斷她的沉思。「有鑑於妳最近的遭遇，我不想在妳任何一位主管面前提這件事。

既然發生了這麼多事，我也可以把妳調到比較……沒有壓力的單位，讓妳可以避開大眾的目光。」

「您認為我需要退離現場？」

「一點也不。」他說：「我是讓妳有所選擇。」

她可以在寬提科協助調查綁架案，可以回到原來的華盛頓分局，也可以請調坐辦公桌。哼，還真好。

她挺直背脊。「請告訴特別探員督察巴克斯頓，我明天一早就到寬提科報到。」

法蘭克林注視她良久，隨後微微點了個頭，嘴角似乎往上牽動了一下。

也許傳聞根本就錯了。那看起來是個道地的微笑呀。

「最後還有一件事要處理。」他又恢復嚴肅。「特別小組蒐集到大量有關妳的背景資料。我們一得知法克了解妳的出生境遇，巴克斯頓便派人深入每一條可能的調查管道。特別小組成員取得了當初在垃圾箱發現妳的清潔隊員、為妳取名的社工、妳的每一個還在世的寄養家庭成員、多數教過妳的老師，還有妳童年時期每次進醫院時為妳診治的急診室醫師的陳述。」

她呆坐不動，想像著數十名同儕探員分散在費爾法克斯郡各地，追蹤每一個曾經影響她人生的人。「聽起來他們查得非常徹底。」

「其中有些資訊並不包含在任何正式報告中。」法蘭克林說：「我猜想有大部分內容妳完全不知情。」他略一停頓，似乎仔細斟酌著接下來該怎麼說。「我認為妳有權利看看我們蒐集到的東西。畢竟，那是妳十七歲自立以前的人生故事。」

她的人生故事。可不是你會讀給小孩聽的那種床邊故事。

「這是整個檔案的副本。」法蘭克林說著將原本放在旁邊桌上一個厚厚的牛皮紙文件夾推向她。「應該由妳保管。」

「謝謝局長。」她拿起厚重的檔案夾抱在胸前。

「祝妳好運，蓋瑞拉探員。」

她明白自己可以走了，於是起身走出門口，經過外面的等候區時，行政助理向她點了點頭。

她走過寬敞走廊，磁磚地板發出腳步聲的回音。這一區很不尋常地空無一人，正好讓她有機會思考局長所說關於檔案的事。牛皮紙夾感覺沉甸甸的，那重量不只壓著她的雙臂也壓在她心頭。

這裡面全是她童年的細節。一點一滴的痛苦、羞辱與受虐，仔仔細細以平鋪直敘、冷冰冰的文字記錄下來。這裡面的報告循著她從棄嬰到少女戰士一路的軌跡，她穿越了陰暗之路抵達光明。如今她能以成年的眼光再走一遍相同路徑，對於昔日控制她人生的人有新的認識。他們的動機為何？有何隱藏的目的？有何秘密？他們為何凌虐她？她小時候渴望知道的答案就在她手上這個文件寶庫中。

她大步經過影印室時忽然停下。接著後退幾步進入影印室，發現她要找的東西就在影印機旁。四下無人。

她遲疑了許久，最後下定決心，走到影印室另一頭，背向影印機。她將文件夾放到左手邊的小桌上，打開後拿起最上面的幾張紙，將紙頁整平打直。這要花點時間。

她深吸一口氣，開始將紙張送進碎紙機，她的過去終於去了它所屬的地方。

51

寬提科聯邦調查局學院
黃磚路

見完局長的隔天早上，妮娜重步踩過蜿蜒小路凹凸不平的地面。高大的維吉尼亞樹木間篩落了旭日的斑駁光影。她應該再等等，應該讓自己的身體有機會從法克給予她的創傷中復原。但這趟路程不是為了她的身體，是為了她的心靈。這回，她要全程跑完黃磚路。

她特地早點來以便有足夠的時間完成路程、回更衣室沖個澡，再去向巴克斯頓報到參與第一次簡報。然而，跑了大約三公里後，她開始有不同想法。她布滿瘀傷的身體，每跨出一步都疼。

來到下一個障礙時，她暫停下來。眼前的壕溝長約七米半、寬約一米八，為了讓過程更刺激，教官總會讓溝裡注滿泥水。還有一整排圓木紮在一起，在頭上形成一道低低的障礙，迫使跑者匍匐前進。為了往前推進，她只得讓身子浸入汙水中。

「女士優先。」

她一抬眼看見韋德從反方向朝她慢跑而來。

「你在這裡幹嘛？」

「聽一個教官說妳今天早上來這裡了。我心想上次始終沒機會跑完全程，所以決定加入妳。」他又像上次一樣從終點起跑，略過各個障礙來與她會合。

「你沒回答我的問題。」

「我們將會是搭檔，」他說：「搭檔就要互相支持。」

「你不需要這麼做。」

「我需要。」

她輕輕搖了搖頭，步入壕溝，冰冷的水讓她一下子難以適應。她想舉步前進，雙腳卻被黏滑的溝底往下吸。她再跨出一步，然後放低身子呈趴跪姿勢，半身浸在汙泥中往前爬行。身旁嘩啦一聲，韋德也下水了，髒汙的水濺到他臉上，流進他嘴裡，他啐了一口，繼續前進。

他們到達另一邊爬出壕溝時，她又冷又累全身發抖。韋德低頭看著她，咧開嘴笑，牙齒被臉上的泥巴襯得潔白無瑕。

她脫離了淤泥，但並非毫髮無傷。她被弄髒、受汙染，卻不是一個人。有韋德陪著她度過。她打起精神，勉強自己邁開腳步奔跑，決心要繼續。經過這個煎熬考驗，她將能獲得沖澡的報償。她會從頭到腳認真刷洗，也許便能再次覺得乾淨。

接著她看見了前方擋住去路的板牆。

對她而言，這面牆是整條路徑上最大的挑戰。她個子小，才一米五出頭。無論是在警校新訓班或是FBI新進人員訓練班，她都是最矮小的一個。在她學會格鬥並以其他方式彌補之前，她的身材始終是個負擔。

儘管受了許多訓練、技藝高明，她還是差點慘遭法克殺害。她不可能憑力氣打敗他，完全是敏捷的思緒救了她。

她思量著面前的障礙。

「妳打算一整個上午都站在這裡瞪著它看嗎？」

她猛然轉身，看見肯特在她身後幾公尺外，正全速朝他們跑來。以肯特待過特種部隊的經歷，她猜想他應該能在她跑完全程的時間內跑完兩趟。

她重新轉身面對韋德。「你把整個小組的人都請來了嗎？」

他沒有顯露絲毫歉意。「我大概就是傳了一兩封簡訊。」

她翻了個白眼，注意力重新回到板牆，沒有回應肯特。她將這兩個男人拋到腦後，往上一躍，手指抓住障礙頂端。接著手一滑，她直接摔落，跌坐在泥土裡。

「妳做得到的。」肯特低頭微笑著對她說：「下次後退一點先助跑，腳踩上牆面，然後身體往上拉。我示範給妳看。」他大步跑向障礙牆，一躍而上，同時一腳穩穩地踩在牆面上，身體藉勢上升。他兩手攀住頂端，強壯的雙臂屈起，將上半身拉了過去，隨後兩腿跟著過去，動作一氣呵成，人也消失在牆的另一邊。

他繞牆走回來，比著高牆說道：「一切都在於技巧。」

「一米九的身高總有點幫助。」她說。

「拜託，蓋瑞拉。」肯特說：「讓我看看妳的能耐。」

會很難看。她朝著牆衝刺，腳踩上去，這回總算穩穩抓住頂端。她把身體往上拉，一隻手臂翻牆而過，奮力撐住免得往後摔。

她感覺到牆在晃動，轉眼間肯特已經掛在她旁邊，保持引體向上的姿勢，以便能近距離指導她。「用妳的腳。」

她球鞋踢向牆面，直到橡膠鞋尖有了足夠的抓力能把她頂得更高。她的肌肉彷彿火燒般灼熱，好不容易把自己提升到上半身剛好能翻過去。接下來便利用重力完成任務。

她在牆的另一邊重重落地。不一會兒，肯特也靈巧地跳落在她身邊。接著是韋德。

只剩下幾個障礙了。他們繼續上路。韋德和肯特閒聊之際，她沒有加入，好為下一個挑戰保持體力。

布芮克向他們跑來的時候，那頭亮麗紅髮格外醒目。她顯然和韋德一樣，是從終點來的。

妮娜抬頭看著新搭檔。「不會吧，韋德？」

「謝謝妳趕來跑最後兩哩路。」韋德以揶揄的口氣對布芮克喊道。

布芮克沒理會他的嘲弄，來到妮娜身旁，配合她的腳步一起跑。「我們這位小姐怎麼樣啊？」

跑到這時候，她想必一副可憐兮兮的慘樣。她全身每條肌肉都在喊停，她瘀青、痠痛、精疲力竭。「感覺好極了。」

布芮克狐疑地橫她一眼。「親愛的，妳看起來千瘡百孔。」

韋德隨即羅列出他一連串的觀察。「妳偏重用左腳，每次用右手臂都會抖一下，而且妳氣喘如牛。」

「無所謂，」她說：「我會跑完。」

「我們會一路陪妳。」肯特說。

她發覺他們需要她接受他們的幫助。如果她要成為這個專案小組的一分子，就得改變做事方式。這些年來，她學會只靠自己，不依賴他人。他人讓她失望太多次了。而如今她得想出如何才能成為團隊的一分子。

逐漸接近終點之際，她細細思量著身旁這三人，頓時湧現一股莫名的新感覺，讓她恢復了力氣。只要齊心協力，他們都能做得到。在跨越終線那一刻，她明白那是什麼感覺了。

信任。

她想起多年前在自立聽證會上——那個不只改變她的姓名也改變她的人生軌道的聽證會——法官跟她說的話。「艾斯培蘭札小姐，環境造就妳年紀輕輕就非常獨立，但必要的時候，妳得讓其他人幫妳。要記住這點。」

她沒忘記法官的話，但卻直到現在才終於明白他的意思。這也是她在黃磚路上所學到的。

她已經成為一個無須再單打獨鬥的戰士了。

謝辭

在我所有努力的過程中，我先生Mike盡其所能地給予支持。再也找不到比他更好的伴侶兼友人了。他是支撐我的磐石。

兒子Max讓我每天得以透過孩子的眼睛看這個世界，我何其有幸。

感謝我的家人，無論是具有血緣或是友誼關係的家人，我永遠感激你們多年來的體諒與耐心。

感謝我的經紀人Liza Fleissig和我有著相同的憧憬，並創造了奇蹟。她的建議、支持與傑出的專業能力，幫助我安然度過這條路上許多意想不到的障礙。而障礙還真不少……

感謝我另一位經紀人Ginger Harris-Dontzin，當一些粗略的梗概掙扎著成形之際，多虧有她敏銳的眼光與同樣敏銳的心思幫了大忙。

感謝FBI的男女幹員奉獻己力謹守「忠誠、勇敢、正直」的信條。在此還要特別感謝已退休的助理局長Jana Monroe、已退休的特別探員John Iannarelli與Jerri Williams。

感謝我在Thomas & Mercer出版社的選書編輯Megha Parekh，在出書過程中一步步的引導。對於她的支持並願意在新人身上賭一把，我萬分感謝，自覺十分幸運。

我的責任編輯Charlotte Herscher投注了她無比的才華讓這篇故事能夠更好。她對於細節的機敏觀察與鋒利目光非常寶貴。

感謝 Thomas & Mercer 出版社優秀的行銷、編輯與美編團隊，能有如此卓越的專業人士幫忙是我莫大的幸運。

Storytella 165

暗碼

The Cipher

暗碼/伊莎貝拉.蒙德娜督作；顏湘如譯. -- 初版. -- 臺北市：春天出版國際文化有限公司, 2023.09
面； 公分. -- (Storyella；165)
譯自：The Cipher.
ISBN 978-957-741-709-1(平裝)

874.57　　112009339

ISBN 978-957-741-709-1
Printed in Taiwan

This edition is made possible under a license arrangement originating with Amazon Publishing,www.apub.com,in collaboration with The Grayhawk Agency.

作　者　伊莎貝拉・蒙德娜督
譯　者　顏湘如
總編輯　莊宜勳
主　編　鍾靈

出版者　春天出版國際文化有限公司
地　址　台北市大安區忠孝東路四段303號4樓之1
電　話　02-7733-4070
傳　真　02-7733-4069
E－mail　bookspring@bookspring.com.tw
網　址　http://www.bookspring.com.tw
部落格　http://blog.pixnet.net/bookspring
郵政帳號　19705538
戶　名　春天出版國際文化有限公司
法律顧問　蕭顯忠律師事務所
出版日期　二〇二三年九月初版

定　價　430元

總經銷　楨德圖書事業有限公司
地　址　新北市新店區中興路二段196號8樓
電　話　02-8919-3186
傳　真　02-8914-5524
香港總代理　一代匯集
地　址　九龍旺角塘尾道64號 龍駒企業大廈10 B&D室
電　話　852-2783-8102
傳　真　852-2396-0050